THOMAS ENGSTRÖM

WEST OF LIBERTY

EIN LUDWIG-LICHT-THRILLER

Aus dem Schwedischen von
Lotta Rüegger und Holger Wolandt

C. Bertelsmann

Die Originalausgabe erschien 2013 unter dem Titel
Väster om Friheten bei Albert Bonniers Förlag, Stockholm

Verlagsgruppe Random House FSC® N001967

1. Auflage
Copyright © 2013 by Thomas Engström
Copyright © der deutschsprachigen Ausgabe 2019
beim C. Bertelsmann Verlag, München,
in der Verlagsgruppe Random House GmbH
Published by agreement with Salomonsson Agency
Satz: Greiner & Reichel, Köln
Druck und Bindung: CPI books GmbH, Leck
Printed in Germany

ISBN 978-3-570-10301-2
www.cbertelsmann.de

Eine Demokratie kann nicht Krieg führen.
General Walter Bedell Smith

PROLOG

Marrakesch
Marrakesch-Tensift-Al Haouz
Marokko
So., 10. Juli 2011
[11:05 WEZ]

In Nordafrika gab es durchaus mutige westliche Diplomaten, doch leider gehörte der amerikanische Generalkonsul in Marokko nicht dazu. Liebend gerne hätte er diesen Vormittag auf andere Weise verbracht.

Die Königlich Marokkanische Gendarmerie hatte mehrere Straßen in der Medina von Marrakesch abgesperrt. Vor der Ben-Youssef-Moschee kam der Verkehr zum Stillstand, aber wie vereinbart erwarteten ein paar Polizisten den Konsul und bahnten ihm den Weg zum Tatort. Erwachsene Männer, die nicht rechtzeitig auswichen, wurden beiseitegeschoben, und Jungen mit Hosentaschen voller Touristengeld erhielten Tritte und Schläge. Nur Packesel und die verschleierten Bettlerinnen aus den Bergen blieben von der Rücksichtslosigkeit der Ordnungsmacht verschont. Die Straßen wurden immer schmaler, aber nachdem sie die inneren Absperrungen passiert hatten, gab es keine Zivilisten mehr.

Am Tatort standen etwa zehn uniformierte Polizisten und schwitzten, denn die Temperatur war bereits auf 36 Grad geklettert. Die Männer verstummten, als der amerikanische Konsul erschien. Einer von ihnen hielt vor dem Eingang des Lokals Wache. Er trug die überdimensionierten Achselstücke eines Hauptmanns, eine marineblaue Uniform, klinisch weiße Handschuhe und Biesen. Ein fünfeckiges Schild in Gelb und Zimtbraun mit dem Wort »Barbier« auf Arabisch und Französisch hing an funkelnd-sauberen Ketten direkt über dem kurzen, glänzenden Haar des Marokkaners.

»Willkommen, Monsieur«, sagte der Hauptmann und gab dem Konsul rasch die Hand. »Sie möchten vielleicht gleich hineingehen und sich einen Überblick verschaffen?«

»Mir ist nicht so ganz klar, was eigentlich geschehen ist.«

»Drei Ihrer Landsleute wurden ermordet.«

»Waren es nicht vier?«, wandte der Konsul ein. »Ihr Kollege am Telefon hat gemeint …«

Der Hauptmann nickte geduldig. »Drei von Ihren Leuten plus ein Marokkaner. Wir haben ihn eben erst gefunden. Offenbar der Barbier. Da hinten.« Er deutete auf eine eingestürzte Mauer, hinter der ein Baugrundstück vor sich hin dämmerte. Auf Glasscherben, Armierungseisen und Müll thronte ein ausgedienter Zementmischer. Neben der rostigen Maschine hatte man eine große türkisfarbene Plane ausgebreitet.

»Und alles da drin ist unberührt?«, fragte der Konsul und hob den Blick von der Plastikfolie, die vor dem Barbiersalon hing.

»Wir haben nur die Fingerabdrücke abgenommen.«

Der Amerikaner nickte. Jetzt war also der Zeitpunkt gekommen.

Zu seinem Entsetzen begleitete ihn niemand in den Salon.

Als Erstes fiel ihm der Gesichtsausdruck des Toten auf dem Stuhl auf. Eher Verwirrung als Schrecken: Als hätte ihm jemand in letzter Sekunde noch eine unfassbare Lüge aufgetischt. Der Konsul verschwendete einen großen Teil der ihm zur Verfügung stehenden Tagesenergie darauf, in eine andere Richtung zu schauen. Er senkte den Blick, doch auf dem Boden war alles voller Blut.

Direkt neben den Lachen auf den Schachbrettfliesen waren diffuse Fußspuren zu erkennen. Auf den Spiegeln hatten sich wilde Tropfenmuster von geronnenem Blut gebildet. Der Amerikaner putzte seine Brille. Er musste selbstsicher und gefasst auftreten, denn er war von draußen durch die Glasscheiben der dünnen, gelb gestrichenen Aluminiumtür zu sehen. Ein kleiner Fernseher hing an der Wand. France 24 zeigte Bilder von europäischen Düsenjägern über Benghazi, Tripolis, Misrata und vom Bodenpersonal in italienischen Luftwaffenstützpunkten. Der Ton war ausgeschaltet.

Die Wirkung der Neonröhren, der lila gekachelten Wände und der Klimaanlage hatte eine ernüchternde Wirkung im Vergleich zu dem warmen rötlichen Nebel da draußen. Drei Leichen, eine auf dem Friseurstuhl, zwei bäuchlings auf dem Boden. Alles Männer Anfang dreißig. Keiner gehörte hierher, weder zu Lebzeiten noch jetzt. Niemals.

Der athletische Mann auf dem Stuhl trug ein weißes Unterhemd, Khakishorts und ein Silberkettchen um den Hals. Um nicht in eine Blutlache zu treten, musste sich der Konsul auf die Zehenspitzen stellen, während er sich vorbeugte. Eine Hundemarke. Leutnant des US-Marine-Corps. Die Hosentaschen waren leer. Pass und Brieftasche fehlten. Eine Tätowierung verlief von der rechten Schulter bis weit auf den Arm hinaus: Zuoberst stand »USMC«, darunter ein Adler mit Handgranaten in den Klauen und ganz unten die Worte: »SEMPER FI, MOTHERFUCKER.« Einiges an Bargeld, aber keine außergewöhnliche Summe.

Die beiden anderen sahen wie Zivilisten aus. Der eine trug Jeans und ein verwaschenes T-Shirt mit dem fragmentarischen Rückenaufdruck: »Information Wants to …« Der andere war ähnlich gekleidet, nur blutverschmierter. Keine Brieftaschen. Einer der Männer trug Bart. Zwei blutbefleckte amerikanische Pässe lagen neben einer Schale Rasierschaum auf einem Rolltischchen, die Papiere der Ermordeten.

Alle drei waren von je zwei Kopfschüssen getroffen worden. Das war kein normaler Raubmord, sondern eine Hinrichtung. Möglicherweise ein Terroranschlag.

Der Konsul sann eine Weile nach. Hatte er etwas übersehen? Einige Minuten verstrichen. Die Leichen rochen kaum, zumindest war der Geruch noch nicht stärker als der Parfümduft in dem kühlen und recht sauberen Salon. Er hatte schon Schlimmeres erlebt. Oder eigentlich nicht. Aber es war ihm dabei schon schlimmer ergangen.

Diese Sache lag weit außerhalb seiner Zuständigkeit. Das Konsulat beschäftigte sich in der Regel mit verloren gegangenen Pässen. Die seltenen Todesfälle pflegten sich auf Rentner und Junkies zu beschränken. Und hier bestand außerdem noch eine Verbindung zur Army. Welch ein Glück. Dem Konsul blieb es also erspart, die Angehörigen zu verständigen und sich den Kopf darüber zu zerbrechen, wie die Ermittlung mit den amerikanischen Behörden zu koordinieren war. Er musste sich nicht um die Überführung der Toten in die USA kümmern, sondern konnte die Angelegenheit einfach weiterreichen. Plötzlich ließ sich die Bitterkeit über diverse vorenthaltene Beförderungen viel besser verkraften.

Die Hitze vor dem Salon war noch unerträglicher geworden. Der Polizeihauptmann hatte sich mit dem Rücken zur Tür postiert und drückte jetzt seine Zigarette aus. Marquise, wie dem Konsul auffiel. Eine hübsche grüne Schachtel, die an die koloniale Einrichtung des einige Kilometer entfernten Café de la Poste erinnerte. Der Duft des Rauchs erinnerte an Zigarillos.

Der Konsul führte den Hauptmann hinter einen Lastkarren mit Plastikverdeck und gestohlenen Reifen.

»Ich wüsste es zu schätzen«, sagte er gefasst, »wenn die Presse nichts erführe, zumindest bis auf Weiteres …«

»Bis auf Weiteres sind keine Journalisten hier«, erwiderte der Hauptmann. Sein Tonfall klang unverbindlich.

War eine Bestechung angezeigt?

Der Konsul schaute eine Sekunde zu lang auf die weißen Handschuhe des Mannes und auf sein blank poliertes, schwarzes Pistolenholster. »Schlimme Sache«, murmelte er und nickte zum Salon hinüber.

»Eine wirklich große Tragödie«, erwiderte der Hauptmann langsam. »Mein herzliches Beileid. Ganz Marokko trauert.«

»Danke.«

Bestechung überflüssig.

»Machen Sie sich keine Sorgen, Monsieur. Niemand will etwas über ermordete Ausländer hören. Ein sehr ungewöhnliches Ereignis, kein Grund also, die Öffentlichkeit in Angst und Schrecken zu versetzen.« Er lächelte schwach. »Schließlich sind wir hier nicht in Algerien.«

Der Konsul erlaubte sich, das Lächeln zu erwidern, obwohl es gegen die Regeln der Diplomatie verstieß, überhaupt zu reagieren, wenn jemand schlecht über ein drittes Land sprach. »Dann sind wir uns ja einig.«

Der Hauptmann warf einen Blick auf seine Uhr, eine Breitling-Kopie.

»Nochmals vielen Dank«, beendete der Konsul das Gespräch.

Der Hauptmann salutierte. Der Konsul nickte und lächelte verlegen, wie viele Zivilisten es tun, wenn Uniformierte ihnen Respekt zollen.

Jenseits der Absperrung herrschte immer noch Chaos. Die Mopeds: Magere rotznäsige Jungen und korpulente Frauen in Niqabs wetteiferten darum, möglichst schnell jemanden umzufahren. Die Wagen: überladen, schief und von den alten Männern schneller gezogen als von den Eseln. Die Autos: unmöglich. Dieses Mal gab es keine Polizeieskorte. Aber nachdem er das Schlimmste hinter sich gelassen hatte, gelangte der Konsul rasch zu dem Tor, das aus dem Stadtteil herausführte. Acht Jahre auf demselben Posten hatten ihn gelehrt, die örtliche Bevölkerung zu meiden. Und das war nur eine Frage der Ausstrahlung.

Durch die Stadtmauer hinaus. An der Route des Remparts erwartete ihn der Fahrer im konsulatseigenen weißen, staubigen Lincoln Navigator. Wegen der Klimaanlage stand er mit laufendem Motor da. Zurück nach Casablanca waren es dank der neu gebauten, segensreichen Autobahn knapp zwei Stunden. Genügend Zeit, um das Gespräch mit dem Botschafter in Rabat vorzubereiten. Die Fahrt war nötig, da das Konsulat in Marrakesch über keine sichere Telefonleitung verfügte.

Einer Sache war sich der amerikanische Generalkonsul jedenfalls sicher: Er würde nie erfahren, was in der Barbierstube wirklich wie und warum geschehen war und wer dahintersteckte. Er würde nicht einmal in Worte fassen müssen, worin das Rätsel eigentlich bestand. Einblick würde nur ganz wenigen gewährt werden. Einer Handvoll Übermenschen, die Vertrauen genossen und ihr Leben in einem Schattenreich verbrachten, das sie sich selbst geschaffen hatten. Sie befanden sich jenseits einer Grenze, die er nur erahnen konnte. Diese Erkenntnis war so tröstlich, dass der Konsul auf halbem Weg an die Küste während einer Unterhaltung mit dem Fahrer wegnickte und in einen entspannten Schlaf fiel.

SONNTAG

Amerikanische Botschaft
Pariser Platz, Berlin-Mitte
So., 17. Juli 2011
[09:10 MEZ]

Clive Berner, alias GT, stand auf dem Dach der amerikanischen Botschaft. Der Umriss seiner gedrungenen Gestalt im Anzug war durchaus beachtlich. Vor zwei Wochen war ihm aufgefallen, dass er seine Jacketts nicht mehr zuknöpfen konnte, weil er die 125-Kilo-Marke passiert hatte. Gleichzeitig war von seiner früheren Höchstlänge 174 ein Zentimeter spurlos verschwunden. Es galt, den Eindruck eines Fettkloßes herunterzuspielen, indem man den Betrachter mit auffälligen Details verwirrte. Daher trug GT einen grauen Walrossbart und eine goldene Pilotenbrille an einem leuchtend roten Band.

Für den 61-jährigen Stationschef der CIA in Berlin war es ein guter Sonntag. Der Morgen wartete mit strahlendem Wetter auf, und noch hatte keine Hitzewelle den Sommergenuss getrübt. In einiger Entfernung führte die Siegesgöttin auf dem Brandenburger Tor ihr Viergespann an, als wollte sie mit der Kavallerie die Stadt erobern. Eine Aura von Weltgeschichte und Feldherrentum umgab sie. Was die Deutschen angesichts dieses Siegesdenkmals im Herzen ihres auf ewig besiegten Reiches empfinden mochten, darüber konnte der Amerikaner nur Mutmaßungen anstellen.

GTs gute Laune entsprang dem Umstand, dass ihn ein Anruf seiner Sekretärin um halb acht morgens vor einem weiteren Gottesdienst bewahrt hatte. An acht aufeinanderfolgenden Sonntagen war er in die Anglikanische Kirche in der Preußenallee mitgeschleppt worden. Religiosität war das neue Lebensprojekt seiner Frau. Davon erhoffte sie sich eine Annäherung zwischen ihnen.

Fünf Meter hinter ihm wurde die Feuertür geöffnet. Johnson, der ein Jahr zuvor aus Langley eingetroffen war und noch mindestens vierzig Prozent seiner lehrbuchgemäßen Harmlosigkeit besaß, hielt die grau gestrichene Stahltür auf.

GT atmete noch eine Prise der zähen Berliner Hochsommerluft ein und verfolgte einen orangefarbenen Luftballon mit dem Blick.

»Es kann beginnen«, sagte Johnson. »Sir?«

»Ich komme.«

Sie gingen die Treppe hinunter. GT bemühte sich, nicht zu schnaufen. Vergeblich.

Johnson zog den Ausweis durch den Kartenleser und gab den Code ein: jede Woche ein neues sechsstelliges Elend, das gelernt sein wollte. Wieder einmal staunte GT über das irgendwie milchig-blumige Parfüm des Mannes. Vielleicht sollte mal jemand unter vier Augen mit ihm reden.

Auf dem breiten Flur, dessen hellblauer Teppichboden endlich gereinigt worden war, herrschte die Stille eines Leichenschauhauses. Alle Türen waren geschlossen. GT überholte Johnson und öffnete eine echtholzfurnierte Tür. Ein Messingschild rechts daneben verkündete:

DR. CLIVE BERNER
KOORDINATOR FÜR REGIONALE FRAGEN

Wie viele nichtssagende offizielle Titel hatte er wohl im Laufe der Jahre geführt? Es dürften zwanzig gewesen sein. In einem alliierten Land wie diesem handelte es sich dabei um reine Höflichkeit der Gastgebernation gegenüber, schließlich war Spionage überall verboten. In neutralen und gegnerischen Ländern hingegen war es ernster. Je länger es dauerte, bis der Nachrichtendienst der Eingeborenen begriff, wer in der lokalen Hierarchie der CIA welche Rolle spielte, desto besser.

Für einen »regionalen Koordinator« war es kein übles Büro. Fünfunddreißig Quadratmeter mit zwei schuss- und bombensicheren, sichtgeschützten Fenstern. Der große, im Boden verankerte Schreibtisch war mit demselben hellen Eichenfurnier versehen wie die Tür. Wobei er einen altmodischeren vorgezogen hätte, aber die für die Sicherheit zuständigen Hysteriker beim DSS hatten nun mal ihre fixen Ideen.

Dunkelroter statt hellblauem Teppichboden, wie im Empfangsraum des Botschafters. Wandregale mit den Klassikern der deutschen Literatur in den kükengelben Ausgaben des Reclam Verlags. Ein strapazierfähiger Bürostuhl. Eine moderne niedrige Couch mit grauem Wollstoffbezug und drei passenden Sesseln vor einem festgeschraubten kubistischen Tisch aus demselben verhassten hellen Holz. Natürlich keine Kissen. Auf dem Tisch eine gedrungene Kaffeekanne aus Edelstahl und drei weiße Tassen sowie die *Frankfurter Allgemeine Zeitung*, *The Economist*, die *Berliner Morgenpost*, *Die Zeit*, das *Wall Street Journal Europe*, die *Newsweek*, *Der Spiegel*. Dazu *Le Monde Diplomatique*, die deutschsprachige Ausgabe. Eine angenehme Lektüre für jemanden, der seinen Kreislauf mit etwas antiamerikanischer Hasspropaganda auf Trab bringen wollte. GT lächelte selig. Wenn er nur die Kraft hätte aufbringen können, dann hätte er sich schon längst in seine Sekretärin verliebt.

Er hängte sein Jackett an den Haken neben dem Spiegel und reckte sich. Der oberste Knopf seines Hemdes war geöffnet, er trug keinen Schlips. Das dünne hellgraue Jackett war neu und saß über der Brust ganz passabel. Maßgeschneidert. Vielleicht sollte er sich gleich drei weitere in anderen Farben bestellen.

GT nahm breitbeinig auf der Couch Platz und legte die Ellbogen auf die Lehne. Johnson setzte sich auf einen Sessel und schlug die Beine übereinander. Alphamännchen und Betamännchen. Nach einer halben Minute erschien Almond, GTs Vize, der die operative Leitung hatte.

Wie jung seine Gefolgsleute doch waren. War das immer schon so gewesen?

»Die Situation ist folgende«, begann Almond mit einem Ernst, der sich nur schlecht mit seiner pathologischen Sonnenbräune vertrug. »Um 19.05 Uhr Ortszeit gestern Abend, also am Samstag, ruft eine englischsprachige Frau in der Telefonzentrale an. Sie bittet darum, mit Botschafter Harriman sprechen zu dürfen. Die Zentrale teilt ihr mit, dies sei nicht möglich, und bittet sie, am Montag wieder anzurufen.«

GT sah ihn ausdruckslos an. »Und?«

»Fünf Minuten später, also um 19.10 Uhr, ruft die Frau wieder an. Derselbe Telefonist nimmt das Gespräch entgegen. Die Frau klingt inzwischen aufgebracht.« Almond zog einen Palmtop aus der Brusttasche und drückte auf Play.

»Das kann doch nicht so schwierig sein?«, hörte man die Stimme der Anruferin. *»Hören Sie zu. Ich verfüge über wichtige Informationen.«*

»Ich kann dem Botschafter natürlich eine Nachricht übermitteln, wenn er wieder da ist«, erwiderte der Telefonist, dessen Kommunikationsstrategie GT bislang nicht sonderlich beeindruckend fand. *»Worum geht es?«*

»Um die ermordeten Amerikaner in Marrakesch«, antwortete die Frau. *»Hallo?«*

Schweigen. Und noch mehr Schweigen.

GT schüttelte den Kopf.

»Verstehe«, erwiderte der Telefonist. *»Wenn Sie mir Ihren Namen und Ihre Nummer hinterlassen könnten, dann ...«*

»Ich spreche nur mit Ron«, erklärte die Frau.

»Der Botschafter ist wie gesagt heute nicht hier. Daher schlage ich vor, dass Sie mir Ihren Namen und Ihre Telefonnummer sagen, dann ...«

Ein Klicken.

Almond stellte das Gerät ab.

»Marrakesch?«, hakte GT nach.

Johnson räusperte sich. »Ich bin der Sache nachgegangen, Sir. Unser Generalkonsul in Casablanca hat bestätigt, dass ...«

GT hob die Hand.

Johnson brauchte eine halbe Sekunde, um seinen Gesichtsausdruck und seine Tonlage anzupassen. »Vor einer Woche wurden drei ermordete Amerikaner in Marrakesch aufgefunden. Männer Mitte dreißig. Ein Soldat, zwei Zivilisten. Sie wurden in einem Geschäftslokal in der Stadt erschossen.«

»Einem Geschäftslokal.«

»Ja, Sir. Ich bedaure diese Ungenauigkeit. Die von der marokkanischen ... wie heißen die doch gleich ... die von der marokkanischen Gendarmerie werden sich mit mir in Verbindung setzen.«

»Vielleicht sollten Sie sie ja anrufen.«

»Das habe ich bereits ...«

»Dann versuchen Sie es wieder.«

Johnson nickte und zog ab.

»Einer der Zivilisten war ein 37-jähriger IT-Experte aus Frankfurt«, sagte Almond, nachdem sich die Tür geschlossen hatte.

»Ein Deutscher? Ich dachte, alle drei waren Amerikaner?«

»Peter Mueller. Geboren in Kalifornien, kam im Alter von ungefähr zehn Jahren nach Deutschland. Er hat die doppelte Staatsbürgerschaft.«

»Woher stammen diese Informationen?«

»Von meinem gesprächigen Freund beim Verfassungsschutz«, berichtete Almond stolz. Es war zwar keine besondere Kunst, Mitglieder eines verbündeten Nachrichtendienstes als Informanten anzuwerben, aber immer noch bedeutend besser, als überhaupt keine Informanten zu haben. »Und dieser IT-Experte Peter Mueller«, fuhr Almond fort, »ist seit seiner Jugend mit unserem Freund Lucien Gell befreundet.«

GT erstarrte. »Nein.«

»Doch«, erwiderte Almond und nickte mehrmals.

Lucien Gell. Deutscher Staatsangehöriger. Gründer von Hydraleaks, der Organisation, die die CIA schon lange als die ernst zu nehmende Nachfolgerin ihrer geschwächten Vorgänger und Konkurrenten ausgemacht hatte. Lucien Gells Organisation war geschickter und scheute das Rampenlicht. Hydraleaks unterhielt keine eigenen Homepages, sondern vermittelte stattdessen Kontakte zwischen Whistleblowern und den Medien. Ohne die herkömmlichen Printmedien und Fernsehsender auszuklammern, wählte Hydraleaks mit großer Sorgfalt das jeweils geeignete Medium. Manchmal wurde gezielt ein Journalist für eine bestimmte Aufgabe auserkoren. Gelegentlich wurden Whistleblower auch aktiv rekrutiert, eine Methode, die GT an die Methoden des Kalten Krieges erinnerte, als er Agenten aus dem Osten angeworben hatte.

»Ich wusste, dass Ihnen das gefallen würde«, meinte Almond zufrieden.

GT erhob sich, trat ans Wandregal und starrte die Buchtitel an.

Die Deutschen standen unter ziemlichem Druck: Von amerikanischer Seite erwartete man ihre Unterstützung, wenn es darum ging, Hydraleaks endlich den Mund zu stopfen. Dabei machten sich die Hydraleaks-Aktivisten im Grunde nur dann eines Verstoßes gegen die deutschen Geheimhaltungsvorschriften schuldig, wenn die weitergegebenen Informationen auch in Deutschland der Geheimhaltung unterlagen, was tunlichst vermieden wurde. Deshalb waren die deutschen Behörden bis vor Kurzem keine besondere Hilfe gewesen. Aber es gab auch noch andere Vergehen als Verrat und Anstiftung zum Geheimnisverrat. Vor neun Monaten hatten die Deutschen gegen Lucien Gell Anklage wegen Steuerhinterziehung erhoben, da er trotz seines aufwendigen Lebensstils nicht dokumentieren konnte, woher seine Organisation ihr Geld bezog. Der Prozess konnte jedoch nicht stattfinden, da Lucien Gell kurz zuvor untergetaucht war.

In GTs Augen war Lucien Gell ein geltungsbedürftiger Drecksack, dem Einhalt geboten werden musste. Seit November 2010 hatte ihn niemand mehr gesehen. Gemäß steter Anweisung des CIA-Hauptquartiers musste er ausfindig gemacht und überwacht werden.

»Welche Position bekleidete Mueller bei Hydraleaks?«, erkundigte sich GT mit bebenden Nasenflügeln und nahm wieder Platz. Sein innerer Bluthund hatte Witterung aufgenommen.

»Er war die Nummer drei oder vier«, erwiderte Almond beflissen. Er hatte bereits Nachforschungen auf eigene Faust betrieben, und das war klug gewesen. Inwieweit Johnson eingeschaltet werden sollte, war ganz allein GTs Entscheidung.

»Wer ist mit der Ermittlung betraut?«

»Mit Sicherheit das FBI. Und die Deutschen. Wobei die beiden kaum kooperieren werden.«

»Und was ist mit unseren Abteilungen? Der Antiterrorgruppe in Hamburg zum Beispiel?«

»Schon möglich. Ich kann das überprüfen.«

»Nein, lassen Sie das lieber.« GT holte tief Luft und goss sich eine Tasse Kaffee ein. »Das könnte eine große Sache werden«, murmelte er.

»Ja, Sir.«

»Es ist schon eine Weile her, seit diese Abteilung nennenswerte Taten vollbracht hat.«

»Sie stellen hohe Ansprüche, Sir.«

»Sie wissen schon, was ich meine.«

»Ja, Sir.« Almond fuhr mit dem Zeigefinger über die Tischplatte und wollte gerade etwas sagen, als sein Handy klingelte. Das Telefonat dauerte nur fünf Sekunden.

»Wir haben die Frau lokalisiert«, sagte er an GT gewandt. »Sie hat aus einem Restaurant in Parchim angerufen.«

»Vor vierzehn Stunden.«

»Ja.«

»Das heißt, wir haben das Telefon ausfindig gemacht.«

»Genau.«

»Aber nicht die Frau.«

»So ist es, Sir.«

»Ich hoffe, dass unsere Leute bereits nach Parchim unterwegs sind.«

»Sie warten nur noch auf Ihr Okay, Sir.«

GT schloss die Augen, hörte, wie Almond eine Nummer wählte und sagte: »Zugriff, ich wiederhole, Zugriff.«

Eine halbe Minute lang schweigen sie.

»Die Information über den dreifachen Mord war mir neu«, sagte GT dann. »Und Ihnen?«

»Auch.«

»Ist er durch die Presse gegangen?«

»Nein, Sir. Soweit ich weiß, nicht.«

Marokko war wohl bald die einzige Nation auf dem ganzen Planeten, die dichthalten konnte. Wenn es einem doch nur vergönnt wäre, in einer gemäßigt korrupten Polizeistaatsmonarchie zu arbeiten, dachte GT.

»Den Anruf in der Zentrale«, sagte er laut, »den könnte doch im Prinzip jeder abhören, oder?«

»Wie bitte, Sir?«

»DSS, NSA, DIA, FBI … Anrufe bei einer offiziellen Nummer einer diplomatischen Vertretung kann doch jeder Schwachkopf mithören.«

»Damit liegen Sie vermutlich richtig.«

GT trommelte mit den Fingern auf den rauen Couchbezug.

Die Frau hatte mit dem Botschafter sprechen wollen. Klar. Wünsche durfte jeder vorbringen. Darum ging es nicht, es ging darum, über welche Informationen sie verfügte.

Offenbar hatte jemand entschieden, den Vorfall in Marokko geheim zu halten. Vermutlich aus ermittlungstaktischen Gründen. Aber früher oder später würden die konkurrierenden Organe, der militärische Nachrichtendienst DIA, die Überwacher von der NSA, die Polizisten vom FBI, wer auch immer, dieselbe Aufnahme hören, die Johnson GT gerade vorgespielt hatte.

»Gibt es in den Datenbanken irgendwas Relevantes über Marrakesch, den ermordeten Soldaten, ermordete Amerikaner in Marokko, irgendetwas in dieser Art?«

»Wir haben nichts finden können. Soll ich mich anderweitig erkundigen?«

»Keinesfalls.«

Das FBI war eine Sache. Die konnte man immer abschütteln, indem man sich auf heikle Inhalte und laufende Einsätze im Ausland hinausredete. Bei der DIA und der NSA richtete man damit aber nichts aus. Hoffentlich haben die gerade Besseres zu tun, dachte GT. In jedem Fall würde es Stunden, vermutlich sogar Tage dauern, bis ihm jemand auf den Fersen war. Diese Frist wollte er nutzen, um sich zu orientieren. Es schadete nie, allen anderen einen Schritt voraus zu sein. GT wollte noch nicht in Rente gehen. Frühestens in fünf oder sechs Jahren, und es war lange her, dass er etwas Sinnvolles bewirkt hatte. Sich vorzeitig aus dem Amt drängen zu lassen oder die Zeit abzusitzen, bedeutete einen Unterschied von mehreren zehntausend Dollar Pension im Jahr.

»Sehen Sie zu, dass Sie sie ausfindig machen«, sagte GT und sah Almond an.

Der junge Mann wand sich verlegen. »Wir tun unser Bestes. Aber es hängt ganz davon ab.«

»Wovon?« GT beugte sich vor. »Wovon?«

»Na ja, wenn sie sich sofort aus dem Staub gemacht hat, könnte sie einen ungeheuren Vorsprung haben.«

Die Tür öffnete sich. Johnson trat mit erhobenem Notizblock ein. Nicht zum ersten Mal fühlte sich GT wie der Rektor eines verstaubten englischen Internats.

»Schießen Sie los«, sagte GT und lehnte sich zurück.

»Okay«, erwiderte Johnson und nahm diesmal auf einem anderen Sessel Platz, als hoffe er, dass es dort besser gehen würde. »Ein Leutnant der Marineinfanterie, der drei Mal im Irak gedient hat, Trent Wallace, 33 Jahre alt. Ein IT-Experte aus Frankfurt, Peter Mueller, 37 Jahre alt, deutsche und amerikanische Staatsbürgerschaft. Ein freier Journalist aus Boston namens Daniel Jefferson, 30 Jahre alt.«

»IT-Experte«, schnaubte GT und schüttelte den Kopf. »Was soll das schon sein? Wissen Sie, was bei meinem alten Herrn im Telefonbuch stand? Landwirtschaftsexperte. Wissen Sie, womit er sich tagsüber beschäftigt hat? Er hat bei einem Verwandten den Rasen gemäht. Wenn überhaupt.«

Es wurde ganz still.

»Soll ich fortfahren?«, fragte Johnson.

»Bitte.«

»Sie wurden in einem Friseursalon erschossen. Mit je zwei Kopfschüssen.« Johnson suchte die Blicke der anderen, genau wie er es im Pflichtkurs über Konferenzmethoden gelernt hatte. »Alle drei hatten sich auf dem Einreiseformular als Touristen eingetragen. Die beiden Zivilisten trafen drei Tage vor ihrem Tod mit einer Maschine aus England in Marokko ein. Wir wissen bisher nicht, wo sie wohnten. Auf dem Formular hatten sie ein größeres Hotel angegeben, in das sie dann allerdings nicht eingecheckt haben.«

GT dachte mitleidig an das arme marokkanische Hotelpersonal, das mit seiner Auskunft bei der königlichen Gendarmerie vermutlich keine Begeisterungsstürme ausgelöst hatte.

»Der Leutnant ist erst am Tag vor der Tat eingetroffen«, fuhr Johnson fort. »Er hat dasselbe Hotel wie die Zivilisten angegeben.«

»Und was meinen die Marokkaner?«

»Nicht viel, Sir. Keine Terrorgruppe hat sich zu der Tat bekannt, niemand hat etwas gehört. Nicht die Israelis, nicht die Jordanier, nicht die Algerier, nicht die Franzosen, nicht die Saudis, nicht …«

»Okay«, sagte GT leise.

Almond ließ aus seiner Sofaecke deutliche Ungeduld erkennen. Johnson, dem dies nicht entging, wurde nervös. Er spürte, dass es noch weitere ihm vorenthaltene Informationen gab. Almond wird es noch weit bringen, dachte GT, wenn er sich nur etwas Zurückhaltung angewöhnt. In der Begrenzung liegt die Kunst.

Johnson verstummte.

»Und es gab keine weiteren Opfer?«

»Doch. Einen Marokkaner. Den Friseur.«

»Aha, und warum haben Sie das nicht gleich gesagt? Zählen Araber etwa nicht?«

Johnson errötete. »Mit Verlaub, Sir. Ich habe mir wirklich noch nie vorwerfen lassen müssen …«

»Das war ein Scherz.«

»Ach so, ich verstehe.«

Almonds Grinsen brachte ihn regelrecht auf die Palme.

»Konzentrieren Sie sich auf die Frau«, riet ihm GT, um ihn auf andere Gedanken zu bringen.

»Und wenn wir sie finden?«, wollte Almond wissen.

GTs Blick blieb an dem gerahmten Foto des Botschafters hängen, auf dem dieser dem Präsidenten im Rosengarten des Weißen Hauses die Hand schüttelte. Der Botschafter. Buchstäblich und auch im übertragenen Sinne befand er sich auf einer anderen Etage. Außerdem war Sonntag. Es war wirklich nicht nötig, ihn mit dieser Sache zu behelligen.

»Wenn wir sie finden«, sagte GT langsam, »bringen wir sie erst einmal in einem Hotel unter. Ich muss nachdenken.« Er schenkte den beiden einen Kaffee ein.

»Danke, Sir«, sagten sie wie aus einem Munde.

»To go«, murmelte GT.

Sie verschwanden.

Er legte sich aufs Sofa und starrte an die hellgraue Decke.

Die Tag Heuer mit dem dunkelblauen Zifferblatt und dem Chromarmband zeigte Viertel nach zehn. Er hatte sie selbst gekauft. Nicht gerade billig. Den Kollegen gegenüber hatte er behauptet, seine Frau habe sie ihm geschenkt, zu Hause hatte er sie als Geschenk des Botschafters deklariert. Die beiden begegneten sich nur selten.

Die Zeit verging.

Marokko.

Wer mochte hinter dem Dreifachmord stecken? Gab es eine neue Terrorgruppe? Oder handelte es sich um eine Abrechnung unter Kriminellen? Vielleicht hatten sich ein paar amerikanische Spinner auf Waffenschmuggel eingelassen? Drogen? Nein, die Verbindung zu Hydraleaks überschattete alles andere. Einer der Hydraleaks-Drahtzieher war zusammen mit einem Offizier und einem Journalisten hingerichtet worden.

Ob die CIA dahintersteckte? Schließlich verfügte sie über bestimmte Einheiten, die ausschließlich damit befasst waren, undichte Stellen aufzuspüren und Organisationen wie Hydraleaks zu erforschen. Einige Versuche, die Gruppe zu infiltrieren, waren bereits unternommen worden. Aber ein dreifacher Mord am helllichten Tag mitten in einer Stadt, ohne anschließende Beseitigung der Leichen? Aber würde man so weit gehen, eigene Staatsbürger zu ermorden? Noch dazu einen Offizier und einen Journalisten? Das kam ihm höchst unwahrscheinlich vor, so wurden diese Dinge nicht gehandhabt. Das wäre viel zu unsauber gewesen. Und zu welchem Zweck? Ein Hydraleaks-Mitglied wie Peter Mueller war von viel größerem Nutzen, wenn er am Leben war.

Zeit für neue Gedanken. GT arbeitete sich aus der Couch hoch. Im Büro wurde es langsam heiß. Am Schreibtisch lockerte er seinen Gürtel, damit sich sein Bauch etwas entspannen konnte, nahm die Brille ab und ließ sie vor der Brust baumeln. Er rieb sich die Augen, setzte die Brille wieder auf und schlug die *Berliner Morgen-*

post auf. Nichts von Belang. Es gab Streit darüber, ob die USA – wie von Gott vorgesehen – den Einsatz gegen Libyen anführen oder sich, dem Wunsch des Präsidenten gemäß, der NATO-Bürokratie bedienen sollten. Erschossene Demonstranten im Jemen, in Syrien und auch noch im Oman.

Nichts. Rein gar nichts.

Er ging eine Weile im Zimmer auf und ab. Ertappte sich dabei, auf den Nägeln zu kauen. Ließ sich auf das Sofa sinken und riss sich zusammen.

Es klopfte. Almond.

»Wir haben eine Personenbeschreibung. Man hat sich im Restaurant an die Frau erinnert. Es kommt eher selten vor, dass Gäste telefonieren möchten.«

»Und wie lautet die Beschreibung?«

»Anfang vierzig, groß, mager, blond«, las Almond vor. »Gibt nicht viel her.«

»Überprüfen Sie zuerst alle Hotels und Jugendherbergen. Wen habt ihr vor Ort?«

»Nur Kinsley, Green, Weinberger und Cox. Wir können schließlich nicht mit zwanzig Leuten anrücken, dachte ich.«

Das stimmte. Manchmal musste man sich aus Gründen der Diskretion ein wenig zurücknehmen.

GT fragte sich, ob Almond sich den kleinen Einsatz wohl, wie vorgeschrieben, vom Hauptquartier in Langley hatte genehmigen lassen. Aber in dieser Phase seiner Karriere fühlte sich Almond seinem unmittelbaren Vorgesetzten mehr verpflichtet als einer anonymen Behörde jenseits des Atlantiks. Davon ging GT zumindest aus.

Momentan galt es, das Misstrauen der deutschen Polizei nicht zu wecken. Wobei sich die Polizei vor Ort nicht aktiv dafür zu interessieren schien, was in der Welt der Geheimdienste vorging. Sie wirkte eher aktiv desinteressiert. Und mit Leuten wie ihm, Almond und den Mitarbeitern im Feld wollten die Zivilisten wirklich nichts zu tun haben. Trotzdem konnten die Amerikaner auf fremdem Territorium leider keine Treibjagd veranstalten, um nach vermissten Personen zu suchen.

»Wie sieht's mit der Tarnung unserer Agenten momentan aus?«, erkundigte sich GT.

»Wir haben vor einem halben Jahr eine neue Firma aufgekauft. Alle vier verfügen über Visitenkarten mit Berufsbezeichnungen und funktionierenden Handynummern und dazu natürlich die entsprechenden gefälschten Pässe.«

»Aufgekauft?«

»Ja. Es sieht besser aus, wenn die Firma nicht erst kürzlich gegründet wurde. Die Engländer machen das offenbar schon seit Jahrzehnten so. Die sind manchmal erstaunlich clever.«

»Klingt teuer.«

»Wenn ich das richtig verstanden habe, werden diese Aufkäufe mit den Engländern und den Franzosen koordiniert. Die gemeinsame Nutzung soll Geld sparen.«

»Das ist ja wie beim Car-Sharing.« GT seufzte. Er hielt nichts von Kooperation aus finanziellen oder überhaupt aus irgendwelchen Gründen. In der Spionage gab es eine Grundregel: Je sicherer das Vorgehen, desto weniger effektiv. Die Lösung, zusammen mit den Geheimdiensten anderer Länder Firmen aufzukaufen, um sie als Tarnung für die Agenten vor Ort zu verwenden, schien außerdem einen anderen Aspekt derselben Regel zu beleuchten: Je billiger, desto gefährlicher.

»Was macht Johnson?«

»Er überprüft die für die Allgemeinheit einsehbaren Informationen, wie er das gelernt hat.« Dieses Mal verzichtete Almond auf ein Grinsen. »Facebook und Ähnliches. Vielleicht müssen wir ja einige Konten hacken. Außerdem versucht er eine Person in Marokko ausfindig zu machen, die mehr weiß.«

»Gut.«

Almond starrte geradeaus. »War sonst noch etwas, Sir?«

GT hätte fast wieder begonnen, auf den Nägeln zu kauen. In Gegenwart eines Untergebenen wäre das ein unverzeihlicher Fehler gewesen. Er holte tief Luft.

So mussten sich Journalisten fühlen, die einer Enthüllung auf der Spur waren. Die Spannung war kaum zu ertragen. Und bereits zu Beginn der Jagd musste darauf geachtet werden, dass nicht auch noch andere Witterung aufnahmen. GT wollte die Frau nicht in der Botschaft, sondern ganz für sich alleine haben.

»Wenn sie gefunden wird«, sagte GT mit leiser Stimme, »will ich nicht, dass man ihre Identität überprüft. Keine Berichte, nicht einmal einen Eintrag. Okay? Sobald man sie gefunden hat, soll sie in einem Hotel untergebracht werden. Ich schicke dann jemanden hin, dem ich vertraue.«

Almond nickte langsam. »Sie können sich auf mich verlassen, Sir. Und auf Johnson.«

»Natürlich. Aber es gibt einen Mann vor Ort, den ich mit dieser Sache betrauen möchte. Im Übrigen leiten wir die Operation von hier aus, Sie und ich.«

In Almonds Blick trat etwas Gehetztes. GT war sich bewusst, dass der junge Mann eine schwierige Gratwanderung vor sich hatte. Einerseits wollte er es sich mit seinem unmittelbaren Vorgesetzten nicht verderben, indem er allzu sehr auf die Einhaltung der Vorschriften pochte. Andererseits wollte er sich nur ungern mit jemandem verbünden, der ganz offensichtlich zu große Risiken einging und einen nicht genehmigten Sondereinsatz im Alleingang durchzog.

»Und das beruht natürlich auf Gegenseitigkeit«, sagte Almond.

»Was?«

»Wir verlassen uns auch auf Sie, Sir.«

Ein mutiges Wort und gar nicht ungeschickt: vorwurfsvoll und bittend zugleich. GT betrachtete ihn und beneidete ihn um viele Dinge, nicht aber um seine momentane Lage.

»Ich halte jetzt ein Nickerchen«, beendete GT das Gespräch.

Falls Almond den Wahrheitsgehalt dieser Aussage bezweifelte, so ließ er sich jedenfalls nichts anmerken.

Sobald Almond gegangen war, trat GT an den Schreibtisch.

Es gab nur einen Mann, den er jetzt anrufen konnte.

Adalbertstraße, Berlin-Kreuzberg
So., 17. Juli 2011
[12:15 MEZ]

Nicht zum ersten Mal fühlte sich der ehemalige Stasi-Hoffnungs-
träger Ludwig Licht, der inzwischen freiberuflich für die CIA tätig
war, ein wenig durch die Mangel gedreht, während er mühsam seine Augenlider öffnete. Die Jalousie in seinem Schlafzimmer wirkte
dünner als sonst. Er begann zu husten, und seine Leber erweckte
den Eindruck, als wollte sie sich gleich losreißen. Aber es ließ sich
noch aushalten.

Der Fünfundfünfzigste war mit einem unglaublichen Tiefpunkt
einhergegangen, was sein Äußeres betraf. Nach seiner Glanzzeit
zwischen fünfunddreißig und fünfzig hatte ihn ein erfreulicher Umstand nach dem anderen im Stich gelassen. Aufenthalte an der frischen Luft, Besuche im Fitnessstudio, eine ausgewogene Kost, regelmäßiger Gebrauch eines Rasiermessers – all diese Dinge hatten
nunmehr Seltenheitswert. Während seiner schlimmsten Phasen war
er ein straßenköterblondes, unrasiertes, dickliches Wesen, dem die
Leute auf der Straße ungefragt ein paar Münzen in die Hand drück-
ten. Derzeit war es nicht ganz so schlimm. In solchen Zwischenpha-
sen konnte man meinen, er sei ein ehemaliger Spitzensportler der
DDR, der mit Ausnahme des Dopings alles an den Nagel gehängt
hatte. Was sogar eine ziemlich korrekte Beschreibung war.

Hatte das Telefon geklingelt? Zwanzig Minuten lang konnte er sich nicht entscheiden, ob er weiterschlafen oder auf die Toilette gehen sollte. Richtig wach wurde er erst, als die Mikrowelle einen feuerwerksmäßigen Kollaps erlitt. Die Konservendose. Genau. Dieses Mal war er immerhin so schlau, eine Berührung mit dem heißen Metall, das die Kernschmelze verursacht hatte, zu vermeiden. Ein vor Schmutz starrender Topflappen schützte seine Finger, als er den Doseninhalt in einen teflonbeschichteten Topf kippte. Der Herd streikte jedoch und ließ sich nicht einmal durch Gewalt umstimmen. Offenbar war eine Sicherung rausgeflogen.

Die kleine Dreizimmerwohnung war in keinem guten Zustand.

Der Sicherungskasten hing im Flur, gleich neben der Küche, und zwar so hoch, dass man ihn nur mit einem Hocker erreichen konnte. Die Deckenhöhe von drei Meter vierzig war der einzige Umstand, der noch daran erinnerte, dass in dem verfallenen Haus früher einmal bessere Leute gewohnt hatten. Es konnte durchaus sein, dass ihn eine türkische Hausfrau in einer dunklen Hinterhauswohnung nackt auf dem Hocker stehen sah.

Erfolglos machte sich Ludwig an durchgebrannten Sicherungen und bedrohlichen Kabelenden zu schaffen. Schließlich gab er auf und trottete in die Küche zurück, die zugleich sein Wohnzimmer war. Dort löffelte er die weißen Bohnen stehend und kalt direkt aus dem Topf, was ihn nicht sonderlich in Ekstase versetzte. Danach schlürfte er aus einem Glas zwei rohe Eier, die er mit einer Gabel aufgeschlagen hatte. Anschließend genehmigte er sich ein paar Neopyrintabletten und einen Nescafé, den er mit warmem Leitungswasser zubereitet hatte. Eventuelle Bakterien und Parasiten waren aufgrund des hohen Promillepegels ihres neuen Wirtes vollkommen chancenlos.

Mittlerweile hatte sich sein Zustand ein wenig stabilisiert. Welcher Wochentag war wohl heute? Samstag oder Sonntag? Sonntag. Nun gut. Er kehrte zum Sicherungskasten zurück und stieß mit der Badezimmertür zusammen, als er auf den Hocker klettern wollte. Es roch nach Waschmittel, was bedeutete, dass er das Bad irgendwann in der vergangenen Woche mit Persil Megaperls geputzt hatte, weil der Allesreiniger zu Ende war. Neue Erkenntnis: Der Hauptschalter im Sicherungskasten war umgelegt.

Auf dem Boden entdeckte er ein Jackett. Es sah teuer aus. Vielleicht hatte er es versehentlich aus irgendeiner Kneipe mitgenommen. Eine Bilderserie aus einem Touristenlokal am Ku'damm zog an seinem inneren Auge vorbei. Spielautomaten, Mai Tais und Entrecôte. Reiche Japaner. Zum Glück keine Spieltische. Aber was war das für ein Jackett?

Er kletterte vom Hocker und hob es hoch. Die Brieftasche? Steckte in der Brusttasche des Jacketts. Mit hundertfünfzig Euro plusminus einige Zehner. Und da war auch sein Handy, das er im Rausch der letzten fünf Tage verlegt hatte und dessen Akku leer war.

Er bückte sich und steckte das Ladegerät in die Steckdose rechts vom Kühlschrank. Dann fiel er um. Blieb eine Weile liegen.

Das wiederbelebte Handy begann zu brummen. Wie bei einem Hornissenangriff. Eine Nachricht nach der anderen. Sieben Stück hatte er hinterlassen, der verdammte moldauische Hurensohn Pavel Menk, der Hermann Göring der Unterwelt. Die siebte war die denkwürdigste: »Ludwik. Ludwik. Lu-do-wik. Komm nach Hause zu Papi. Kein Problem.«

Wenn Pavel »kein Problem« sagte, dann hieß das: Ich will keine weiteren Probleme. Oder auch: Ich bin es leid, dass du ein Problem bist. Es bedeutete: Wenn ich beim Durchschneiden deiner Kehle nur einen Blutstropfen abbekomme, dann verfolge ich dich mit der Rechnung für die chemische Reinigung bis in die Hölle.

Seine Schulden beliefen sich auf fünfzehntausend Euro. Selbstmitleid war durchaus angebracht. Ludwig hatte den Kredit weder versoffen noch verspielt. Er hatte für *Venus Europa*, das eine seiner beiden Restaurants, ein paar neue Küchenmaschinen gekauft, einen Fettabscheider und ein Kühlaggregat. Nach außen hin war es ein charmantes Kreuzberger Lokal, vom *Lonely Planet* 2002 immerhin halbherzig empfohlen. Die Speisekarte bot einen bunten Mischmasch von Austern über Risotto bis hin zu Knödel und Käsekuchen. Unter der pittoresken Oberfläche verbarg sich ein abgrundtiefer Sumpf. Dabei war der Kauf der Maschinen gemäß den Anordnungen der Berliner Gesundheits- und Schwanzlutscherbehörde erfolgt. Er hatte einfach Pech mit einer Stichprobe gehabt, mehr nicht, woraufhin Ludwig ausgerastet war. Er hätte den Rat eines Kumpels befolgen, die Sache auf die lange Bank schieben und eine Weile untertauchen sollen. Aber in einem Anfall von Größenwahn oder Unterwürfigkeit – oder beidem – hatte Ludwig Licht beschlossen, sich wie ein gesetzestreuer Mitbürger zu verhalten. Einen Ausflug mit einem Mietlaster zu einer Konkursversteigerung bei Dresden und vierzehntausendachthundert Euro später entsprach *Venus Europa* wieder den Vorgaben. Die Investition hatte den Umsatz jedoch keineswegs gesteigert. Dass er überhaupt das Risiko eingegangen war, sich Geld von Pavel zu leihen, hatte mit seinen Plänen zu tun, das andere seiner beiden Lokale zu verkaufen, denn es lief ohnehin nur mit Verlust. Das *Venus Pankow* lag im hinteren Teil Pankows und zwei Kilometer von der nächsten U-Bahn-Station entfernt. Natürlich wollte niemand es kaufen.

Im Laufe seiner 55 Jahre hatte er gelernt, nie das Gute zu tun, sondern sich auf das absolut Notwendige zu beschränken.

Im Tresor des *Venus Europa* lagen zweitausend Euro. Mehr nicht. Wie viel Zeit konnte er sich mit dieser Summe erkaufen? Zwei Wochen? Oder drei? Pavel Menk knipste seinen Zeitgenossen bereits bei weitaus geringeren Schulden gut gelaunt den Daumen mit der Gartenschere ab. Und die Zinsen wuchsen. Fünf Prozent pro Woche. Eine Woche Saufen – und schon waren aus fünfzehntausend fast sechzehntausend geworden.

Ludwig rappelte sich auf und ging duschen. Das Wasser floss aus der ramponierten Kabine auf den Fußboden. Er übergab sich in den Abfluss. Dann schlüpfte er in seinen Bademantel. Unten auf dem Hof war plötzlich Lärm: Durch das Fenster in der Diele sah Ludwig zwei Schreiner mit einem Dachdecker wegen eines Baugerüstes oder Ähnlichem streiten. Auch die Sonntage waren nicht mehr so heilig wie früher, so viel war sicher.

Sein Festnetztelefon klingelte. Nur sein Auftraggeber kannte die Nummer. Ludwig betrat sein winziges Arbeitszimmer, das ihn an seinen Verschlag in der Stasi-Zentrale in der Normannenstraße erinnerte. Es klingelte drei Mal. Dann Stille. Keine Nummer auf dem Display. Er wartete, ließ es erneut klingeln. Jetzt läutete es zwei Mal, ehe wieder aufgelegt wurde.

Er war hellwach. Sorgfältig schloss er Tür und Fenster und zog die braunen Samtgardinen zu. Ab und zu hatte er sich schon überlegt, ob diese vorgeschriebenen Maßnahmen nicht vollkommen sinnlos waren. Doch sie verliehen ihm das Gefühl, wichtig zu sein: Was er tat, war entscheidend, jedes Detail war von Bedeutung.

Das Warten war eines dieser Details. Nach einer weiteren Minute klingelte es erneut.

»Ihre Verifizierung, bitte.« Die Stimme am anderen Ende klang neutral wie die einer Stewardess, was nicht immer der Fall war.

»Einen Moment.«

Ludwig ging um seinen Schreibtisch herum und fuhr sein leicht ramponiertes MacBook hoch, das er bei einem Schützenwettbewerb gewonnen hatte.

»Sir?«, sagte die Frau.

»Einen Moment«, murmelte Ludwig, dem es jetzt endlich gelungen war, den Browser zu öffnen und die Homepage von BigFatFashionista aufzurufen, auf der degenerierte Londoner Mode-, Einrichtungs- und Shoppingtipps austauschten. Die neuesten Postings standen zuoberst. Je nach Wochentag interessierten ihn die Absender Retro_Zlave oder NinaHaagendazs. Heute war Sonntag: also Nina. Die ersten drei Worte des Posts: »Duck egg green.« Das letzte Wort lautete »offering«. Die ersten Buchstaben jedes Wortes. Normalerweise war das nicht so schwer.

»EGO«, sagte Ludwig.

»Wie bitte?«

»Warten Sie, bitte.«

Panik. Was sollte das?

»DEGO«, sagte er schließlich.

»Danke, Sir. Ich verbinde.«

Es knackte.

Die schweren Atemzüge am anderen Ende klangen sehr vertraut. Sie gehörten GT, dem Berliner CIA-Chef, der sich hinter seinen bomben- und feuersicheren Wänden in der wenige Kilometer entfernten amerikanischen Botschaft verschanzte. »Lange her«, meinte Ludwig.

»Achtzehn Monate«, erwiderte GT.

»Die Zeit vergeht schnell.« Ludwig ärgerte sich mal wieder über seine eigene Stimme, heute war es besonders schlimm.

»Allerdings. Alles in Ordnung?«

»Durchaus.«

»Dir geht's gut und so?« GT klang wie ein gelangweilter Facharzt.

»Ausgezeichnet.« Ludwig räusperte sich. »Worum geht's?«

»Du musst etwas abholen. In Parchim. Kein schwieriger Auftrag.«

»Soll ich meinen eigenen Wagen nehmen?«

»Wenn du willst.«

Ludwig bemühte sich, die blinkenden Anzeigen auf dem Monitor zu ignorieren, und klappte den Laptop zu.

Das Auto. Ein Range Rover, der 170 000 Kilometer auf dem Buckel hatte und ihn bereits das Doppelte des betrügerischen Kaufbetrags an Reparaturen gekostet hatte. Wo stand der Wagen eigentlich? Wann war er zuletzt damit gefahren? Oft genug hatte er nach einer Kneipenrunde den ausgezeichneten Beschluss gefasst, das Auto stehen zu lassen. Mit der weniger ausgezeichneten Folge, dass er das verdammte Ding am nächsten Morgen dank seiner lückenhaften Erinnerung kaum noch orten konnte.

38

»Aus Sicherheitsgründen würde ich mir lieber einen Wagen leihen.«

»Nimm deinen eigenen«, erwiderte GT. »Das ist einfacher.«

»Und was soll abgeholt werden?«

»Eine Zivilistin. Sie hat einen Vorfall beobachtet, der uns interessiert, oder besitzt zumindest diesbezügliche Informationen.«

»Wohin soll ich sie bringen?«

»Erst einmal zu dir nach Hause. Momentan befindet sie sich in Parchim auf der Polizeiwache.«

»Wie bitte – bei den Bullen?«

»Sie ist vor Kurzem dort aufgekreuzt. Lange Geschichte. Wir haben bereits nach ihr gesucht. Sie … wir hatten Leute in der Nähe.«

»Was will sie von den Bullen?«

»Personenschutz.«

Ludwig wartete schweigend ab, was bei GT immer am besten funktionierte. Wenn man ihn mit Fragen bombardierte, gab er sich zugeknöpft.

»Na gut«, meinte GT nach einigen Sekunden. »Dann nichts wie los.«

»Wie lange soll sie bei mir wohnen?«

Der Gedanke, eine Frau in seine Wohnung mitzunehmen, war bizarr.

»Wir wissen noch nicht, was weiter geschehen soll, insofern ist die Frage schwer zu beantworten.«

Ludwig schüttelte den Kopf. »Und worin besteht die Bedrohung?«

»Momentan deutet nichts auf … Alles scheint in Ordnung zu sein, könnte man sagen.«

»Wunderbar.«

»Wie gesagt. Es droht keine Gefahr. Nimm sie mit zu dir nach Hause. Vielleicht geschieht gar nichts weiter.«

»Also keine Bedrohung?«

GT schwieg.

Wozu streiten? Die Sache war regelrecht ein Geschenk des Himmels. Ludwig brauchte das Geld, und ein Auftrag kam selten allein.

Trotzdem hakte er nach: »Du hast doch gesagt, dass sie Schutz gesucht hat.«

»Genau. Aber es gibt keine konkrete Bedrohung.«

Ludwig biss sich in die Backe. »Wozu braucht ihr dann mich?« Das war eine berechtigte Frage. Schließlich war er kein Taxifahrer.

GT lachte. Es klang nicht besonders herzlich.

»Es wäre ganz gut, wenn dieses Mal für mich etwas dabei herausspringen würde«, sagte Ludwig. Seine tiefer gelegte Stimme war der Versuch, dem Ganzen einen Anstrich von Würde zu verleihen.

»Aber wir haben doch immer gut für dich gesorgt?«

Ludwig hätte jetzt mit einer sarkastischen Bemerkung kontern können, ließ aber stattdessen schweigend die Sekunden verstreichen. Das war zwar kein echter Protest, aber besser als gar nichts.

Dummerweise musste er ständig an Pavel und seine Schulden denken. Was sehr ärgerlich und ausgesprochen unprofessionell war.

Sein Blick fiel auf eine große tomatenrote Vase, die ihm seine Mutter geschenkt hatte. Natürlich stand sie in dem Zimmer, in dem er sich nie aufhielt. So, wie er alles aus der schlimmen Zeit in eine dunkle, schmutzige Ecke kehrte. Als hätte ihm ein Therapeut geraten, in einem Teil seiner Wohnung sein Unterbewusstsein darzustellen.

»Und was hat das Paket für eine Nationalität?«, fragte er schließlich und schloss die Augen. Kopfschmerzen. Vielleicht wurden sie ja schwächer, wenn er sich noch mal erbrach.

»Das kannst du sie ja fragen, wenn du in Parchim bist.«

Dann begann der Amerikaner Konversation zu machen.

Zu spät. Sein Auftraggeber würde jetzt nichts mehr preisgeben, selbst wenn man ihm das Messer an die Brust setzte. Selbst wenn GT mehr hätte erzählen wollen, hinderte ihn seine Eitelkeit daran. Ludwig hegte den Verdacht, dass dieser Mann jeder Folter zu widerstehen vermochte, sofern er seine Peiniger mit nicht preisgegebenen Informationen beeindrucken konnte.

Um zwanzig nach zwölf fiel Ludwig plötzlich auf, dass er mit einem schweißbedeckten Telefon in der Hand dasaß. War er eingeschlummert? Unmöglich. Er nahm einen sauberen, schwarzen Van-Gils-Anzug aus dem Schrank, den er sich unter stabileren finanziellen Umständen zugelegt hatte, sowie ein graues Langarmshirt mit V-Ausschnitt und das neue praktische Schulterholster mit Klettverschlüssen. Außerdem die beigefarbenen Pumaschuhe, die ihm sein dreißigjähriger Sohn geschenkt hatte, der mit einer sich vegan ernährenden Hippiefrau auf einem Acker in Polen wohnte.

Im Arbeitszimmer nahm er seine mattschwarze Glock 19 aus der nicht abgeschlossenen Schreibtischschublade. Die halbautomatische Waffe war kleiner und praktischer als das Vorgängermodell, die Glock 17, aber genauso robust und zuverlässig. In Anbetracht ihrer Feuerkraft war sie erstaunlich leicht, was daran lag, dass der Kolben und der eigentliche Korpus aus einem Verbundmaterial bestanden. Nur der Mantel und der Lauf waren aus Stahl.

In der Schublade lagen außerdem vier Magazine mit seiner eigenen Standardkombi aus 9x19-Munition: erst zwei Mantelgeschosse, die eine kugelsichere Weste durchschlagen konnten, dann dreizehn Dumdumgeschosse, die das Ziel nicht einfach durchschlugen, sondern ein ordentliches Loch rissen. Dadurch minimierte man das Risiko, jemand anders als die Zielperson zu verletzen oder dieser nur ein Lüftungsloch zu verpassen.

Er schob ein Magazin in die Waffe mit der eingebauten Abzugssicherung und verstaute sie im Holster. Reichte ein Magazin? Sicherheitshalber schob er noch eines in die Hosentasche.

Ein rascher Blick in den großen Spiegel in der Diele. Er sah aus wie ein bisexueller belgischer Kunsthändler auf dem Weg zu seiner eigenen Konkurseröffnung.

Ein Routineauftrag, dachte Ludwig Licht und reckte sich. Was sonst?

Unbekannter Ort in Deutschland
So., 17. Juli 2011
[12:30 MEZ]

Er konnte sich einfach nicht an die Geräusche aus dem Keller gewöhnen. Sie weckten ihn mitten in der Nacht, störten ihn, wenn er arbeitete.

Wenn er *versuchte* zu arbeiten.

Lucien Gell war siebenunddreißig Jahre alt. Die letzten zehn Monate hatten ihm endlich zu dem äußeren Erscheinungsbild verholfen, das seiner düsteren inneren Landschaft entsprach. Graulila Schatten unter den Augen, fünf Kilo Gewichtszunahme und fünfzehnprozentiger Muskelschwund. Das war keineswegs eine Mutmaßung seinerseits: Unter seiner Bettcouch stand eine BMI-Waage.

Manchmal verstrichen mehrere Tage, ohne dass er einer Menschenseele begegnete. Und manchmal hatte er mehrere Besprechungen hintereinander im Laufe weniger Stunden. Aber ständig und ausnahmslos war er in dieser Welt allein. Sobald er nachgab, strömten Gedanken an den Tod auf ihn ein. Sie beruhigten ihn, umschlossen ihn wie ein kühlender Balsam. Das Einzige, woran er momentan wirklich arbeiten wollte, war eine Abhandlung über den Selbstmord als Heldentat in der Geschichte. Einzig der Gedanke an die Schadenfreude seiner Feinde, wenn er aufgeben würde, half ihm aus diesem Sumpf.

Gelegentlich stellte er sich vor, dass er bereits tot und der Keller sein Grab sei und dass seine Gedanken die letzten Zuckungen elektromagnetischer Aktivität in einem erschöpften Gehirn darstellten. Danach raffte er sich auf.

Und sank dann wieder in sich zusammen.

Er klopfte an der Tür. Lucien räusperte sich und schwieg. Die Tür wurde trotzdem geöffnet.

»Guten Morgen«, sagte der Oberst in Zivil. »Ich habe gute Nachrichten, zumindest für Sie. Die Frau ist noch am Leben. Das wissen wir jetzt mit Sicherheit. Sie ist wieder in Deutschland. Ich dachte, wir könnten …«

»Ich will nichts wissen«, sagte Gell mit Nachdruck. »Diese Zusammenarbeit ist zeitlich begrenzt. Je weniger ich über Ihr Vorgehen weiß, desto besser.«

Der Oberst lächelte und schaute zu Boden.

»Ich wünschte nur, Sie hätten uns eine Kopie der Liste zur Verfügung gestellt, ehe die Gruppe nach Marokko gefahren ist«, sagte er nach einer Weile.

Gell schloss die Augen. »Wenn man eines in dieser Branche lernt, dann ist es, möglichst wenige Leute einzuweihen.«

»Und jetzt ist sie als Einzige im Besitz dieser Liste? Sind Sie sich da ganz sicher?«

»Ja«, erwiderte Gell. »Und sie wird schon dafür sorgen, dass die Liste nicht in die falschen Hände gerät.«

Damit war der zwischenmenschliche Kontakt dieses Tages abgehakt. Der Oberst verbeugte sich so steif wie ein alter Nazioffizier – vielleicht glaubte er ja, das sei in Deutschland immer noch so üblich, dachte Gell amüsiert – und verschwand wieder auf dem Korridor.

Wie spät war es eigentlich? Hatte er heute etwas vor?

Vermutlich dasselbe wie bisher alle Tage dieser Woche. Stunde um Stunde verbrachte er damit, Faye Morris zu hassen und zu vermissen.

Versuchte sie gerade die letzten Trümmer seiner Organisation zu retten? Oder war sie wie alle anderen – eine Verräterin und Überläuferin?

Trügerische Hoffnungen machten das Leben in einem Kellerloch nicht unbedingt einfacher.

Adalbertstraße, Berlin-Kreuzberg
So., 17. Juli 2011
[12:50 MEZ]

Vereinzelte Sonnenstrahlen erreichten endlich den quadratischen Hinterhof des Hauses in der Adalbertstraße 16. An einem Tag wie diesem war eine Sonnenbrille durchaus angezeigt, aber Ludwig fehlte einfach die Kraft, um noch einmal die Treppe zu erklimmen. Seine Wohnung lag im vierten Obergeschoss ohne Fahrstuhl. Das pistaziengrüne Haus aus dem Jahr 1910 besaß eine kühle, harmonische Eleganz, die ihn an altes Kinderspielzeug erinnerte. Der Hof war jetzt leer, die Handwerker, die einen Großteil ihrer Arbeitszeit damit zu verbringen schienen, Maschinen anzuliefern und wieder abzuholen, waren verschwunden.

Ludwig ging durch die dunkle Einfahrt und öffnete das Tor zur Straße. Der Gestank von Abgasen vermischte sich mit dem Geruch gebratener Zwiebeln. Der Libanese aus dem Tabakwarengeschäft gegenüber grüßte zurückhaltend und stellte seine Kaffeetasse auf einen Stapel Tageszeitungen.

Gewohnheitsmäßig verschaffte sich Ludwig einen Überblick über die Kreuzberger Topografie. Freies Unternehmertum, wohin das Auge auch reichte. Bierkneipen, diverse türkische Restaurants. Minikasinos, die dreiundzwanzig Stunden am Tag geöffnet hatten. Persische und kurdische Bäckereien, in denen suspekte Sammelbüchsen standen. Lausige, menschenleere Internetcafés, in denen es keinen Kaffee gab. Polnische Solarien und vietnamesische Imbisse. Hierher kam die progressive deutsche Jugend aus der halben Stadt, um sich von der Elite der reaktionären Restaurantbesitzerpatriarchen bewirten zu lassen. Ludwig fühlte sich in dem Viertel recht wohl. In diesem kollektiven Exil stellte sich rasch ein angenehm-unverbindliches Zusammengehörigkeitsgefühl ein.

In der Sonne war es so heiß wie schon seit Wochen nicht mehr, über fünfundzwanzig Grad. Das Auto war nirgends zu sehen. Rechts oder links? Richtung Kottbusser Tor blockierte ein Einsatzwagen der Polizei die Straße. Schaulustige umringten zwei randalierende Männer. Ludwig entfernte sich in die entgegengesetzte Richtung. Vor einer Einfahrt um die Ecke entdeckte er seinen großen, dunkelblauen Range Rover. Der Kratzer quer über der Kühlerhaube war schon ein paar Jahre alt und sah so aus, als hätte jemand versucht, den Wagen mit einem Brotmesser aufzuschneiden. Kein Knöllchen, nur ein Zettel mit einer vagen, wütenden Drohung, ihn bei der Polizei anzuzeigen. Ludwig setzte sich ans Steuer. Als er versuchte, sich daran zu erinnern, wo er hinsollte, brach ihm der kalte Schweiß aus. Die beigen Ledersitze rochen wie die Sessel einer polnischen Fähre. In dem Auto herrschte eine ganz eigene sauerstoffarme Atmosphäre, und mit jedem zurückgelegten Kilometer wurde die Luft dünner. Dieses Monstrum mit Dieselmotor war zehn Jahre alt. In zwei oder drei Jahren würde ihn das Automatikgetriebe weitere siebentausend Euro kosten. Aber das war ganz allein seine Schuld, denn er hatte das Fahrzeug nicht sonderlich gut behandelt. Nur beim Gedanken an seine Mutter überkam ihn ein noch schlechteres Gewissen.

Parchim. Er sollte nach Parchim, das war eine Kleinstadt zwei Stunden nordwestlich von Berlin.

Motor an, Fenster auf, frische Luft. Er brauchte drei Minuten, aber schließlich hatte er den Wagen ohne Blessuren aus der engen Parklücke manövriert. Drei halbwüchsige Jungen auf der gegenüberliegenden Straßenseite lachten höhnisch. Er nahm die stark befahrene Oranienstraße Richtung Westen. Nach einem guten Kilometer war er in der gepflegten Kochstraße. Funkelnde Bürohäuser zwischen Grünanlagen, in denen Hunde und Kinder spazieren geführt wurden. Nach wie vor erstaunten ihn selbst im ehemaligen Westen die großen Unterschiede zwischen den Stadtteilen.

Erst ab der Friedrichstraße, wo er hinter ein paar weißen Touristenbussen warten musste, die unterwegs zum Checkpoint Charlie waren, wurde es belebter. Das Gebäude des ehemaligen Luftwaffenministeriums in der Wilhelmstraße blockierte das Sonnenlicht. Zu DDR-Zeiten hatte er dort bei Empfängen des Finanzministers gelegentlich den Wachdienst versehen. Lange Reden des Ministers, schlechter Schnaps im Überfluss, andere Zeiten. Im Gebäude befand sich noch immer das Finanzministerium, nur das Land hatte inzwischen einen neuen Namen.

Gegenüber wurde für eine Trabant-Safari geworben: Eine Firma vermietete Fahrzeuge, über die heute die Touristen lachten, während er selbst damals erst nach jahrelanger Wartezeit überhaupt einmal hatte Probe fahren dürfen. »Currywurst by the Wall« stand auf einem Schild neben dem Markenzeichen von Coca-Cola. Daneben befand sich eine Hundetagesstätte für die Yuppieschweine. Ludwig fragte sich, was der alte Finanzminister wohl gedacht hätte, wenn sich ihm eines Morgens aus seinem Fenster dieser Anblick dargeboten hätte. *Verehrter Genosse, der antifaschistische Schutzwall ist gefallen … Zu den Waffen! Die imperialistischen Banden sind der Versuchung erlegen und haben ihren lange erwarteten* Angriffskrieg *eingeleitet …*

Der Verkehr wurde wieder spärlicher. Hinter dem Brandenburger Tor begann die achtspurige Paradestraße, die Straße des 17. Juni, die den Tiergarten in zwei gigantische chlorophyllproduzierende Hälften teilte. Ludwigs Kater verflüchtigte sich beim Fahren, denn er musste sich auf andere Dinge als die Qualen seines Körpers konzentrieren. Seine Gedanken schweiften ab.

47

Ein hilfsbereiter Autofahrer weckte ihn hupend an einer Ampel, die nicht mehr auf Rot stand. Ludwig schreckte aus seinem Nickerchen auf und fuhr an. Beinahe freute er sich darauf, ein paar Stunden lang der Stadt zu entfliehen.

Gerade als er sich auf einer Höhe mit den Panzern des Sowjetischen Ehrenmals befand, klingelte sein Handy. Er kramte es aus dem Seitenfach und antwortete. Am anderen Ende bat eine unbekannte Stimme erneut um ein Kennwort.

»DEGO zwei«, sagte Ludwig und überholte einen zweistöckigen Linienbus, der aus einer Haltestelle ausscherte.

Kurze Pause. »Neue Anweisungen«, sagte die Stimme. »Das Paket befindet sich jetzt in Ziegendorf.«

Ludwig verlangsamte auf der rechten Spur.

»Und wo liegt das?«

»Dieselbe Abfahrt wie nach Parchim, es ist nach ein paar Kilometern ausgeschildert. Die Koordinaten lauten …«

»Ich brauche keine Koordinaten.« Ludwig weigerte sich, ein Navi zu verwenden. Koordinaten einzutippen verstieß gegen die Grundprinzipien seiner gediegenen Ausbildung. Je einfacher ein Plan, desto weniger konnte schiefgehen.

Er konnte sich die wütende Miene des Sachbearbeiters in der Botschaft gut vorstellen.

»Dann verzichten wir darauf«, sagte die Stimme nach einigen Sekunden.

»Wo in Ziegendorf?«

»Hotel Apricot. Zweiter Stock, Zimmer 24.«

»Warum wurde das Paket dorthin gebracht?«

»Das entzieht sich meiner Kenntnis, Sir.«

Die Sekunden vergingen, sein Gesprächspartner schwieg, also legte Ludwig auf. Die Siegessäule war schon wieder eingerüstet, und die Julisonne spiegelte sich in den Planen. Der Tiergarten gefiel ihm nicht, weil er ihn stets an den Vorsprung, die Stellung und den sinnlosen Überfluss des Westens erinnerte. In der Schule hatte er Fotos vom »imperialistischen Straßenstrich Charlottenburger Chaussee« gesehen und war wie alle anderen entsetzt gewesen. Die Lehrer hatten nie erwähnt, dass die Westberliner den Namen der Straße nach dem Massaker der DDR an ihren eigenen Arbeitern am 17. Juni 1953 geändert hatten.

Fehlte ihm die Mauer? Damals war einem vieles erspart geblieben. Die Propaganda hatte eine gewisse Gemütsruhe mit sich gebracht. Sie war das Prozac des real existierenden Sozialismus gewesen. Ja, ihm fehlte die Mauer. Solange sie existierte, war er ein Held gewesen, zumindest in seinen eigenen Augen. Anfang 1984 hatte er kurz nach seinem 28. Geburtstag sein Land und seinen Arbeitgeber an die Amerikaner verkauft. Das Land hieß DDR, der Arbeitgeber war das Ministerium für Staatssicherheit. Damals waren das begehrte Handelswaren gewesen, damals, als es noch eine Rolle gespielt hatte, was man verkaufte.

*

Nach knapp zwei Stunden verließ er die Autobahn. Die Straßen schlängelten sich durch die Landschaft. Hier war der Sommer viel greifbarer: grüne Baumkronen vor einem zahncremeblauen Himmel, Löwenzahnmeer am Wegesrand. Kaum eine Menschenseele. Eine alte Kirche in einem idyllischen Dorf namens Wulfsahl. Ein Dutzend Kühe weideten nur wenige Meter von der Friedhofsmauer entfernt. Ludwig fuhr zwischen gelbgrauen Äckern und vereinzelten Wäldchen entlang. Zwei Raubvögel saßen in einem Abstand von hundert Metern jeder auf seinem Telefonmast, als hätten sie das Revier unter sich aufgeteilt.

Als er den Ortsrand von Ziegendorf erreichte, hielt er an, stellte den Motor ab, öffnete das Seitenfenster und lauschte. Es war vollkommen still. Das Wetter war zu schön für diese Einöde, die ordentlich gekehrte Hauptstraße passte nicht zu den hässlichen, durchsichtigen Müllsäcken auf den rissigen Bürgersteigen. Langsam begann es Ludwig auf die Nerven zu gehen, dass weit und breit keine Menschenseele zu sehen war. Wieder stand ihm der Schweiß auf der Stirn. Wovor hatte er eigentlich Angst? Vor dem alten Osten, außerhalb von Ostberlin. Dem ehemaligen Paradies der Arbeiter und Bauern. Diese Gegend hatte für ihn nie wirklich existiert.

Als sich ein blauer Traktor im Rückspiegel näherte, fuhr Ludwig weiter. Verfallene rote Backsteinhäuser aus der Zwischenkriegszeit säumten die Straße. In manchen Auffahrten standen Autowracks oder ausrangierte Haushaltsgeräte. Wäsche mit Grauschleier hing an den Leinen, die zwischen Garagen und Obstbäumen gespannt waren. In den kleinen Gärten standen weiße Plastikmöbel und fleckige, vom Wind gebeutelte Sonnenschirme. Schrilles Hundegebell hallte aus der Ferne herüber. Mitten im Dorf lag eine stillgelegte Feuerwache mit verrammelten Fenstern und einem unbegreiflichen Plakat:

BEZIRKSMEISTER 1997!

Das Phänomen der Landflucht, das sich in der übrigen Welt über einen längeren Zeitraum hinweg vollzogen hatte, hatte über Nacht offenbar auch Ziegendorf erreicht. Nach Beendigung der Privatisierungsschocktherapie war nur mehr der Schock geblieben.

Kurz darauf erreichte er das Hotel, ein solides langgestrecktes Ziegelgebäude, das um einen fürchterlichen Anbau aus rosa gebeizter Kiefer mit Alufenstern erweitert worden war. Eine alte Gulaschkanone, eine der berüchtigten DDR-Feldküchen, rostete zur Belustigung der Touristen vor der Rezeption dahin. Auf dem Parkplatz standen drei Autos, ein roter Saab 900, ein rostiger weißer Renault Kombi und ein schwarz glänzender General-Motors-Geländewagen mit getönten Scheiben. Ludwig musste beinahe lachen. Die Amis bemühten sich wirklich nicht um Diskretion. Das lag ihnen einfach nicht.

Ludwig stellte seinen Wagen ab und stieg aus. Es stank nach Gülle und war immer noch vollkommen still. Er streckte seine Beine, die sich nach der Autofahrt und wegen seines Katers schwer anfühlten, und sah sich um. Ein See mit einem Sandstrand. Irgendein Unternehmer hatte den verzweifelten Versuch unternommen, das Dorf zu retten, indem er tonnenweise kreideweißen Sand herbeigeschafft und mitten auf einem Acker einen See angelegt hatte, der so groß war wie ein halber Fußballplatz. Ein einsames Volleyballnetz wartete auf den Ferienbeginn. Außerdem gab es zehn weiße Strandkörbe, die alle Seeblick hatten. Mit einer Ausnahme. Ludwig stutzte. Dort saß der CIA-Mann, der das Hotel beobachtete.

Ludwig fand die Wahl des Ausgucks fragwürdig. Von dort aus sah man zwar den Parkplatz und die Rückseite des Gebäudes mit den Gästezimmern, aber nicht, wer das Gebäude durch den Haupteingang betrat und verließ. Schlampig. GT hätte zwei Leute schicken sollen.

Der Mann erhob sich und begann auf Ludwig zuzugehen. Er war durchtrainiert, schien Mitte dreißig zu sein und trug einen dünnen beigen Anzug und einen schwarzen Schlips.

»Wie war noch gleich der Name?«, fragte der Amerikaner und ließ einige Sekunden verstreichen, ehe er seine Hand ausstreckte.

»Fimbul.«

»Gut. Sie übernehmen?« Er warf einen besorgten Blick auf Ludwigs verschwitzte, nach Alkohol stinkende Erscheinung.

»Korrekt«, sagte Ludwig. »War sonst noch etwas?«

Der Mann schüttelte den Kopf. »Noch einen schönen Tag, Sir«, sagte er, ging zu seinem Geländewagen und fuhr davon.

Obwohl die Amerikaner einen neuen Präsidenten gewählt und noch dazu einen neuen CIA-Chef bekommen hatten, war alles andere beim Alten geblieben. Und dieses andere waren die täglichen Abläufe. Merkte der Kunde im Supermarkt etwa, wenn der Aufsichtsrat der Holding ausgetauscht wurde?

Das Ziegelgebäude mit Balkons und Terrassen lag im rechten Winkel zum Parkplatz. Draußen war es wolkig und windstill. Ein Mann in Ludwigs Alter saß in einer hellblauen Windjacke auf einem Plastikstuhl auf einer der Terrassen und füllte Lottoscheine aus. Im zweiten Stock bewegte sich eine Gardine. Das Paket?

Ludwig ging um das Gebäude herum und am unbesetzten Empfang vorbei. Hinter dem Tresen stand ein Wagen mit Bettwäsche. Es roch nach Mottenkugeln. Die Zimmer 20 bis 26 lagen im zweiten Stock. Auf halbem Weg zog er seine Pistole aus dem Holster.

Zimmer 24. Er klopfte mit der linken Hand.

»Wer ist da?«, fragte eine Frau auf Englisch.

»Die Eskorte«, antwortete Ludwig.

Er war sich nicht sicher, ob dieser Ausdruck in ihren Anweisungen vorgekommen war, aber als Erklärung musste er eigentlich genügen.

»Amerikaner?«

»Nein.«

Nichts.

»Machen Sie schon auf.«

Menschen in Bedrängnis waren erstaunlich willenlos. Sie sehnten sich geradezu danach, dass jemand anders das Kommando übernahm. So lautete zumindest Ludwigs Theorie.

Und ganz richtig: Eine große blonde Frau öffnete die Tür. Ihre hellgrünen Augen waren auf gleicher Höhe wie seine eigenen. Sie wirkte nervös, wich seinem Blick aber nicht aus. Ludwig marschierte ohne Zögern ins Zimmer, überprüfte Badezimmer und Schränke und nahm schließlich auf dem einzigen Sessel Platz. Dann verstaute er seine Waffe wieder im Holster. Das Zimmer war so verraucht und stickig, als hätten darin zehn Studenten eine Nacht durchgemacht.

Nachdem die Frau die Tür abgeschlossen hatte, nahm sie auf der pfirsichfarbenen Tagesdecke Platz. Über dem Bett hing ein guter Druck einer schlechten Kopie von Monets Seerosen. In dem grellen Licht war der Frau deutlich anzusehen, wie erschöpft sie war. Auf dem Nachttisch stand ein halb voller rosa Plastikaschenbecher neben drei leeren Flaschen Beck's Lemon.

»Was ist mit dem Typen von der Botschaft?«, fragte sie. Eindeutig Amerikanerin. »Er war nicht gerade gesprächig.«

»Nein, das sind die nie.«

»Wer? Die Leute von der Botschaft?«

»Eine bestimmte Kategorie von Botschaftsleuten.« Ludwig verstummte.

»Welche Kategorie?«

»Die Sicherheitsleute.«

Die Frau dachte nach. »Und wer sind Sie? Sind Sie auch von der CIA?«

»Ich bin ein Berater.«

»Berater.« Zum ersten Mal lächelte die Frau. »Und? Was tun wir jetzt? Wann fahren wir zur Botschaft?«

»Wenn wir grünes Licht erhalten. Der Befehl lautet, nach Berlin zu fahren und dort abzuwarten.«

»Wohin in Berlin? Und wie lange? Was soll das heißen?«

Sie sah irgendwie seltsam aus. Groß, dünn, aschblond, spitzes Gesicht. Pagenfrisur. Zu viele Sommersprossen. Ein Aussehen, das Frauen beneiden und Männer meiden.

»Fragen Sie mich nicht. Ich bin nur die Eskorte. Sie hatten doch um Schutz ersucht, nicht wahr?«

»Ich habe bei der amerikanischen Botschaft angerufen. Als mir dort niemand helfen wollte, habe ich mich an die deutsche Polizei gewandt. Als auch das nichts half, habe ich wieder bei der Botschaft angerufen, und da waren sie plötzlich ganz fix und haben innerhalb von zwei Minuten ihre Leute geschickt. Ein bisschen unheimlich, finde ich. Was hat die CIA damit zu tun? Ich möchte einfach nur mit dem Botschafter sprechen.«

Ludwig strich sein Jackett glatt. »Niemand hat etwas über die CIA gesagt.«

Das klang recht lahm, aber so lauteten seine Anweisungen: Die Beteiligung der CIA immer und überall verhüllen. Zivilisten gegenüber sprach man nur von »Sicherheitsleuten« oder von »verschiedenen Behörden« (oder vom »Außenministerium«, was GT vor allen Dingen empfahl).

Die Frau wirkte belustigt und skeptisch zugleich.

»Mir müssen Sie nichts erzählen, wenn Sie nicht wollen«, fuhr Ludwig fort.

Sie zündete sich eine Zigarette an. »Dass ich mich zu einem wildfremden Mann in ein Auto setze, können Sie vergessen. Man ist hinter mir her.«

»Und wer?«

»Das bespreche ich nicht mit Ihnen.«

Ludwig seufzte, zog sein Mobiltelefon aus der Tasche und wählte GTs private Handynummer.

»Sie kooperiert nicht«, sagte er und trat auf den Balkon. Der Range Rover stand um die Ecke, genau außer Sichtweite. Wie ungeschickt. Er musste sich wirklich zusammenreißen.

»Worin besteht das Problem?«, fragte GT. »Und wieso rufst du diese Nummer an?«

»Sie will nur mit dem Botschafter sprechen.«

»Sag ihr, dass der Botschafter verreist ist.«

»Stimmt das denn?«

»Keine Ahnung. Sag ihr, er hätte uns gebeten, uns so lange um sie zu kümmern.«

»Sie behauptet, dass sie verfolgt wird. Ist das so? Worauf soll ich mich einstellen? Was ist eigentlich los?«

»Das müssen wir noch herausfinden. Sag ihr, sie kann sich entspannen, sag ihr … ach, sag ihr, dass sie in guten Händen ist.«

Auf einem Acker hinter dem kleinen See wirbelte eine gelbschwarze Tüte im Kreis herum. Es war still, still und endlos. Hades, in der Nebensaison.

»Hallo?«

»Das kannst du ihr selbst sagen.« Ludwig kehrte zu seinem Gast zurück und reichte ihr sein Handy.

»Wer ist das?«, fragte sie Ludwig.

»Der Sicherheitchef der Botschaft.«

»Hallo?«, sagte die Frau, nachdem sie das Handy übernommen hatte. Während des kurzen Gesprächs ließ sie Ludwig keine Sekunde aus den Augen.

»Sind Sie jetzt zufrieden?«, fragte Ludwig anschließend.

Die Frau nickte.

»Wie alt sind Sie?« Er war wirklich neugierig. Sie trug eine Militärhose und Stiefel, aber ihre schwarze Kostümjacke und ihr limonengrünes Seidenhalstuch sahen teuer aus.

»Achtunddreißig.«

Außerdem wirkte sie klug. Die Frage war unausweichlich: Was hatte sie ausgefressen? Irgendwas musste es sein. Ludwigs Schutzbefohlene waren selten fromme Lämmer.

Sie kehrte ihm den Rücken zu und drückte ihre Zigarette aus.

»Berater. Was soll das heißen? Experte für Foltertechniken?«

Sie starrten sich an. Es war unmöglich, sich einen Reim auf ihren Gesichtsausdruck zu machen. Er lächelte, und sie schaute zu Boden.

»Ich bin Freiberufler.« Sein Grinsen verschwand. Er ging zum Kleiderschrank, nahm ihre Kleider heraus und legte sie ihr behutsam auf den Schoß. »Mit breit gefächerten Spezialkenntnissen. Ich glaube nicht, dass wir in Europa häufig Folter einsetzen. Das verstößt gegen gewisse gesundheitliche Richtlinien, könnte ich mir vorstellen. Bakterien und Viren und so.«

Ludwig nahm mit Erstaunen und einer gewissen Befangenheit zur Kenntnis, dass die Frau über seinen Scherz lachte. In diesem Augenblick erwachte sein Magen mit einem lauten Gurgeln. Da war etwas auf dem Weg nach oben. Er warf sich ins Badezimmer, ging bei offener Tür vor der Kloschüssel in die Knie und übergab sich, als würde er dafür bezahlt. Grüner Schleim? Ob ihm die

55

Gallenblase jetzt auch noch Ärger machen würde? Außerdem hatte
er wahnsinnige Schmerzen. Nächstes Mal musste er vielleicht etwas
zurückhaltender saufen. Er kam wieder auf die Beine und betrachtete sich mit blutunterlaufenen Augen im Spiegel. Die Frau saß auf
dem Bett und sah betreten drein. Ludwig spülte sich den Mund
mit nach Chlor stinkendem Leitungswasser und der Zahncreme
der Frau aus. In ihrer Kulturtasche waren keine Medikamente. Er
erinnerte sich nur noch bruchstückhaft an die Anweisungen des
Einsatzhandbuchs, ein Stapel Papier, den er vorschriftsgemäß nach
der Lektüre irgendwann vor bald zwanzig Jahren verbrannt hatte.
Er meinte, darin gelesen zu haben, die Schutzperson dürfe keinen
Zugang zu rezeptpflichtigen Medikamenten haben.

»Ja ja«, sagte er, als er wieder ins Zimmer trat. »Nie wieder
Sushi.«

Die Frau schwieg und starrte auf ihre Stiefel. Sie verhielt sich
unerwartet freundlich. Ludwig wurde nicht schlau aus ihr. Er bereute es, dem Amerikaner im Strandkorb nicht weitere Informationen entlockt zu haben.

»Kommen Sie, wir fahren«, sagte Ludwig. »Ist das Zimmer
schon bezahlt?«

»Ja.« Sie erhob sich vom Bett und begann ihre Kleider in eine
knittrige, karierte Plastiktasche zu stopfen, wie sie pakistanische
Frauen in Kreuzberg zum Einkaufen bei Lidl verwendeten. »Für
eine Nacht. Aber egal, das gleicht sich mit dem aus, was ich aus der
Minibar genommen habe.« Inzwischen wirkte sie etwas entspann-
ter. Ihre Stimme hatte auf einmal etwas irritierend Schleppendes.
Der Tonfall der Privilegierten, so wie man eine Fliege wegwedelt.
Die Frage nach dem Geld schien sie sowohl zu langweilen als auch
in Verlegenheit zu bringen.

»Dann ist ja alles in Ordnung«, bemerkte Ludwig.

Sie gingen nach unten. Die Lobby war immer noch leer, aber
der Wagen mit der Wäsche war verschwunden. »Warten Sie hier«,
sagte er und trat ins Freie.

Parkplatz. Auto. Heckklappe.

Er wühlte in den Säcken mit den hochwertigen Thunfischkon-serven, die er auf der Auktion in Dresden erstanden hatte und de-ren Datum längst abgelaufen war. Schließlich fand er einen etwa ein Meter langen gebogenen Stiel mit einem Spiegel am Ende und warf einen Blick unter das Chassis. Die Prozedur rief unbehagliche Erinnerungen an das letzte Jahr seiner Wehrpflicht wach, das er an verschiedenen Grenzübergängen abgeleistet hatte. Damals hatte er, soweit er sich erinnern konnte, zum ersten Mal gebetet: *Lieber Gott, ich bitte dich, dass niemand unter dem Auto liegt, lieber Gott, sorge da-für, dass es unter dem Auto leer ist.*

Nein, auch heute würde niemand in die Luft gesprengt werden. Er schlug die Heckklappe zu und sah sich um. Wie ausgegossenes Gift begrenzte ein Tannenwald den Horizont, traumhafte Bedin-gungen für einen Scharfschützen.

Die Frau saß auf der Treppe vor dem Hoteleingang.

»Alles klar«, sagte Ludwig. »Jetzt fahren wir.« Während sie die vierzig Meter zum Auto zurücklegten, hielt er sich auf ihrer linken Seite, um sie Richtung Wald abzuschirmen. Sie warf einen langen Blick auf die Gulaschkanone und betrachtete dann die drei ram-ponierten Autos.

»Welches ist es?«, fragte sie ungnädig. »Der Geländewagen?«

»Yes.«

Die Sonne verschwand hinter einer Wolke. Er öffnete ihr die Beifahrertür, sah sich ein letztes Mal um und ging dann auf die Fahrerseite. Der Geruch von Autofähre hatte irgendwie zugenom-men.

»Ein englischer Wagen«, meinte sie. »Nett.«

»Deutscher Motor«, sagte Ludwig, drehte den Zündschlüssel um, schaltete das Abblendlicht ein und legte den Rückwärtsgang ein. Eigentlich hätte sich der rechte Außenspiegel jetzt automatisch nach unten drehen sollen, aber diese Finesse hatte bereits einige Monate nach dem Kauf versagt. Diese und viele andere Details.

»Und? Aus welchem Grund?«

»Aus dem einfachen Grund«, sagte Ludwig und setzte in einer Kurve zurück, »dass sich die Engländer damit ruiniert haben, den Krieg zu gewinnen.«

»Sie meinen, ein deutscher Motor steht für Qualität im Verborgenen.«

»Er läuft wie ein Uhrwerk«, erwiderte Ludwig, während sie den Parkplatz verließen. Da er sich an die Geschwindigkeitsbegrenzung hielt, würde die Rückfahrt zwanzig Minuten länger dauern.

»Wie heißen Sie eigentlich?«, fragte er und drehte das Radio leiser.

»Faye. Faye Morris.«

»Und woher kommen Sie?«

»Spielt das eine Rolle?«, fragte die Frau müde. »Aus Washington DC.« Das war ihr letzter Wortwechsel vor der Stadtgrenze. Ludwig drehte das Radio wieder auf.

*

Für den Rückweg wählte er dieselbe Route und verstieß damit gegen jede erdenkliche Vorschrift. Manchmal übertönte die Intuition seine Vernunft. Und manchmal ließ sich nur mit Mühe heraushören, was wichtiger war.

Kurz vor sieben passierten sie das Brandenburger Tor. Wie eine Touristin starrte sie diese Berliner Ikone an. Wahrscheinlich war sie noch nie hier gewesen, denn sonst hätte sie gewusst, dass hinter dem Denkmal die amerikanische Botschaft lag, und hätte vermutlich lauthals protestiert. Vielleicht war es ihr aber auch einfach egal.

Zurück in Kreuzberg. Ein Fahrradfahrer mit Rastalocken zerkratzte ihm beinahe den Lack, als er in die Adalbertstraße abbog. Ein sauteurer Audi fuhr an und hinterließ fünfzehn Meter von Ludwigs Haus entfernt eine Parklücke von zufriedenstellender Größe.

58

»Wir sind am Ziel«, erklärte Ludwig, nachdem es ihm gelungen war, sich in die Lücke hineinzuzwängen. »Alles in Ordnung?«, fragte er, als sie begann, sich nervös am Arm zu kratzen.

»Welches Ziel? Und was geschieht jetzt?«

»Was soll schon groß geschehen? Immer diese Fragen. Was ist eigentlich los?«

»Ich weiß immer noch nicht, ob ich Ihnen vertrauen kann.«

Er deutete auf die Uhr am Armaturenbrett. »Drei Stunden«, sagte er. »Drei Stunden lang hätte ich Ihnen jetzt schon etwas antun können.«

Fünf Sekunden verstrichen. Zehn. Ein Alkoholiker ging vorbei und zog den Kopf ein, als hätte sich ihm Gott im Himmel offenbart. Ludwig ließ seinen Blick über die Gehsteige wandern. Keine einsamen Gestalten, die herumlungerten oder in irgendwelchen Autos saßen.

»Okay«, sagte die Frau seufzend und öffnete die Tür. Sobald ihre Füße den Bürgersteig berührten, zündete sie sich eine Zigarette an. »Wohin gehen wir?«

Ludwig schob sie behutsam Richtung Haustür. Im Innenhof saß der Amerikaner aus Ziegendorf. Was sollte das schon wieder? Welch ein Aufgebot. Die Frau grüßte höflich. Der Amerikaner antwortete nicht, sondern starrte nur vor sich hin wie ein Schimpanse in einem chinesischen Zoo. Ungut das Ganze. Ludwig ging an ihm vorbei und öffnete grußlos die Tür zum Treppenhaus.

Frauen auf der Treppe, dieselben, die immer unten im Hof standen und rauchten. Putzfrauen und Krankenschwestern in mintgrünen Uniformen. Im Haus lag eine Frauenklinik. Ludwig hatte nur eine vage Vorstellung davon, was sich darin abspielte. Er nickte, sie nickten zurück. Faye Morris, die vor ihm herging, erklomm die vier Treppen scheinbar mühelos.

»Ich hoffe, Sie mögen Kebab«, sagte Ludwig, nachdem er ihr einen Stuhl am Küchentisch angeboten hatte. Dann zog er alle Gardinen zu. »Vermutlich gibt's in nächster Zeit allerhand Fast Food.«

59

Die Frau sah sich mit Entsetzen um, als hätte man sie in einen Schweinestall gelockt. »Wohnen Sie hier?«

»Bin gleich wieder zurück«, lautete Ludwigs Antwort.

»Wo wollen Sie hin?«

»In der Plastikdose unter der Spüle finden Sie Nescafé«, erwiderte er und ging zum Herd. Der Topf mit den angetrockneten weißen Bohnen sah aus, als wäre er einmal zu oft verschmäht worden. Er warf ihn in die Mülltüte, die am Kühlschrank hing. »Vielleicht gibt es auch Teebeutel.«

Ludwig versuchte sich an einem Lächeln, das ihm jedoch misslang.

»Schließen Sie hinter mir ab«, fuhr er fort. »Ich sage unserem Freund da unten, dass er raufkommen und vor der Tür Wache halten soll, solange ich weg bin.«

Faye erhob sich und begann, mit verschränkten Armen auf und ab zu gehen.

Auf dem Weg nach unten versuchte Ludwig die Lage zu deuten. Hätte die CIA die Frau umbringen wollen, dann wäre sie bereits tot. Notfalls hätte er sogar selbst Hand anlegen müssen. Im Augenblick fürchtete er einen solchen Befehl mehr als alles andere.

Ludwig Licht mit seinen diffusen Loyalitäten, seiner Paranoia, seinem verschlafenen Zynismus – Ludwig Licht wusste, wie die Welt funktionierte. Und sie funktionierte schlecht, richtig schlecht.

Adalbertstraße, Berlin-Kreuzberg
So., 17. Juli 2011
[19:40 MEZ]

Ludwig nickte dem jungen Amerikaner zu, der mit einem Buch im Hof saß. Sein Anzug sah teuer aus. Er war mit großem Ernst und enormem inneren Eifer bei der Sache. Ob sie ihn von einer Spezialeinheit der Armee rekrutiert hatten? Oder er war vorübergehend von einem Privatunternehmen angeheuert worden. Söldner aus Unternehmen mit dramatischen, bedrohlich klingenden Namen zeichneten sich meist dadurch aus, dass ihnen die nötige Distanz fehlte. Sie wollten gerne beweisen, wie seriös sie waren. Ludwig konnte es ihnen nachfühlen. Er gehörte selbst zum privaten Sektor.

»Ich muss kurz weg«, sagte Ludwig. »Bewachen Sie solange die Tür da oben. Haben Sie alles, was Sie brauchen, oder möchten Sie die hier ausleihen?« Er öffnete ganz kurz sein Jackett, sodass seine Pistole zu sehen war. Nach dem Versuch der Italiener, die amerikanischen CIA-Agenten vor Gericht zu stellen, die den vermutlichen Terroristen Abu Omar 2003 überfallen und nach Ägypten entführt hatten, kam es ab und zu vor, dass CIA-Leute im Feld unbewaffnet waren, eine für Ludwig erschreckende Entwicklung. Die Katastrophe im afghanischen Khost am Tag vor Silvester, als der Dreifachagent und Selbstmordattentäter Humam al-Balawi sieben

CIA-Agenten mit sich in den Tod riss, hatte die Organisation allerdings dazu veranlasst, gründlich über die Sicherheit ihrer Angestellten nachzudenken. Infolgedessen klangen die Anweisungen meist widersprüchlich. Einerseits galt es, bei Aufenthalt auf fremdem Territorium möglichst auf Waffen zu verzichten, dennoch sollte man immer in erster Linie an die eigene Sicherheit denken. Falls die Vorgaben politisch bedingt waren, handelte es sich um eine recht diffuse Politik. Da Ludwig nicht fest angestellt war, konnte er tun und lassen, was er wollte, solange er nicht erwartete, nach einer großen Dummheit von einer amerikanischen Behörde rausgehauen zu werden.

»Nicht nötig«, sagte der junge Agent nach gewissem Zögern, das Ludwigs Verdacht bestätigte: Er war unbewaffnet.

»Wie Sie wollen.« Ludwig wartete ab, bis der Amerikaner nach oben ging, dann erst verließ er den Innenhof.

Es war Zeit, GT anzurufen. Ludwig überquerte die Oranienstraße und ging Richtung Kottbusser Tor. Hier befanden sich nicht nur ein stark befahrener Kreisverkehr und eine extrem heruntergekommene U-Bahn-Station, sondern auch das administrative Zentrum der Kreuzberger Dealerszene.

Ohrenbetäubender Lärm. Ludwig verschwand auf die Ladezone des Kebabladens gegenüber der Apotheke, griff zu seinem Handy und wählte die wohlbekannte Nummer. Am anderen Ende meldete sich die Vermittlung.

»DEGO drei«, sagte Ludwig.

»Einen Augenblick.«

»Ja?«, ließ sich GTs Stimme nach rekordverdächtig kurzer Zeit vernehmen.

Eine aufgeschreckte Ratte huschte an Ludwigs Füßen vorbei und verschwand unter einem nassen Karton. Aus östlicher Richtung die verklingenden Sirenen eines Krankenwagens. Zwei heimlich rauchende Jungs auf einem Balkon drei Stockwerke über ihm.

»Das Paket ist sichergestellt.«

»Gut. Bist du gerade abkömmlich? Ich wüsste gerne, was du in Erfahrung gebracht hast, außerdem habe ich auch noch eine Bitte.«

»Okay.«

»Was hältst du von … Staten Island? Ich bin in zwanzig Minuten dort. Dunkelblauer BMW. 20.05 Uhr. Es gibt übrigens Post für dich.«

Staten Island war der Deckname einer abhörsicheren Tiefgarage in der Manteuffelstraße, einen knappen Kilometer entfernt. Die CIA hatte ein privates Sicherheitsunternehmen damit betraut, die Garage einmal täglich zu durchsuchen. Die Vorteile lagen auf der Hand. Wer sich jedoch für die Kontakte der CIA interessierte, musste einfach nur die beiden Einfahrten der Tiefgarage im Auge behalten, um eine immer länger werdende Liste von Leuten zu erstellen, die observiert werden mussten. Darauf hatte Ludwig bereits mehrmals hingewiesen, ohne von den Amerikanern ernst genommen zu werden. Ohnehin nahm niemand etwas ernst, seit die Russen die große Gleichgültigkeit zur Schau stellten.

Er folgte der Kottbusser Straße zum Paul-Lincke-Ufer am Landwehrkanal, in dem an einem Junitag 1919 Rosa Luxemburgs Leiche getrieben war. Inzwischen hatte es zu nieseln begonnen, und die Temperatur war unter zwanzig Grad gesunken. Die Jogger trotzten dem Wetter, die Biertrinker hatten sich woandershin verzogen. Ludwig begann Richtung Osten zu gehen. Nach einigen Hundert Metern setzte er sich auf eine Bank am Wasser. Fünfundzwanzig Meter von ihm entfernt stand der Mülleimer, den die Amerikaner dazu verwendeten, um ihm Dokumente und Geld zu übergeben. Seine Anweisung lautete, fünf Minuten zu warten, ehe er einen Blick in den Mülleimer warf, und immer gleichzeitig selbst etwas wegzuwerfen.

Am gegenüberliegenden Ufer lag das Schiff mit dem Bierausschank, das trotz Hauptsaison spärlich besetzt war. Vielleicht war es ja noch zu früh am Tag. Genau genommen war es eigentlich immer zu früh. Die Stadt trug einen zu großen Anzug – der Krieg hatte den vorgesehenen Inhalt geschrumpft.

Einfach nur auf der Bank zu sitzen erfüllte ihn mit Rastlosigkeit. Er erhob sich, sah sich um, ging zum Mülleimer. An der Unterseite des Deckels klebte ein Umschlag. Zwei Kreuze auf jeder Seite. In der Innentasche seines Jacketts fühlte er sich viel zu leicht an.

Hoch zur Manteuffelstraße, vorbei an verschiedenen Cafés und Kneipen, die von den geizigen Studenten frequentiert wurden, die nie mehr als eine Vorspeise und Bier vom Fass bestellten. Diesen Gästen hätte er im *Venus Europa* gerne Hausverbot erteilt.

Das verdammte Geld. Erst zwei Straßen weiter öffnete er den Umschlag und schaute nach. 1500 Euro. Es hätte auch weniger sein können.

Vor dem städteplanerischen Super-GAU an der Kreuzung Skalitzer Straße erwartete ihn ein rotes Ampelmännchen. Mit elektromagnetischer Präzision wurde Ludwig von einem Reklameplakat angezogen, das für eisgekühlten Western Gold Bourbon warb. Er schluckte. Nach der Besprechung musste er vielleicht noch kurz in die Kneipe.

*

Während der sieben Minuten, die Ludwig neben der Garageneinfahrt verbrachte, fuhr nur ein Auto hinein. Eine Familie mit Kindern. Punkt sieben Minuten nach acht, zwei Minuten zu spät, tauchte der dunkelblaue BMW 720 auf. Der Fahrer nickte ihm zu und hielt vor der hellblauen Schranke. Ludwig stieg hinter dem Fahrer ein und nahm neben GT Platz. Der Fahrer schob seine Karte in den Automaten, die Schranke hob sich, und sie fuhren in den Untergrund. Die Familie mit den Kindern war verschwunden.

»Sie könnten sich etwas die Beine vertreten«, sagte GT zum Fahrer. Dieser parkte rückwärts ein, stieg aus und postierte sich neben dem Fahrstuhl.

»Und? Wie ist das Leben in der preußischen Kadettenanstalt?«, erkundigte sich Ludwig.

GT lachte. »Manchmal gar nicht so übel.«

Es war schockierend, wie sehr er zugenommen hatte. GT war mit Abstand der fetteste Mensch, mit dem Ludwig je eine längere Unterhaltung geführt hatte.

An diesem Abend trug der CIA-Stationschef einen dunkelgrauen Anzug ohne Schlips, vermutlich weil Sonntag war. Das blendend weiße Hemd unterstrich seine schwammige Blässe. Stirn und Kinn wirkten im Verhältnis zu seinem übrigen, in der Zwischenzeit noch aufgequolleneren Gesicht leider zu klein. Der Schnurrbart machte die Sache nicht besser. Einem schlanken Mann hätte er vielleicht ein gewisses Etwas oder einen Anflug von altmodischem Gentleman verliehen, aber GT war nun mal kein schlanker Mann.

»Was hast du bislang herausgefunden? Wer ist sie?«

»Faye Morris. Amerikanerin, behauptet sie. Aus Washington DC.«

»Okay«, erwiderte GT mit ausdrucksloser Miene und wiederholte den Namen im Stillen.

Ludwig schaute durch die getönten Scheiben. Nichts regte sich. Die Neonröhren über ihnen waren kaputt. Der Fahrer neben dem Fahrstuhl spielte an seinem Handy herum.

»Faye Morris aus DC«, sagte GT und strich sich seinen Schnurrbart mit Daumen und Zeigefinger glatt. »Hast du dir ihren Pass angesehen?«

»Natürlich.«

»Und? Wieso sagst du dann: ›behauptet sie‹?«

»Wovon redest du?«

»Du hast gesagt: ›Amerikanerin, behauptet sie.‹«

Ludwig schwieg.

»Könntest du bitte ihren Pass überprüfen?«, sagte GT.

»Yes.«

GT starrte ihn an.

Ludwig blickte finster zurück. »Warum haben deine Leute das denn nicht beim Abholen überprüft?«

»Weil ich ihnen ausdrücklich davon abgeraten habe«, erklärte GT und strich sich mit der Hand über das Kinn.

»Was soll das denn alles, Clive?«

»Ich will nicht, dass zu viel geredet wird. Je weniger Einzelheiten bekannt sind, desto besser. Aber darüber können wir uns später unterhalten. Offenbar verfügt sie über hochbrisante Informationen.«

Oder irreführende Informationen, dachte Ludwig. Oder Informationen, die nicht an die Öffentlichkeit dringen dürfen.

GT holte Luft. »Vor einer Woche sind in Marrakesch drei Amerikaner ermordet worden, ein Soldat und zwei Zivilisten.«

»Und?«

»Morris hat sich gestern Abend telefonisch in der Botschaft gemeldet und uns mitgeteilt, sie verfüge über Informationen zum Vorfall in Marokko.«

Ludwig wartete.

»Es könnte … zu einigem Hin und Her hinsichtlich der Jurisdiktion dieser Operation kommen«, meinte GT.

»Aha.«

»Ich will verhindern, dass sich das FBI oder andere einmischen. Diese Sache löse ich alleine.«

Die Abkürzung FBI klang aus seinem Mund in etwa wie das Wort Finanzamt aus dem Munde eines Autohändlers.

»Okay.« Ludwig kratzte sich seinen Fünftagebart. Diese Art von Operation gefiel ihm überhaupt nicht. Bedeutete das beispielsweise, dass er allein zurechtkommen musste, wenn beim Einsatz etwas schiefging?

»Einen Haufen Bullen, die hier herumstiefeln, können wir wirklich nicht gebrauchen.«

Ludwig fiel plötzlich auf, dass er, als er noch bei der Stasi arbeitete und geheime Informationen an die USA verkaufte, nie einen

Gedanken daran verschwendet hatte, dass jenseits der Mauer ebenso viele Ränke geschmiedet wurden. Er bedachte GT mit einem raschen Blick. Wie sehr er sich doch geirrt hatte.

»Bist du dir sicher, dass wir diese Angelegenheit im Alleingang durchziehen wollen?« Ludwig war nie sonderlich behaglich zumute, wenn er von den USA und der CIA als »wir« sprach. Er befürchtete immer, GT könnte ihn auslachen, was aber nie geschah.

»Die CIA ist in letzter Instanz immer für brisante Informationen zuständig«, sagte GT leise, öffnete den Sicherheitsgurt und reckte sich auf dem für ihn viel zu kleinen Sitz. »Und wir müssen es ausbaden, wenn etwas schiefläuft.« Er seufzte, wandte sich dann mit einem Lächeln an Ludwig und fuhr fort: »Heutzutage ist alles so diffus. Früher gab es eine weiße Zone, und das waren wir, und eine schwarze Zone, das waren die Kommunisten, und dazu kam eine dritte Zone, in der der eigentliche Konflikt ausgetragen wurde. Aber jetzt?«

Er schloss die Augen und massierte sich die Schläfen.

»Jetzt gibt es nur noch eine einzige Zone«, fuhr er fort, »und die ist grau wie die Gedärme eines aufgeschlitzten Schweins. Unsere Befugnisse sind größer, das schon. Seltsam, wenn man bedenkt, dass der Feind weitaus harmloser ist. Gleichzeitig steht uns weniger Geld zur Verfügung, jedenfalls in diesem Teil der Welt. Und alle anderen – FBI, NSA und sogar der Zoll – haben ebenfalls größere Befugnisse. Dadurch häufen sich die Konflikte und damit die Fehler. Und sobald auch nur der kleinste Fehler begangen wird, schreit ganz Washington lauthals nach strukturellen Reformen.«

Ludwig war es nicht gewohnt, dass ihn GT an seinen Gedanken teilhaben ließ. Niemals wäre er auf die Idee gekommen, dass dieser um seine Stellung bangte.

»Ich wünsche mir nur eines, Ludwig«, sagte GT und öffnete die Augen, »und zwar, dass das Paket an die richtige Adresse gelangt.«

Ludwig wartete ab, aber GT schwieg.

»Und wie lange soll ich sie beherbergen?«, fragte er schließlich.

»Komm«, sagte GT, öffnete die Tür, stieg umständlich aus und ging ein paar Schritte.

Ludwig folgte ihm. Hellblauer Hochglanzbetonboden, frisch gestrichene weiße Pfeiler. Es roch gut: Diesel, Benzin und noch etwas, eine unentschiedene Mischung aus Lilien und Putzmittel. Wahrscheinlich gab es in dem Gebäude ein Schimmelproblem. Die Hausbesitzer hatten ein Faible dafür, mit exotischen Duftsprays von solchen Dingen abzulenken. Solange es ging.

»Ich will, dass du morgen die Stadt verlässt«, sagte GT mit leiser Stimme, den Blick auf den Fahrer gerichtet. »Mit ihr.«

Die Stadt verlassen. Mit ihr.

Als Anfänger glaubte man immer, diese Angst sei hilfreich und schärfe die Sinne. Später wusste man es besser.

»Wohin soll ich sie fahren?«

»Zum Flugplatz Sperenberg.«

Ludwig nickte.

»Ruf mich morgen an, falls dir was dazwischenkommen sollte. Sonst sehen wir uns um zehn Uhr dort.«

»Und das Äffchen, das in meinem Hinterhof sitzt und so tut, als könnte es lesen?«

»Ach? Tut er das?« GT hustete oder lachte. »Ich besorge ihm eine andere Beschäftigung. Gegen sechs morgen früh. Du kannst mit einer Pause von mindestens einer halben Stunde rechnen.«

Ludwig starrte auf GTs braune Wildlederschuhe.

GT breitete die Arme aus. »Warum schmollst du jetzt schon wieder? Schließlich bezahlen wir dich für deine Flexibilität.«

Das war die Gelegenheit.

»Apropos«, sagte Ludwig mit einem berechnenden Lächeln. »Ich finde nicht, dass mein Honorar … mit der Inflation Schritt gehalten hat.«

GT nickte langsam. »Ich werde sehen, was sich machen lässt.«

»Fünfzehntausend Euro.«

Der beleibte Mann legte seine Stirn in besorgniserregende Falten. »Meine Güte«, sagte er und pfiff halblaut. »Stolze Summe.«

»Kommt natürlich drauf an, wie sich der Auftrag entwickelt«, erwiderte Ludwig versöhnlich.

»Ganz genau«, meinte GT erleichtert.

Ludwig bedauerte sein Einlenken sofort. Doch was nützte ihm das Bewusstsein, lausig zu verhandeln? Nichts wurde dadurch besser, ganz im Gegenteil.

GT schaltete sein Lächeln ab. »Aber jetzt müssen wir uns auf die eigentliche Situation konzentrieren. Du musst möglichst viel in Erfahrung bringen. Ich bin von lauter neuen Leuten umgeben und weiß nicht, wem ich vertrauen kann.« Er ging einen Schritt auf Ludwig zu und legte ihm seine Hand auf die Schulter. »Außer dir. Bald sind nur noch du und ich als einzige Relikte aus der alten Zeit übrig. Wir müssen zusammenhalten. Wie damals, als es am allerschlimmsten war.«

Wahrscheinlich sprach GT von den Neunzigern, der schlimmsten Zeit im Leben des Amerikaners: das Ende einer Epoche, Großraumbüros, Kooperation, Eintracht, gemeinsame Übungen und Harmonie. Alles erwachte wieder zum Leben, als die Twin Towers in Manhattan einstürzten. Die Auszeit war vorbei, die Maschinerie kam wieder in Gang, und zwar mit Vollgas.

Sollte das wirklich Ludwigs einziger Freund sein? Die Luft, die man in ihrer Schattenwelt atmete. Die Luft dort drinnen! Wie in einem Bankgewölbe. Sie war anderen nicht zu vermitteln.

Der Fahrer starrte zu ihnen herüber.

»Wir halten zusammen«, erklärte Ludwig und holte tief Luft. »Aber ich habe keinerlei Informationen. Du musst mir irgendeinen Hinweis geben.«

»Lucien Gell.«

»Lucien *Gell?*« Der Nachname war kaum hörbar, Ludwig bewegte nur die Lippen.

»Zwei seiner Lakaien wurden in Marrakesch ermordet.«

»Haben wir es auf Gell abgesehen?«

»Im günstigsten Fall ja.«

»Worauf hast du dich da eigentlich eingelassen?« Ludwig starrte auf die blasse Hand, die auf seiner Schulter lag. Seine Frage war
aufrichtig gemeint.

GT trat einen Schritt zurück, zog den Kragen seiner Jacke glatt
und fuhr sich mit der Hand durch sein weißes Haar. Eine gewisse
Befangenheit schien sich seiner zu bemächtigen, und er schaute ein
weiteres Mal auf seine Uhr.

»Hier«, sagte er und zog ein dunkelgraues Handy aus der Tasche.

Es war ein STU-III CT, hergestellt von Motorola unter der
neuen Bezeichnung General Dynamics C4S, ein abhörsicheres
Handy, sofern der Gesprächspartner dieselbe Verschlüsselungs-
technik verwendete. Es lag recht schwer in der Hand, was vor allem an dem großen Akku lag, der für zwei Wochen Stand-by aus-
reichte.

»Meine Nummer ist abgespeichert«, sagte GT.

Ludwig nickte. Erst jetzt, als er das Gewicht des Gerätes spürte, merkte er, dass seine Hände ein wenig zitterten. Diese Art von
Nervenschaden war jedoch vorübergehender Art und ließ sich be-
handeln.

»Sonst noch was?«, fragte Ludwig mit gedämpfter Stimme.

GTs Schweigen vermittelte ihm wieder einmal einen Eindruck
davon, wie es sein musste, ihn als Chef zu haben.

»Johnson!«, rief GT. Der Fahrer trottete zum Wagen zurück,
öffnete GT die Tür und setzte sich dann ans Steuer. Keine weiteren Worte oder Blicke wurden gewechselt. Die Limousine fuhr
davon.

Von der Decke tropfte es feucht und landete auf einem gelben

Fiat. Ein Mann stieg aus dem Lift und setzte sich in sein beiges Taxi, um seine Nachtschicht anzutreten. Ludwig wartete noch einige Minuten und ging dann an der Schranke vorbei auf die Straße.

Er bereute, dass er nicht auf Vorauszahlung bestanden und weitere Informationen eingefordert hatte. Er bereute sogar, dass er sich vor dem Treffen nicht noch schnell rasiert hatte. Es hieß ja, dass man jene Dinge am meisten bereute, die man unterlassen hatte. Ein großer Irrtum, fand Ludwig Licht, denn seine Taten bereute man noch mehr.

*

Der Abend war kalt und feucht wie ein schmutziges Abgasrohr. Nach einem raschen Fußmarsch stand Ludwig vor seiner Haustür in der Adalbertstraße, wo er erst einmal innehielt. Schräg gegenüber lag eine muffige, rund um die Uhr geöffnete Bar. Die Entscheidung fiel ihm leicht. Der große Vorteil eines Drecklochs wie der *Roten Rose* war nämlich, dass die schäbige Teakverkleidung, der fleckige Teppichboden, die Jukebox mit der gesprungenen Scheibe und die gnadenlosen Holzbänke auf alle Leute, die sich möglicherweise ein Gespräch mit ihm vorstellen konnten, abschreckend wirkten. Übrig blieb nur eine Klientel, die aus bislang unerforschten Galaxien stammte. Ein weiterer Lichtblick, vielleicht ein noch größerer, war, dass es sich nicht um seine eigene Kneipe handelte. Dort wären die Getränke zwar gratis gewesen, die Unterhaltungen hingegen wohl kaum.

Es stank nach den Bier trinkenden Kettenrauchern, die sich in der Tür und auf den Bänken vor dem Lokal drängten. Im Inneren befanden sich nur die Barkeeperin und ein alter kranker Peruaner, der unentwegt Verwünschungen vor sich hin zischte. Und das Aquarium, dessen Leuchtstoffröhre die Fische mit ihrer flackernden Unentschlossenheit quälte.

Als Ludwig eintrat, hob die Barkeeperin ihren Blick von dem grünen Teppich und nickte ihm zu. »Sieh mal einer an, dich gibt's also auch noch«, meinte sie grinsend.

»Wieso?«

»Ich hätte nicht gedacht, dass ich dich noch mal zu Gesicht kriege. Nach letztem Freitag.«

Ludwig hatte keine Ahnung, wovon sie sprach.

»Tut mir leid«, erwiderte er und starrte auf einen der langsam vor sich hin sterbenden Fische in dem algengrünen Aquarium.

»Kein Problem«, sagte die Frau. Die Sonne hatte ihrem hennagefärbten Haar ziemlich zugesetzt.

Ludwig nahm auf dem Barhocker Platz und legte einen Geldschein auf den Tresen. »Das Übliche, bitte.«

Sie schenkte ihm einen doppelten Jameson ein und nahm klimpernd Ludwigs Wechselgeld aus der Kasse. Ausgerechnet in dem Moment, als er das Glas an die Lippen hob, sagte die Barkeeperin: »Pavel war heute Nachmittag hier und hat nach dir gefragt.«

Der Alkohol brannte wie Abflussfrei in seiner Kehle.

Ein Tag ohne Ende. Gerade noch genug Luft. Eine Luft ohne Sauerstoff.

»Falls er noch mal auftaucht«, erklärte Ludwig mit tonloser Stimme und schob das halb leere Glas beiseite, »kannst du ihm ausrichten, dass ich da was in Aussicht habe.«

Eine Flasche Heineken erschien auf dem Tresen.

»Brauchst du ein Glas?«, fragte die Barkeeperin und wollte die Flasche öffnen.

»Heute Abend nicht«, sagte Ludwig und machte eine abwehrende Handbewegung.

Die Flasche verschwand wieder. Er hätte zu gerne das Zittern seiner Hände unterbunden und sich erneut betrunken. Und zwar gründlich. Wie eilig hatte er es eigentlich? Aber für heute musste es reichen. Feiern konnte er, wenn er GTs jüngsten Kreuzzug überlebt hatte.

»Ich nehme lieber einen Kaffee.« Er schaute sich um. »Hast du vielleicht eine Zeitung? Ist in der letzten Woche was in der Welt passiert?«

»Nichts, was nicht auch früher schon passiert wäre«, sagte die Barkeeperin und reichte ihm einen Stapel Zeitungen.

Bitterstraße, Berlin-Dahlem
So., 17. Juli 2011
[21:10 MEZ]

»Hier ist gut«, sagte GT zu Johnson. Sie hielten an der Bushaltestelle, an der auch GTs Frau, die keinen Führerschein besaß, für
gewöhnlich ein- und ausstieg.

»Sicher?«

»Ich gehe das letzte Stück zu Fuß.«

»Soll ich Sie anrufen, falls was sein sollte?«, fragte Johnson.

Ein junger Mann mit zu weiten Jeans baute sich an der Haltestelle auf. GT konnte nicht umhin, den Jungen anzustarren, der eine
New-York-Rangers-Cap trug. Bestimmt gab es irgendwelche Stu-
dien über die Hassliebe der Europäer zur amerikanischen Kultur.
Von den Untersuchungen der CIA ganz zu schweigen.

Es fiel ihm schwer, die Begegnung mit Ludwig Licht abzuschüt-
teln. Sein würziges Rasierwasser hing immer noch in den Leder-
sitzen des BMW. GT machte sich größere Sorgen um ihn, als er
hatte erkennen lassen. Gleichzeitig bewunderte er ihn. Nur wenige
hatten in ihrem Leben so viel riskiert und so wenig als Gegenleis-
tung bekommen.

»Sir?«

»Wie bitte?«

»Soll ich Sie anrufen, wenn wir mehr wissen?«

»Ja. Aber seien Sie diskret. Sie, ich und Almond regeln diese Sache ganz allein.«

»Kein Problem, Sir«, sagte Johnson unbekümmert.

Dann legte er den Arm um die Kopfstütze des Beifahrersitzes, als wollte er zurücksetzen, schaute nach hinten und sah GT forschend an. »Kann man sich wirklich auf Licht verlassen?« Er löste den Sicherheitsgurt, ohne GT aus den Augen zu lassen. »Entschuldigen Sie meine Frage, aber er wirkt nicht sonderlich stabil.«

»Er ist stabil genug.«

»Ich weiß, dass wir ihn auch früher eingesetzt haben, aber damals war er bestimmt in besserer Form, oder?«

»Das war vor Ihrer Zeit«, erwiderte GT kühl. »Manchmal sind Leute mehr auf Zack, als es den Anschein hat«, fügte er hinzu und erkannte im selben Moment, wie defensiv das wirken musste.

»Das stimmt natürlich, Sir.« Johnson blickte wieder nach vorne.

»Ich will Ihnen mal was verraten«, sagte GT langsam.

»Ja?«

»Peter Mueller. Der IT-Experte. Er war ein hohes Tier bei Hydraleaks.«

Johnson schwieg. GT hätte jetzt gerne seinen Gesichtsausdruck gesehen.

»Was schließen Sie daraus?«, fragte er.

»Dass die Morde in Marrakesch etwas mit Hydraleaks zu tun haben«, überlegte Johnson laut. »Und eventuell mit Lucien Gell«, fuhr er nach einigen Sekunden fort. »Die perfekte Gelegenheit, an Gell heranzukommen.«

»Genau. Almond weiß es bereits, und jetzt sind auch Sie eingeweiht. Ich kann nicht genug betonen, wie wichtig es ist, dass im Augenblick sonst niemand davon erfährt.«

»Selbstverständlich.«

»Können Sie noch heute Nacht Lichts Wagen mit einem Sender ausstatten?«

»Natürlich«, antwortete Johnson, ohne eine Sekunde zu zögern.

Kein Gejammer wegen der ständigen Überstunden. Keine überflüssigen Gegenfragen. Imponierend. GT würde es in der nächsten Beurteilung lobend erwähnen.

»Spätestens morgen früh um fünf.«

»Ja, Sir.«

GT dachte nach. »Was hat er für einen Wagen?«

»Einen Range Rover, hat Cox gesagt.«

»Ist der mit einem eingebauten GPS-Sender ausgestattet? Oder gibt's nur einen normalen Empfänger, der in Betrieb ist, wenn der Fahrer sein Navi benutzt?«

Johnson trommelte leise auf das Lenkrad, einer seiner Ticks, wenn sein Lieblingsthema angeschnitten wurde. Manchmal schnalzte er mit den Fingern. Diese Unart hatte GT ihm beinahe abgewöhnt. »Ein zehn Jahre alter Range Rover ist vermutlich mit dem GPS-System von BMW ausgestattet. Das Signal lässt sich mühelos abfangen, aber dafür muss der Fahrer das Navi einschalten. Man kann das Navi aber auch so programmieren, dass es immer an ist, wenn der Motor läuft, aber dafür benötige ich einen Techniker. Ob wir das bis morgen früh hinkriegen, weiß ich nicht. Wahrscheinlich ist es besser, wenn ich unter dem Fahrgestell einen separaten Sender anbringe.«

»Okay. Tun Sie das.«

Eine Kastanie kullerte auf die Kühlerhaube, und die Männer zuckten zusammen, als wären sie unter Beschuss geraten.

»Mensch«, sagte Johnson mit stockendem Atem. Er schüttelte den Kopf und lachte. »War das alles, Sir?«

»Tja, wenn man das wüsste …«

»Wie bitte?«

»Licht ist der reinste Bluthund. Er merkt alles. Lässt sich der Sender verstecken?«

»Verstecken ist zu viel gesagt, schließlich muss der Empfang noch gewährleistet ist. Man kann natürlich gleich zwei davon anbringen, und mit etwas Glück findet er nur den einen.«

»Glück ist kein Einsatzparameter, mit dem ich mich anfreunden kann, Johnson.«

»Verstehe.«

»Umprogrammieren klang besser. Ist es wirklich so schwer, einen Techniker aufzutreiben?«

»Dazu muss der Wagen vollkommen entladen werden, und das elektronische System muss … ich fürchte, so was dauert einen ganzen Tag.«

»Vergessen Sie's«, meinte GT. Er nahm die Brille ab und seufzte. »Bringen Sie den Sender einfach an einer günstigen Stelle an. Notfalls findet er ihn. Wir können ihn ohnehin über das Handy orten, das er von mir bekommen hat. Das muss als Back-up genügen.«

»Ja, Sir. Wollen wir das Auto auch abhören?«

»Nein. Nein, das ist nicht nötig.«

Johnson holte tief Luft. »Mit Verlaub … Ihre Vermutung, er könne den Sender entfernen, beunruhigt mich ein wenig.«

»Er wurde von der Stasi und von uns ausgebildet.«

»Dann hat er doch wohl wie alle anderen gelernt, Befehle zu befolgen?«

»Das ist aber nicht das Einzige, was er gelernt hat. Wen haben wir eigentlich vor seiner Wohnung postiert?«

»Cox.«

»Okay. Ziehen Sie ihn gegen sechs ab, und schicken Sie jemand anderen um halb sieben. Erwähnen Sie im Bericht keine Lücke, sondern nur eine normale Ablösung.«

»Sind Sie sich da ganz sicher, Sir?«

»Sicherer geht's nicht«, sagte GT und stieg aus. Sobald er die Tür zugeschlagen hatte, trat Johnson aufs Gas. Bei jedem anderen Mitarbeiter hätte GT vermutet, der Mann wolle noch vor Mitternacht nach Hause zu Frau und Kind. Aber es handelte sich um Johnson, und da lautete die plausibelste Erklärung, dass er sich in die CIA-Garage der Botschaft zurücksehnte, wo er mit Hingabe die sauteure Überwachungsausrüstung durchforsten würde.

77

In nichtssagender Majestät breitete sich vor ihm der traditions-
reiche Vorort Dahlem wie eine allzu kostspielige Mischung aus
Golfklub und Friedhof aus. Auf der gegenüberliegenden Straßenseite stand ein alter Mann mit einem Rottweiler und rauchte, während sein Hund an einen Fahrradreifen pinkelte. Dem Alten war
es sichtlich unangenehm, als er merkte, dass er beobachtet wurde.
Er zog an der Leine und ging weiter.

GT setzte seinen Weg in die andere Richtung fort und grübelte.
Konnte er Ludwig Licht vertrauen? Ja, er verließ sich auf dessen
Berechenbarkeit und Fähigkeit zu professioneller Distanz. Und darauf, dass er auch kritischen Situationen gewachsen war. Aber ge-
nügte er noch allen Anforderungen?

GT war 1984 für Ludwig Lichts Rekrutierung zuständig gewesen, als dieser sich mit der CIA in Verbindung gesetzt und seine
Dienste als Stasi-Insider angeboten hatte. Wegen seiner knappen,
kühlen Berichte hatte GT ihm den Decknamen Fimbul verliehen.
Bereits mit achtundzwanzig war Licht eine potenzielle Goldgrube
gewesen. Der fünf Jahre ältere GT hatte als dritter Mann der CIA
in Ostberlin wie ein Tier dafür gekämpft, um seine Vorgesetzten
für diese Anwerbung zu gewinnen. Alle fürchteten falsche Stasi-
Überläufer, die entweder Fehlinformationen verbreiten oder sich
ein Bild von den Arbeitsmethoden der CIA machen wollten. Aber
der Hass des jungen Ostdeutschen auf die DDR war vollkommen
echt gewesen. Der Fall Licht hatte GT auf längere Sicht den Posten als Stationschef eingebracht, eine Topstellung, die er trotz der
totalen Umstrukturierung nach der Wiedervereinigung und der
Zusammenlegung zweier Botschaften nach wie vor innehatte.

GT warf sich das Jackett über die Schulter und trat gemächlich den Heimweg an. Die Straße war von Bäumen gesäumt, ein
Schwalbenschwarm zwitscherte wie besessen.

Dahlem. Hier wohnte er seit fast fünfzehn Jahren und hatte sich
noch immer nicht an das Grün und die propere Sauberkeit gewöhnt. Irgendwie erinnerte ihn der Ort an Alexandria bei Wa-

shington. Die Bitterstraße in Dahlem. Kaum ein Ort schien noch weiter von Grace, Kentucky entfernt zu sein.

An Dahlem genoss er besonders, sich unbeobachtet dort aufhalten zu können. Alle drei Monate starteten die Leute von der Diplomatic Security eine neue Kampagne in Sachen Personenschutz, aber GT wollte keine Leibwächter um sich haben. Den Großteil seines Lebens hatte er im Feld und meist auf feindlichem Territorium verbracht. Es fiel ihm schwer, sich freiwillig einer Beschattung zu unterwerfen.

Außerdem wäre es vollkommen lächerlich gewesen, mit irgendwelchen Männern im Schlepptau durch das harmlose Dahlem zu flanieren, einen Ort voller Anwälte, Ärzte, riesiger Propangasgrills, boutiquenbetreibender Gattinnen und übernächtigter Teenager mit Essstörungen und absolutem Gehör. Eigentlich hätte er lieber ein Haus im ehemaligen Ostberlin gekauft, aber seine Frau hatte das mit dem Hinweis darauf verhindert, dass er sich doch nur wie ein siegreicher Eroberer fühlen wolle. Und damit hatte sie ja nicht ganz unrecht gehabt.

Die Wiedervereinigung. Seltsame Zeiten. Der Westen, also Bonn, war nach Osten in ein neu gebautes Botschaftsgebäude gezogen – das alte in Ostberlin hatte nicht den Anforderungen entsprochen. Es war nicht mehr dieselbe Stadt und auch nicht dasselbe Land. Und der Krieg, der richtige Krieg, ob kalt oder nicht, war vorüber. Die Show war vorbei.

Für etliche Leute hatte der Mauerfall einen Abstieg bedeutet. Für ihn selbst, aber noch mehr für Licht, war es eine berufliche Katastrophe gewesen. Ludwig Licht stand gerade im Begriff, bei der Stasi eine kometenhafte Karriere zu machen. Die zunehmend höheren Dienstgrade hätten ihm ermöglicht, GT mit immer besserem Material zu beliefern, wovon beide profitiert hätten. Aber natürlich hätte es auch ganz anders enden können.

Für Licht beispielsweise mit einem Genickschuss in irgendeinem Stasi-Keller. Der DDR-Spionagechef Markus Wolf hatte vor solchen Methoden nicht zurückgeschreckt. GT hatte während seiner Ostberliner Jahre drei Agenten verloren. Er ermahnte sich, nicht undankbar zu sein: Ebenso viele hatten nämlich überlebt. Von diesen dreien war jedoch nur Licht in der Branche geblieben. Und zwar mit Erfolg, egal welchen Eindruck er jetzt bei Johnson und anderen hinterlassen mochte.

GT schnaubte. Johnson und die anderen Botschaftsleute hatten noch nie den Auftrag erhalten, einen iranischen Ingenieur vor eine U-Bahn zu stoßen oder einer unter Drogen stehenden Fünfzehnjährigen einen Chip aus der Schulter zu schneiden. Sie hätten in der albtraumhaften Welt, die GT für Ludwig Licht geschaffen hatte, keine sechs Monate überlebt.

*

Fünf Minuten später stand GT vor einer weiß gestrichenen Pforte, dem einzigen Zugang zum Garten. Direkt hinter dem schmiedeeisernen Zaun wuchs eine fast zwei Meter hohe Hecke. Zehn Meter davon entfernt lag die zweihundert Quadratmeter große Backsteinvilla aus der Zeit um die Jahrhundertwende.

Im Haus brannte kein Licht – nur im Schlafzimmer. GT schloss die Haustür auf und drückte sie lautlos hinter sich zu. In der Diele hängte er sein Jackett an einen Haken und schlich sich in sein Arbeitszimmer.

Die Jalousien waren herabgelassen. Er öffnete sie einen Spalt und betrachtete den kleinen Garten, in dem der Brunnen vor sich hin plätscherte. Auf der Veranda direkt vor dem Fenster hatte er vor zwei Jahren seine letzte Zigarette geraucht. Die jüngsten fünfzehn Kilo waren der Preis, den er für diese großartige Idee bezahlen musste.

Er liebte sein Arbeitszimmer, das an ein Mahagonischiff erinnerte: Höhepunkt war der Schreibtisch, den er fünf Jahre zuvor auf einer Auktion in Bremen für einen lächerlichen Betrag erstanden hatte. Einst hatte er dem Sozialdemokraten Otto Wels gehört, dem vehementesten Nazigegner im Reichstag der Weimarer Republik. Zwölf Jahre nachdem Wels ins Exil gegangen war, hatte der Befreier Stalingrads und Berlins, General Tschuikow, den Tisch für seine private Korrespondenz verwendet. Außer GT und dem Auktionator, der diese Information jedoch für sich behalten hatte, wusste keine Menschenseele davon.

Ein weiteres Highlight war der kleine Kühlschrank neben dem pflaumenfarbenen Chesterfield-Sofa. GT nahm eine Dose Cola heraus, ließ sich auf einen Sessel sinken, klappte eine Seite des Couchtisches hoch und legte seine Füße darauf.

Aber es gelang ihm nicht, sich zu entspannen. Zwanzig Sekunden später saß er am Schreibtisch. Computer hochfahren, Browser öffnen. Er krempelte die Ärmel hoch und trank die Cola in großen Schlucken, dann stellte er die Dose auf den Untersetzer mit dem University-of-Kentucky-Logo und googelte »Faye Morris«.

Was auch immer er jetzt entdeckte, würden seine Leute natürlich ebenfalls herausfinden, aber es schadete nie, allwissend zu wirken und nur gelangweilt zu nicken, wenn ihm die Fakten präsentiert wurden. Das machte sie nervös und hatte zur Folge, dass sie sich noch mehr anstrengten.

Unerwartet viele und irrelevante Treffer.

GT schloss die Augen und bemühte sich, nicht mehr auf die Worte in seinem Kopf zu hören, sondern den Zusammenhang zu ergründen, die Verbindung zum …

Botschafter! Ronald Harriman. Dem Mann, mit dem sie hatte sprechen wollen.

Er schrieb »Ronald Harriman« und »Faye Morris« in die Suchmaske.

Nichts.

Aber irgendeine Verbindung musste es geben.

Was hatte sie noch gleich gesagt? *Ich spreche nur mit Ron.*

Eine private Beziehung? Vielleicht. Oder wollte sie den Telefonisten nur glauben machen, dass sie den Mann kannte, den sie sprechen wollte?

Und Deutschland? Er ließ sich nur die deutschen Treffer zu ihrem Namen anzeigen. Schon besser. Ein Treffer. Ein Artikel in der *FAZ*.

HYDRALEAKS-ANWÄLTIN ERKLÄRT LUCIEN GELLS ANKLAGE WEGEN STEUERHINTERZIEHUNG FÜR NICHTIG

Und da ein Foto von ihr. Pressekonferenz. Etwa zehn Mikrofone auf einem langen Tisch. Sie selbst in der Mitte, flankiert von zwei bärtigen, bebrillten Männern. Das Hydraleaks-Logo, ein giftgrünes umgedrehtes A auf schwarzem Grund, war unscharf hinter ihnen zu erkennen. Die Bildunterschrift lautete: »Faye Morris, die neue Anwältin von Hydraleaks, mit Peter Mueller (links) und Andreas Düben (rechts) während der gestrigen Pressekonferenz in Hannover.« Der Artikel war neun Monate alt. »Die Anklage ist ein trauriger Beweis dafür, dass die Bundesrepublik peinlicherweise dem Druck der USA nachgegeben hat«, lautete das drastischste Zitat.

GT verspürte ein Ziehen in der Magengegend wie bei seinem ersten Flug. Er griff zu seinem Telefon und wählte Almonds Nummer in der Botschaft.

»Ja?«, meldete sich Almond nach dem dritten Klingeln.

»Sind Sie eingeloggt?«, fragte GT mit angespannter Stimme.

»Immer«, antwortete Almond und klang, als wäre er bereits einige Stunden lang wach und hätte längst geduscht und ein paar Tassen Espresso getrunken.

»Haben Sie schon die neue Kryptokarte für das Handy?«

»Nein. Die kommt erst nächste Woche.«

»Okay. Nehmen Sie Ihren Laptop in mein Zimmer mit, und rufen Sie mich von dort an.«

»Ich kann den Code nicht, Sir.«

»Für mein Zimmer? Vier acht neun sieben sieben eins.«

Es vergingen dreißig Sekunden, fünfundvierzig. Beim ersten Klingeln hob GT ab.

»Jetzt dann also im privaten Modus«, sagte GT und betätigte den Knopf, der die Verschlüsselung seines STE-Telefons aktivierte, und wartete darauf, dass es ihm Almond am anderen Ende nachtat. Verzögerungen gab es keine mehr. Bei den älteren STU-III-Geräten hatte die Kontaktaufnahme der beiden Kryptokarten und die Generierung eines einmaligen Codes fünfzehn Sekunden gedauert. Mit dem neuen STE-Standard geschah dies binnen einer Millisekunde. Wie bei so vielen technischen Neuerungen lösten das Tempo und die Einfachheit bei GT eine gewisse Nervosität aus. Mit den Handbremsen neuer Autos, bei denen man nur einen Knopf drücken statt einen Griff hochziehen musste, erging es ihm ähnlich. Notgedrungen musste er sich jedoch damit abfinden.

GT trank den letzten Schluck Cola und stellte die Dose beiseite.

»Faye Morris …«, sagte Almond und zog die Pause künstlich in die Länge, »… ist die Anwältin von Hydraleaks.«

»Richtig.«

»Sie hat längere Zeit in Deutschland gelebt«, fuhr Almond unbeirrt fort. »Unter anderem hier in Berlin. Außerdem hat der Verfassungsschutz eine Akte über sie angelegt.«

Reflexmäßig hob GT die leere Coladose an die Lippen.

»Die ja, aber wir nicht?«

»Genau.«

»Wie zum Teufel ist das möglich?«

»Auch uns liegen gewisse Informationen vor, aber die sind nicht einsehbar.«

Das Problem mit der sogenannten Intuition war, wie GT bereits hundertfach hatte feststellen können, dass sie sich zwar stets auf gleiche Weise äußerte – nämlich als starkes Unbehagen –, jedoch nie spezifizierte, ob es sich um eine gute oder eine schlechte

Neuigkeit handelte. Und auch nicht, welchen Weg er einschlagen sollte. Sie war sich selbst genug.

»Können Sie das bitte etwas genauer ausführen?«, sagte GT nach einer halben Ewigkeit.

»Ich habe in der großen Datenbank gesucht. Null Treffer. Also habe ich überprüft, was uns eigentlich über Lucien Gell vorliegt. Da gab es natürlich so einiges. Ich habe mir diese Unterlagen ein bisschen genauer angesehen, vor allem im Hinblick auf Morris, die allerdings namentlich nicht genannt wird. Schon bald bin ich in einem Unterverzeichnis auf eine Datei gestoßen, die ich öffnen wollte. Das wäre jedoch nur mit der höchsten Sicherheitsbefugnis und einem nichtssagenden, aber komplett verschlüsselten SAP-Compartment-Zusatz möglich gewesen. Das Dokument heißt ›Operation CO‹. Es handelt sich zweifellos um eine SAP-Operation.«

Die sogenannten Special Access Programs waren streng geheime Einsätze, in die nicht einmal Leute mit der höchsten Security Clearance ohne Sondergenehmigung Einblick erhielten. Tausende solcher Operationen wurden unentwegt durchgeführt, einige wahnsinnig wichtig, andere eher harmlos. Die Geheimdienstausschüsse beider Kongresskammern erhielten dann und wann Zusammenfassungen dieser zwielichtigen Vorgänge in Gestalt von stichpunktartigen Listen. Das war alles.

Um eine Datei, wie Almond sie beschrieben hatte, öffnen zu dürfen, musste man erst einmal in Erfahrung bringen, wer für die Operation verantwortlich war. Der Compartment-Code gab einen Fingerzeig, stellte einen abgekürzten Hinweis für jene Leute dar, die bereits eingeweiht waren. Ein Code, der den eigentlichen Code verbarg.

854 000 Amerikaner waren berechtigt, das als »top secret« eingestufte Material einzusehen, davon arbeiteten etwa 265 000 bei Privatunternehmen, die als Subunternehmer mit Geheimdienst-, Objektschutz- und Personenschutzaufgaben betraut waren. Es ver-

stand sich von selbst, dass diese sogenannte höchste Sicherheitsbefugnis nur ein Ticket dritter Klasse war. Um auf Wesentliches zugreifen zu können, musste man die Genehmigung für ein bestimmtes Thema besitzen oder, wie es im Jargon hieß, »compartmentiert« sein, also zu einer bestimmten Untergruppe gehören.

GTs Ansicht nach bestand der Vorteil dieses komplizierten Systems darin, dass er selbst eine SAP-Operation leiten konnte, über die seine Vorgesetzten nichts in Erfahrung zu bringen vermochten, sofern sie ihm nicht eine exakte Frage stellten.

»Mehr habe ich nicht gefunden«, schloss Almond. »Inzwischen bin ich an drei Stellen in Gells Akte auf diese Operation gestoßen.«

»Und worum könnte es sich handeln?«

»Das lässt sich unmöglich sagen, Sir. Wir kommen da nicht ran.«

»Operation CO?«, wiederholte GT.

»Ja.«

»CO kann ja vieles bedeuten.«

»Es gibt in der Tat eine Menge Möglichkeiten«, räumte Almond mit einer gewissen Wachsamkeit in der Stimme ein. Er dachte im Beisein von Vorgesetzten ungerne laut nach. »Kohlenmonoxid, Commanding Officer … mir ist nichts Konkretes eingefallen.«

»Wieso erhalte ich bei Faye Morris nur einen Treffer, obwohl sie in Deutschland gewohnt hat?«

»Sie war hier nicht gemeldet. Sie ist mit den anderen von einem Ort zum nächsten gezogen, vermute ich. Hydraleaks gleicht ja einer Sekte. Vor vier Jahren hat sie ihren Pass in unserem Hamburger Konsulat erneuern lassen.«

»Wann können Sie die Akte der Deutschen einsehen?«

»Morgen früh. Aber mein Kontakt behauptet, sie hätten nicht so viel. Wer weiß.«

»Noch etwas. Könnten Sie rasch einen Blick in Harrimans Akte werfen und dort nach dem Stichwort ›Morris‹ suchen?«

Eine kurze Pause, dann das Klappern einer Tastatur. »Da ist nichts«, murmelte Almond.

»Bis morgen.« GT legte auf.

Morris hatte persönlich mit Botschafter Harriman sprechen wollen. Außerdem hatte sie Angst. Sie glaubte, verfolgt zu werden. Hätte ihr Harriman helfen sollen? Oder wollte sie ihn womöglich vor etwas warnen? GT erwog, sich mit dem Botschafter in Verbindung zu setzen. Ihm auf den Zahn zu fühlen. Ihn zu fragen, ob er etwas über die Vorkommnisse in Marrakesch wusste, um seine Reaktion zu beobachten. Vielleicht war das aber auch eine ganz schlechte Idee.

Wie zum Teufel sollte er jetzt noch einschlafen können.

Zurück zum Sessel. Zeit für Entspannungsübungen. Er ließ die Schultern kreisen, atmete fünfzig Mal tief ein und zählte mit. Beim Ausatmen stellte er sich jeweils vor, wie er eine Wende in einem Schwimmbecken vollführte.

Besser. Nach einer Weile ertappte er sich dabei, die Dunkelheit mit einem vorsichtigen Lächeln zu begrüßen. Er hatte sich auf eine riskante Sache eingelassen, und das war auch gut so.

Adalbertstraße, Berlin-Kreuzberg
So., 17. Juli 2011
[22:35 MEZ]

Mit beeindruckender Haltung stand der junge Amerikaner vor Ludwigs Tür. Seine bemühte Unauffälligkeit erwies sich als kontraproduktiv. Bereits aus der Ferne fiel er wegen seiner Anspannung auf. Das war kein Anfängerfehler, sondern Veranlagung. Unter den Spionen gab es, wie auch sonst überall, Naturbegabungen und Stümper. Und wie auch sonst gewährleistete Begabung nicht unbedingt das Überleben, und Untauglichkeit verhinderte nicht unbedingt den Erfolg.

»Alles ruhig«, rapportierte er.

»Genau das wollte ich hören«, erwiderte Ludwig. Er nahm ein Falafel im Brot und eine Flasche Wasser aus seiner Tüte. »Nehmen Sie. Die Nacht wird lang und öde.«

»Vielen Dank.« Dann setzte der junge Mann wieder seine Gardeoffiziersmiene auf.

»Sie können jetzt wieder nach unten gehen«, erklärte Ludwig.

In der Wohnung stank es nach Zigarettenrauch. Faye saß am Küchentisch, eine leere Bierdose diente ihr als Aschenbecher.

Er nickte ihr zu, als wäre sie eine von vielen Patientinnen in einem Wartezimmer, öffnete ein Fenster und stellte das Essen auf den Tisch.

»Ich hoffe, es schmeckt Ihnen«, sagte er, als er ihr gegenüber Platz genommen hatte und zu essen begann.

Unwillkürlich musste Ludwig an seinen Sohn denken. Ob er wohl schweigend aß oder sich bei den Mahlzeiten zwitschernd mit Maria unterhielt? Unglaublich, wie viel sich die jungen Paare heutzutage zu sagen hatten. Ein ewiges Sich-näher-Kommen. Schon vor den Mahlzeiten legten sie los. Als erste Maßnahme in ihrem neu erworbenen Haus auf dem Land hatten Walter und Maria die Wand zwischen Wohnzimmer und Küche herausgerissen. Wie hätten sie auch sonst das Essen *zusammen* zubereiten sollen?

»Ich hätte gedacht, Sie würden lieber Pommes frites essen«, lauteten Fayes erste Worte nach dem Essen.

»Hier ist Reis angesagt.« Um die Unterhaltung nicht einschlafen zu lassen, fügte Ludwig hinzu: »Türken ärgern sich, wenn man Pommes frites bestellt, jedenfalls in den besseren Lokalen.«

Er warf die Pappteller, das Plastikbesteck und die Essensreste weg. Dann nahm er den Bourbon aus dem Kühlschrank und schenkte ihr ein. Er selbst trank Wasser. »Eis?«, fragte er.

Faye zuckte mit den Achseln. Also Eis. Er nahm ebenfalls ein paar Eiswürfel, vielleicht wurde das Wasser so interessanter.

»Hier«, sagte er. »Das entspannt.«

»Na, dann geben Sie mir lieber einen richtigen Aschenbecher.«

»Natürlich«, sagte Ludwig und öffnete ein Fenster. »Rauchen Sie doch besser hier.« Er klopfte ein paarmal auf das Fensterbrett, als wollte er eine Katze anlocken.

Er stellte eine Untertasse auf die Fensterbank. Faye Morris erhob sich und trat ans Fenster. Erst nachdem sie ihre Zigarette angezündet hatte, trank sie von ihrem Whiskey. Klägliche Geschöpfe, diese Raucher. Alles war eine Ergänzung ihres qualmenden Hauptgerichts.

Es war nicht gut, dass sie im Fenster wie auf dem Präsentierteller stand. Das war die Gelegenheit, sie daran zu erinnern, dass er sie beschützte.

»Mir wäre es lieber, wenn Sie auf dem Fußboden säßen.«

»Wie bitte? Also wie jetzt?«

»Setzen Sie sich auf den Boden, und blasen Sie den Rauch nach oben.«

»Ist das jetzt ein Test oder so?« Sie ließ sich zu Boden sinken und lehnte den Rücken an den Heizkörper.

»Höchstens ein Test meiner Geduld.«

Ludwig setzte sich drei oder vier Meter von ihr entfernt neben den Kühlschrank. Seit jeher saß er lieber auf dem Boden, und mehr als eine halbe Stunde hielt er ohnehin nicht auf einem Stuhl aus.

»Wie sieht der Plan aus?«, erkundigte sich Faye.

»Wir bleiben bis morgen früh hier. Dann brechen wir auf.«

»Ach? Und wohin?«

»Es ist besser, wenn Sie das nicht wissen.«

Nachdrücklich schüttelte sie den Kopf. »Inwiefern soll das besser sein?«

»In vielerlei Hinsicht.« Mit Mühe riss er seinen Blick von ihrem Whiskeyglas los. »Ich glaube allerdings nicht, dass Ihnen die CIA nach dem Leben trachtet«, fügte er ausgelassen hinzu, »denn dann säßen wir nicht hier.« Auf die Präzisierung »zumindest nicht Sie« verzichtete er.

Faye verzog keine Miene. »Wie lange arbeiten Sie schon für diese Leute?«

»Seit Mitte der Achtziger.«

Sie sah ihn an, als erwartete sie, dass er weiterspräche. Aber er strebte einen Austausch an.

»Also, Ihr Anliegen«, sagte Ludwig.

»Der Botschafter«, erwiderte sie, schloss die Augen und wirkte beim bloßen Gedanken erleichtert. Sie schien sich einen Zufluchtsort, einen Erlöser, schlichtweg eine Lösung zu erhoffen.

»Kennen Sie ihn?«

Sie starrte auf die Fußbodendielen.

»Faye?« Ludwig stellte sein Wasserglas beiseite, das auf dem

Holz sofort einen feuchten Kreis bildete. »Können Sie mir eine einfache Frage beantworten?«

»Wann darf ich ihn treffen?«

»Vorher müssen gewisse Abläufe befolgt werden«, sagte Ludwig und leerte den Rest seines Glases. Er erhob sich und suchte ihren Pass aus ihrer Tasche hervor. Amerikanischer hätte er nicht sein können. In Deutschland, Großbritannien, Marokko, dem Libanon und Frankreich abgestempelt. Seit der Erneuerung ihres Passes vor vier Jahren war sie kein einziges Mal in die USA eingereist. Und sie hieß wirklich Faye Morris.

»Sie sind nicht zum ersten Mal in Berlin?«

»Nein. Was verstehen Sie unter Abläufen?«

»Abläufe sind Abläufe.«

»Wann kann ich den Botschafter treffen?«

»Er ist bestimmt ziemlich beschäftigt«, meinte Ludwig und nahm wieder Platz. »Wir können uns morgen weiter darüber unterhalten.«

»Oder wir machen es folgendermaßen: Ich verlange, dass Sie mich in die Botschaft bringen, dann können sich die Leute dort um mich kümmern.«

»Das bezweifle ich. Man kümmert sich ja bereits um Sie. Hier und jetzt. Ende der Diskussion.«

»Ich habe also keine Wahl?«

»Es geht alles seinen Gang.«

Er erwartete weitere Einwände, aber sie nickte nur und drückte ihre Zigarette aus.

Einige Minuten vergingen.

»Bitte verschwinden Sie nicht wieder, ohne mir vorher mitzuteilen, wie lange Sie wegbleiben«, brach sie das Schweigen.

»Okay. Entschuldigen Sie bitte.«

Sie sah ihn an. »Ich gebe mir wirklich alle Mühe, Ihnen zu vertrauen.«

»Gut. Und ich verspreche Ihnen, nicht mehr zu verschwinden.

Das waren besondere Umstände … Was ist eigentlich Ihr Beruf?«
Er wollte sie daran gewöhnen, von sich zu erzählen. Dabei ermahnte er sich, keine allzu relevanten Fragen zu stellen und eher
eine Art therapeutischer Beziehung herzustellen.

»Ich bin Anwältin für Menschenrechtsfragen.« Ihr Blick nahm
einen fast trotzigen Ausdruck an, als hätte sie ihm gerade voller
Stolz von der Inzucht ihrer Familie erzählt.

»Ach, wie interessant. Ich bin Wirt.«

»Nein!«

»Doch. Finden Sie das lustig?«

»Ja. Sie sehen nicht aus wie ein Wirt.«

»Nicht?«

»Nein. Sie sehen aus wie jemand, der gerade sein Architektur-
büro versäuft.«

»Ich verstehe«, erwiderte Ludwig gekränkt. »Und wo arbeiten
Sie?«

»Hier und da.«

Im Treppenhaus knallte eine Tür. Ludwig legte seinen Zeigefinger an die Lippen, ließ Faye an seiner Wachsamkeit teilhaben.
Er wollte ihr demonstrieren, wie aufmerksam er war, dass er sich
für sie einsetzte und auf ihrer Seite stand.

Schritte. Die Haustür. Stille.

Er bedeutete ihr fortzufahren.

»Ich bin freiberuflich tätig, könnte man sagen.« Ihr Lächeln
blitzte auf, erlosch dann aber ebenso schnell wie eine Wunderker-
ze zur falschen Jahreszeit. »Wie Sie.«

»Das dachte ich mir schon.« Ludwig zerbiss seinen letzten
Eiswürfel. »Die anderen glücklichen Unternehmer erkennt man
doch sofort. Wissen denn Ihre Leute in den USA, dass Sie … auf
Reisen sind?«

Sie lachte kurz auf und spülte ihre unergründlichen Gefühle mit
ein paar ordentlichen Schlucken hinunter. »Ich bin nicht verhei-
ratet, falls Sie das meinen«, antwortete sie. Dann lächelte sie, dieses

Mal richtig. Ein mildes, aber klares Lächeln, ein Lächeln, dem man vertrauen konnte, was darauf schließen ließ, dass sich auch bei ihr ein gewisses Vertrauen eingefunden hatte. Oder dass sie zu der Überzeugung gelangt war, dass er ihr nützlich sein konnte. Aber vielleicht war sie auch einfach nur müde.

Wie lange war es her, dass sich eine Frau in seiner Wohnung aufgehalten hatte? Ein Jahr? Richtig. Manchmal musste man für Gesellschaft bezahlen, manchmal wurde man selbst bezahlt. Das westliche Konjunkturkarussell erschloss sich nicht jedem.

Mit der aufrechten Haltung einer ehemaligen Leistungsturnerin, aber breitbeinig wie ein Bauarbeiter saß sie vor ihm. Dieselbe Gegensätzlichkeit drückte sich auch in ihrer Art aus, sich in Kostümjacke und Militärhose zu kleiden. Jedes Mal, wenn sie sich das Haar aus der Stirn strich, schien es sie zu überraschen, dass sie nicht kurzhaarig war, jedes Mal, wenn sie einatmete, wirkte sie erstaunt darüber, wach zu sein.

»Wohnen Sie in Deutschland?« Er zog an seinen Fingern, bis sie knackten. Es ging ihm mit jeder Viertelstunde besser, er fühlte sich stärker, wacher.

»Mehr oder weniger.«

»Aufenthaltsgenehmigung?«

»Nein, das war nie nötig.«

»Und … wie umgeht man dieses Problem?«

»Indem man regelmäßig aus- und wieder einreist.«

»Das muss teuer sein.«

»Ziemlich.«

Sie schwiegen eine Weile. Ludwig zählte darauf, sich den ganzen Whiskey, den Faye jetzt ausschlug, in nicht allzu ferner Zukunft zu Gemüte zu führen. Sie rauchte viel.

»Dann ist jetzt Schlafenszeit. Wir müssen morgen früh raus.«

Das Bett stand im Schlafzimmer an der Wand. Das Rollo war seit mindestens einem Jahr geschlossen.

»Wo schlafen Sie? Haben Sie kein Sofa?«

»Nein.« Er zog eine unförmige Matratze unter dem Bett hervor und schleifte sie ins Wohnzimmer. »Noch viel fittere Männer haben sich auf ein Sofa sinken lassen, nur um nie wieder aufzustehen.«

Faye machte eine Miene, aus der er nicht schlau wurde. »Wie ist es nur möglich, kein Sofa zu besitzen?«

Ludwig zog eine Decke und zwei Badetücher aus dem Schrank, die er als Kopfkissen verwenden wollte. Er konnte nur Mutmaßungen darüber anstellen, wie es sein würde, nüchtern und nur mithilfe einer langweiligen Schlaftablette einzuschlafen.

»Gute Nacht«, sagte Faye, als sie aus dem Badezimmer trat und an ihm vorbeiging.

Er folgte ihr mit dem Blick. Sie schloss die Tür. Mit jeder Stunde, die seit GTs erstem vormittäglichen Anruf vergangen war, breitete sich ein deutliches Gefühl in Ludwigs Körper aus: Er trug einen radioaktiven Stoff mit sich herum, dessen Schädlichkeit für ihn selbst in einem direkt proportionalen Verhältnis zu dessen Begehrlichkeit für andere stand.

Bis zum Aufbruch blieben noch fünfeinhalb Stunden. Die Tablette begann zu wirken, tausend Schatten verschmolzen zu einem einzigen. Dann schlief Ludwig Licht – schwer und reglos, wie in gefrorenen Teer versenkt, umschlossen von der einst wichtigsten Stadt der Welt.

MONTAG

Adalbertstraße, Berlin-Kreuzberg
Mo., 18. Juli 2011
[04:10 MEZ]

Der Wind zog von Westen herein, zerrte an der Plane, die die goldene Viktoriastatue auf der Siegessäule umgab, an den Fahnen vor dem Martin-Gropius-Bau und an den rostigen Blechdächern über den Bahnsteigen der S-Bahn-Station Ostkreuz. Die Morgendämmerung hatte das Stand-by-Licht der Sommernacht noch nicht abgelöst. Es war kurz nach vier, die Wolken lagen schwer wie Kopfschmerzen über den Dächern, doch es regnete nicht mehr.

Ludwig Licht wälzte sich hin und her, als wären ihm wilde Tiere auf den Fersen. Er träumte von winterlichen Birken und muskulösen Raubvögeln, von Monstern auf der Jagd durch weiße Wolken. Dann der Zugriff. Das Blut, das ihn verließ und sich zu einem einzigen hellen Schrei über dem Horizont entwickelte.

Er erwachte schweißgebadet und konnte sich einen Augenblick lang nicht erinnern, warum er im Wohnzimmer lag.

Faye. Der Auftrag. GTs Einfall.

Sein Handy lag neben der Matratze auf dem Fußboden. Viertel vor fünf. Ludwig stellte den Wecker ab, bevor er überhaupt klingelte. Obwohl er hellwach war, waren ihm die Albträume noch so präsent, als würden seine Sehnerven zwei verschiedene Signale gleichzeitig verarbeiten. Diese Wirkung hielt auch noch auf dem

Weg ins Badezimmer an. Als er in den Spiegel schaute, glaubte er seine Exfrau in der Duschkabine dabei zu beobachten, wie sie sich die Beine rasierte. Langsam hob sie den Blick, sah ihn an und zuckte dann traurig mit den Schultern.

Schaudernd schüttelte Ludwig den Kopf. Dann schloss er die Augen, wusch sich das Gesicht und putzte die Zähne. Er mied den Spiegel, ging geradewegs zum Kleiderschrank im Arbeitszimmer und zog sich an: beigefarbener Leinenanzug, ein T-Shirt mit V-Ausschnitt. Als er das Schulterholster anlegte, knisterte der Klettverschluss wie eisiger Februarschnee.

Faye lag wach im Bett, als er das Schlafzimmer betrat. Schwer zu sagen, ob sie ausgeruht war oder nicht – ohne Make-up sah sie noch seltsamer aus. Ihre Augen waren schmal und die Lippen nur ein kläglicher Strich. Ihre Miene wirkte gelassen, geradezu katatonisch.

»Wir müssen uns bald auf den Weg machen«, sagte er. »Frühstücken Sie normalerweise?«

»Und Sie?« Sie gähnte.

»Manchmal. Es gibt Bananen, und im Tiefkühlfach liegt auch noch irgendein Hefegebäck, bilde ich mir ein.«

»Meinetwegen müssen Sie sich nicht so ins Zeug legen.«

Während sie sich fertig machte, schaute Ludwig auf den Hof hinunter. Es hatte ziemlich viel geregnet. Der junge Amerikaner saß immer noch auf der Bank. Der Ärmste hatte vermutlich die ganze Nacht in der Durchfahrt gestanden, um nicht nass zu werden. Gegen zehn vor sechs zog er sein Handy aus der Tasche und las etwas auf dem Display. Dann erhob er sich, gähnte, sah sich ein letztes Mal um und ging. Die von GT versprochene Wachablösung. Ludwig hörte das Tor ins Schloss fallen.

»Ihr Badezimmer ist vollkommen verkalkt«, sagte Faye, als sie fertig war. Jetzt trug sie schwarze Jeans, deren Beine sie in ihre Stiefel geschoben hatte, und dazu ein khakifarbenes Armeehemd mit aufgekrempelten Ärmeln. Ludwig konnte sich nicht vorstellen, dass sie jemals Schmuck anlegte.

»Das ist kein Kalk, das ist angetrocknetes Waschpulver«, erklärte Ludwig und deutete auf zwei leere Packungen Persil Megaperls, die in der Diele standen.

»Auch eine Lösung.«

»Bedienen Sie sich.« Ludwig deutete auf den Tisch, wo sich zwei halb aufgetaute frostfleckige Milchbrötchen mit zwei Bananen auf einem kleinen Teller drängten. »Ich brauche Ihr Handy.«

»Warum?«

»Weil man es orten kann.«

Als sie nicht reagierte, ging er zu ihrer Tasche und suchte es hervor. Faye sah ihn gekränkt an. Dann zuckte sie mit den Achseln.

»Wie Sie wollen.«

Ludwig legte das weiße Handy in seinen Schrank im Arbeitszimmer und schloss diesen ab.

»Nehmen Sie das Gebäck«, sagte Faye, als er sich setzte. Auf dem Teller lag bereits eine Bananenschale.

»Sicher?«

»Ganz sicher.«

Die Milchbrötchen schmeckten nach Zellulose mit ranziger Butter. Wahrscheinlich hatten sie schon ein paar Jahre in seinem Tiefkühlfach gelegen. Es geschah nur äußerst selten, dass er sich nach dem Marmorkuchen in der Stasi-Kantine in der Normannenstraße sehnte.

»Wir fahren jetzt zu meinem Chef«, kündigte Ludwig an, wischte sich den Mund ab und trank einen Schluck Kaffee. »Es ist wichtig, dass Sie unterwegs meine Anweisungen befolgen. Ist Ihnen das klar? Sie müssen mir in allen Lagen vertrauen.«

»Was bleibt mir schon anderes übrig?« Sie wirkte sachlich, glasklar, ausgeschlafen.

»Sie haben durchaus die Wahl. Aber wenn Sie sich widersetzen, müssen wir beide dran glauben.«

»Ja, ja«, meinte Faye beschwichtigend. »Wie ist er denn so, Ihr Chef?«

»Ein Workaholic. Cleverer, als er aussieht, gefährlicher, als er klingt.« Er lachte. »Sturer als der Feind.«

»Ah, der Feind!«, erwiderte sie amüsiert. »Und wer ist das genau?«

»Alle, die unsere Sicherheit bedrohen.«

Erst schien Faye seine automatische Antwort nicht ernst zu nehmen, aber als weiter nichts kam, fragte sie: »Gehöre ich auch dazu?«

»Ich hoffe nicht«, erwiderte Ludwig.

»Alle, die nicht für Sie sind, sind doch gegen Sie?«, meinte Faye mit einem entwaffnenden Lächeln, das ihr jedoch nicht so recht glücken wollte. »So sieht die Politik seit Bush doch aus.«

»Nicht ganz meine Linie«, entgegnete Ludwig, ohne ihr Lächeln zu erwidern. »Meine Perspektive ist etwas großzügiger. Alle, die nicht versuchen, uns umzubringen, sind für uns, würde ich sagen. Und Sie sind die Amerikanerin.«

»Was soll das heißen?«

»Sie sind für die Taten der von Ihnen gewählten Präsidenten verantwortlich«, meinte Ludwig irritiert.

»Verantwortlich?« Eigentlich sollte ihn ihre plötzlich so kühle Art nicht überraschen, denn sie schien stets direkt unter der Oberfläche zu lauern. Trotzdem fühlte er sich von dem Stimmungsumschwung überrumpelt.

»Ja«, sagte er dumpf.

»Ich habe jetzt fünf Jahre lang Verantwortung übernommen«, fauchte sie. »Haben Sie irgendeine Verantwortung dafür übernommen, wie sich die westliche Welt benimmt?«

»Ab und zu, könnte man sagen.«

Faye trank den Rest ihres Kaffees in einem Zug. »Ich bin fertig.«

Sobald sie den Hinterhof betraten, zündete sie sich eine Zigarette an. Ludwig trug ihre Tasche. Neben einem Blumenbeet lag ein zerfleischtes Vogeljunges. Täter war zweifellos der Siamkater, der etliche Nächte des Jahres mit seinen Schreien erfüllte.

»Verdammter Scheißsommer«, murmelte Ludwig und öffnete

das Tor zur Straße. Es war kalt, höchstens fünfzehn Grad, und der Himmel war von einheitlichem Grau. Pfützen erinnerten an den nächtlichen Regen. Kein Verkehr bis auf vereinzelte Radfahrer. Vor dem Haus stand der gelbe Lieferwagen eines ihm unbekannten Kurierdienstes. Durch die Scheiben war zu sehen, dass er leer war.

»Kommen Sie«, sagte Ludwig und ging zu seinem Range Rover. Er öffnete die Heckklappe und legte ihre Tasche zwischen die Thunfischdosen, zog den Inspektionsspiegel heraus und drehte eine Runde um den Wagen.

Die Prozedur schien Faye zu faszinieren.

»Machen Sie das immer, bevor Sie einsteigen?«

»Nein, sollte ich aber.« Er stieg ein und drehte den Zündschlüssel herum. »Auf geht's.«

Faye drückte ihre Zigarette nicht aus, sondern öffnete nur das Fenster, nachdem sie Platz genommen hatte. Zum ersten Mal seit Jahren öffnete Ludwig das Schiebedach.

»Ich dachte, ich wäre den paranoidesten Menschen der Welt bereits begegnet, aber Sie übertreffen alle«, sagte Faye.

»Immerhin haben Sie behauptet, jemand habe es auf Sie abgesehen.« Ludwig ließ seinen Blick besorgt über die Straße schweifen. Keine Fußgänger. Einige Taxis. Ein silbergrauer Volvo V70 näherte sich vom Kottbusser Tor und hielt fünfzig Meter hinter ihnen mitten auf der Straße. Niemand stieg aus. Waren es welche von GTs Leuten?

»Sie haben recht«, sagte Faye. »Entschuldigen Sie bitte.«

Ludwig fuhr los und wendete an der nächsten Kreuzung. Zurück Richtung Süden und an der eigenen Haustür vorbei.

Der graue Volvo stand immer noch da. Der Fahrer war allein. Ein Blickwechsel überzeugte Ludwig davon, dass es sich nicht um einen von GTs Leuten handelte. Der Mann wirkte viel zu verängstigt, ein wenig zu alt, etwas zu mitgenommen. Er erinnerte Ludwig zu sehr an sich selbst.

Nach ungefähr zehn Metern bog Ludwig rechts auf die Oranienstraße ab und fuhr Richtung Westen.

»Welche Leute sind eigentlich genau hinter Ihnen her?«

»Ich weiß es nicht«, antwortete Faye nach langem Zögern.

»Sie wissen es nicht?«

»Ich versuche es herauszufinden.«

»Könnte es sich um eine Behörde handeln?«

Faye schüttelte den Kopf.

»Hat es mit Ihnen persönlich zu tun?«

Sie antwortete nicht, sondern zündete sich eine neue Zigarette an der alten an.

»Zögern Sie nicht, Ihre Überlegungen mit mir zu teilen.« Er war sich nicht sicher, ob sie seinen Sarkasmus begriffen hatte.

Am Waldeckpark, einen guten Kilometer westlich von Ludwigs Wohnung, bogen sie links auf die Alte Jakobstraße ein. Das Viertel war von perfekt sanierten graubraunen Backsteinfassaden mit stilvoll renovierten Fenstern geprägt, von Elterninitiativen und Autos mit Elektrohybridantrieb und Mattlack, wie um die Ernsthaftigkeit zu unterstreichen. In diesem Teil Kreuzbergs sah sich Ludwig mit allem konfrontiert, was ihn am alten Westen nervös machte. Hier gab es viel zu wenig von der glatten Oberflächlichkeit, die seinen Minderwertigkeitskomplex sonst abzuschwächen pflegte. Mühelos konnte er sich die geräumigen, spärlich möblierten Wohnungen vorstellen, in denen die selbst ernannten Bohemiens ihr Leben gestalteten – mithilfe von Nespressomaschinen, eingebauten Spotlights und WLAN für die ganze Familie mit dem Namen des Haustiers als Passwort. Das Viertel hätte in London, Kopenhagen oder New York liegen können, nach Berlin passte es nicht. Er verabscheute es. Und er hasste es, sich wie ein gaffender Ossitrottel zu fühlen.

Sie kamen an der Berlinischen Galerie vorbei, die einem großen unterirdischen Bunker glich, den man aus der Erde gezogen und zum Trocknen in die Sonne gestellt hatte. Es ging weiter Richtung

Süden auf die Gitschiner Straße und zum Halleschen Ufer. Ludwig entdeckte den grauen Volvo im Rückspiegel. Langsam verspürte er regelrechtes Unbehagen. Von Eskorte war nicht die Rede gewesen.

Wie verhext starrte Faye auf den Mehringplatz, während sie an einer roten Ampel warteten. Direkt hinter ihnen war ein Streifenwagen. »Ich habe mich immer gefragt, wie ein kommunistisches Wohnviertel aussieht«, sagte sie. Als Ludwig nichts entgegnete, räusperte sie sich und sah ihn auffordernd an. »Nicht sehr geglückt, oder was meinen Sie?«

»Wir befinden uns immer noch im ehemaligen Westberlin«, sagte er.

»Sie machen Witze.«

»Ich bin in einem sogenannten kommunistischen Wohnviertel aufgewachsen. Glauben Sie mir, das sieht ganz anders aus.«

»Ich kann mich einfach nicht daran gewöhnen, dass Europa so segregiert ist«, sagte Faye. Sie folgte dem Polizeiauto mit dem Blick, als es sich an ihnen vorbeischlängelte, ohne auf die grüne Ampel zu warten. Eine halbe Sekunde Blaulicht ohne Martinshorn, das war alles. Wie ein Blinker vor dem Überholen.

»Aha«, erwiderte Ludwig. »Und was soll daran so problematisch sein? Ich habe in einem Land gelebt, in dem jeder Idiot *integriert* war. Abweichungen von der Norm hätten einen nämlich umgehend in die nächste Klapse befördert, bestenfalls.«

»Ich verstehe«, sagte Faye, nachdem sie einen Moment geschwiegen hatte.

»Was Ihnen wie ein aufgezwungenes Getto erscheint, ist für viele Menschen ein Zufluchtsort«, fuhr Ludwig fort, als hätte er sich schon seit Wochen danach gesehnt, jemanden in dieser Frage zurechtweisen zu dürfen. »Freiheit führt nicht zu einer perfekten Gesellschaft. Freiheit führt nirgendwo hin. Aber besser geht es nicht.«

»Sie sind also kein Anhänger der Theorie, dass sich Deutschland gerade selber abschafft?«

Ludwig lachte. »Deutschland hat im Laufe der Geschichte den

einen oder anderen Versuch unternommen, sich selbst abzuschaffen. Im Vergleich dazu herrschen heutzutage geradezu paradiesische Zustände.«

Die Ampel wollte einfach nicht grün werden. Er trommelte auf das Lenkrad, bis ihm einfiel, dass er womöglich nervös wirken mochte. Den Volvo hatte er immer noch im Rückspiegel.

*

Sie verließen die Stadt und fuhren auf der B96 Richtung Süden. Als sie Tempelhof passiert hatten, ließ der Verkehr nach. Am Berliner Ring war sich Ludwig sicher: Im Volvo saß keiner von GTs Leuten. Sie wurden von einem Außenstehenden verfolgt. Der silbergraue Kombi sorgte dafür, dass immer mindestens zwei Autos zwischen ihnen lagen.

Ludwigs Puls beschleunigte sich, und der kalte Schweiß breitete sich in den Bartstoppeln an seinem Hals aus. Sie näherten sich Zossen. Ludwig bog Richtung Mellensee ab und stellte fest, dass es ihm der Volvo nachtat.

»Wir werden verfolgt«, sagte Ludwig verbissen.

Faye antwortete nicht, sondern reckte den Kopf, um in den rechten Seitenspiegel zu schauen.

Hektisch huschte Ludwigs Blick zwischen Fahrbahn und Rückspiegel hin und her. »Ich muss wissen, mit wem wir es zu tun haben.«

»Meine Güte«, murmelte Faye.

»Wie bitte?«

»Ich weiß es nicht! Ich weiß nicht mehr, was los ist!«

»Okay«, erwiderte Ludwig. »Dann gibt es nur eine Art, es herauszufinden.«

Fünfhundert Meter vor ihnen lag eine Raststätte, die Ludwig von früheren Besuchen kannte. Er fasste einen Beschluss und bog ab.

Der von Kiefern und Büschen umstandene Rastplatz lag in einigem Abstand von der Straße auf einer Anhöhe. Etwa 500 Meter trennten die Abfahrt von der Zufahrt, die zur Straße zurückführte. Ganz oben auf der Anhöhe lag ein längliches Ziegelgebäude mit einer kleinen, schäbigen Gaststätte.

Langsam fuhr Ludwig den schmalen Weg hinauf und hoffte wider besseres Wissen, dass er sich geirrt haben mochte oder dass der Volvofahrer auf diese neue Situation nicht vorbereitet war, kalte Füße bekam und weiterfuhr. Dem war nicht so. Der Volvo folgte ihnen langsam und bedrohlich. Ludwig näherte sich dem düsteren Ziegelgebäude und erkannte sofort, dass etwas nicht stimmte.

»Verdammt«, murmelte er, als ihm aufging, dass das Restaurant nicht mehr existierte und jetzt nur noch einem vergessenen Lagerhaus glich. Er hatte beabsichtigt, den Volvofahrer vor Zeugen zur Rede zu stellen. Das war jetzt nicht mehr möglich. Glücklicherweise schien sich niemand die Mühe gemacht zu haben, an dem feuchten Ziegelgemäuer Überwachungskameras anzubringen.

»Und?«, fragte Faye. »Was ist los?« Sie starrte wieder in den Rückspiegel.

»Wir müssen umdenken.«

Sie sah ihn entsetzt an.

»Ich muss herausfinden, was er will«, sagte Ludwig und öffnete den Sicherheitsgurt. »Ich bin maximal zehn Minuten weg. Bleiben Sie unter allen Umständen im Auto sitzen.«

Faye nickte. »Aber soll ich …«

»Sie müssen meine Anweisungen genauestens befolgen, ja? Sobald ich ausgestiegen bin, setzen Sie sich ans Steuer. Und dann fahren Sie ganz gemächlich zur Auffahrt dort drüben.«

»Aber …«

»Und dort warten Sie, bis Sie mich kommen sehen. Sollten Sie stattdessen den Volvo erblicken, oder sollte sich jemand anderes nähern, geben Sie Vollgas und fahren ohne Halt zur amerikanischen Botschaft. Dasselbe tun Sie, falls ich nicht zu Ihnen zurückkehre.

Was auch immer geschehen mag, wenn Ihnen etwas nicht geheuer vorkommt, fahren Sie zur Botschaft. Folgen Sie einfach den Schildern zum Brandenburger Tor.«

Im Rückspiegel sah Ludwig, dass der Volvo fünfzig Meter hinter ihnen gehalten hatte. Er zog seine Pistole aus dem Holster, lud durch und vergewisserte sich, dass eine Kugel im Lauf steckte.

»Haben Sie verstanden?« Er schob die Waffe zurück ins Holster.

»Ja«, sagte Faye mit leiser Stimme, öffnete den Gurt und dann die Tür.

Ludwig legte ihr seine Hand auf die Schulter. »Alles wird gut.«

»Okay.«

»Zehn Minuten«, sagte er und stieg aus, ohne die Tür zu schließen.

Faye ging um den Wagen herum, stieg auf der Fahrerseite ein und fuhr davon. Ludwig sah zum Volvo hinüber. Ein Mann in Lederjacke, groß, dunkelhaarig und mit starren Bewegungen, als leide er an einer Verletzung, öffnete die Autotür und stieg aus. Ausgezeichnet.

Es roch nach herbstlichen Kiefernnadeln und nasser Erde. Der Verkehr drang nur als fernes Rauschen von der Straße herauf. Der Mann blieb neben dem Volvo stehen und starrte zu Boden, während Ludwig auf die weiß lackierte Aluminiumtür der Herrentoilette zuging.

Er öffnete sie und trat ein. Neonröhre an der Decke. Gelbe Fliesen an den Wänden, grauer Klinkerboden, drei Kabinen mit mintgrünen Türen. Ein Pissoir und zwei Waschbecken. Die Lampe ließ sich nicht ausschalten. Die Tür ging nach innen auf. Ludwig stellte sich schräg dahinter. Zehn Sekunden lang blieb alles still, zwanzig. Dann Schritte. Die Tür wurde vorsichtig geöffnet, aber niemand trat ein. Ludwig sah den Schatten des Mannes, der die Tür aufhielt und sich umsah.

»Hallo?« Er trat ein.

Mit gezogener Pistole trat Ludwig hervor, um den Verfolger an die Wand zu drücken. Aber dieser stieß Ludwig mit beiden Händen so fest von sich weg, dass er beinahe hintenüber gefallen wäre. Die Pistole flog ihm aus der Hand, schlitterte über die Kacheln und stieß in mehreren Metern Entfernung an die Wand. Ein paar Sekunden lang starrten sie sich einfach nur an. Der Mann war Mitte vierzig und trug einen auffallend sorgfältig gestutzten Bart. Seine Lederjacke, die Cowboystiefel und die schwarze Anzughose verliehen ihm die Aura eines von einer langen Schicht heimgekehrten Moskauer oder Belgrader Türstehers. Sein Blick war wachsam, die Augen jedoch blutunterlaufen, als wäre er schon seit mehreren Tagen wach.

»Was zum Teufel wollen Sie?«, zischte Ludwig.

»Licht? Ludwig Licht?«, fragte der Mann mit schriller Stimme und osteuropäischem Akzent. Er wirkte verwirrt, als hätte sein Auftrag eine unerwartete Wendung genommen.

Ludwig wartete ab. Die Augen des Mannes verrieten seine Absichten. Als er auf ihn zukam, wich Ludwig zurück, warf sich nach links, packte die Klinke und knallte dem Mann die Tür ins Gesicht. Dieser schrie auf, stürzte zu Boden, versuchte aber, sich sofort wieder aufzurichten. Der Blick, den er Ludwig zuwarf, war hasserfüllt. Blut lief ihm von seiner geplatzten Unterlippe übers Kinn. Ludwig trat vor und trat ihm, noch ehe er sich aufrichten konnte, in die Rippen. Der Mann krümmte sich und zog die Beine an. Lila im Gesicht und mit aufgesperrten Augen rang er nach Luft.

»Wer hat Sie geschickt?«, fragte Ludwig atemlos. Dann trat er noch mal zu. Während sich der Mann wimmernd auf dem Boden wand, holte Ludwig seine Pistole.

Keine Antwort. Ludwig ging in die Hocke und drückte dem Kerl die Waffe so fest ins fettige Haar, dass der Kopf auf die kalten Kacheln gepresst wurde.

»Wer?«

Immer noch keine Antwort. Die Mündung bohrte sich immer tiefer in die Haut.

Der Mann starrte vor sich hin, atmete regelmäßiger und leckte sich die Lippen.

»Steh auf!«, schrie Ludwig und gab ihm mit der Linken eine Ohrfeige. »Aufstehen, sage ich.« Der Mann kam mit Mühe auf die Beine und fasste sich an die Nieren. Inzwischen hatte er vermutlich erkannt, dass ihn Ludwig nicht erschießen würde, ehe er die geforderte Information erhalten hatte. Aber es gab viele Methoden, Menschen davon zu überzeugen, dass man es ernst meinte.

Er schleifte den Mann zu einem der Waschbecken, zwang ihn in die Knie und beendete das Manöver damit, ihm fest in die Seite zu treten.

Der Mann hustete, spuckte und gurgelte etwas Unverständliches.

»Wie bitte?«, fragte Ludwig geduldig und hielt ihn an den Haaren fest. »Was haben Sie gesagt?«

»Du bist tot.«

»Ach?«

»Du bist tot – es ist vorbei.«

»Für wen arbeitest du?«, brüllte Ludwig. »Für wen?« Er packte den Mann fester an den Haaren und schlug ihn mit der Stirn an die Kante des Waschbeckens. »Was machst du hier? Wer hat dich geschickt?«, fuhr er fort und stieß die Stirn noch fester gegen die Kante.

Mit einem gewaltigen Krach zersprang das Porzellan. Fliesen und alter Beton bröckelten von der Wand. Ein noch lauteres Getöse, als ein Teil des Waschbeckens auf dem Boden auftraf. Doch es war noch ein anderes Geräusch zu hören gewesen. Ludwig wollte gerade die Pistole ziehen und sie dem sturen Kerl zwischen die Zähne schieben, da wurde dieser auf einmal starr, schwer und reglos wie ein Zementsack. Was war denn jetzt los? Ludwig beugte sich vor, um zu sehen, was geschehen war. Ein Teil des Waschbeckens hatte sich aus seiner Verankerung gelöst, und ein zentimeterdickes rostbraunes Armierungseisen war dem Mann knapp über dem rechten Auge in die Stirn gedrungen. Er sah aus wie ein mutiertes Einhorn. Die Wunde hatte kaum geblutet – der Kerl musste auf der Stelle gestorben sein.

Völlig perplex ließ Ludwig ihn los. Wie eine Stoffpuppe blieb der Mann an dem hervorstehenden Spieß hängen. Ludwigs Adrenalinspiegel wollte sich nicht damit abfinden, dass die ganze Aktion bereits vorbei war. Er vibrierte wie ein Presslufthammer. Erst jetzt verspürte er richtige Lust, den Idioten totzuschlagen. Er malte sich aus, wie er ihn Schlag für Schlag, Tritt für Tritt umbrachte. Er hatte sich darauf eingestellt, dass es so enden würde, aber doch nicht jetzt schon. Schließlich hatte er ihm noch kein einziges Wort entlockt.

»Scheiße!«, schrie er und trat gegen eine Kabinentür, woraufhin diese aufflog und gleich zwei Mal zuschlug. Dann nahm er sich zusammen, schloss die Augen und holte fünf Mal tief Luft.

Angeblich bereute man nie den Entschluss, mit dem Rauchen aufzuhören. Doch das stimmte nicht. Man bereute es jedes Mal, wenn man eine Katastrophe abgewehrt oder ausgelöst hatte.

Ludwig hörte seinen eigenen Herzschlag so laut, als ginge er gerade an einer Kellerkneipe vorbei, deren Mauern die dumpfen Bässe verstärkten. Er kniete sich hin und durchsuchte die Taschen des Mannes. Keine Waffen außer einem kleinen Stilett in der Brusttasche. Kein Handy. Auch keine Brieftasche. Stattdessen eine Klammer mit einigen Hundert-Euro-Banknoten, ein Führerschein und eine American-Express-Karte. Otto Mlopic. Der Name sagte ihm nichts. Er nahm das Geld und den Führerschein an sich. Seine Hände zitterten immer noch stark. Dummerweise warf er noch einen letzten Blick auf den aufgespießten Toten. Dieses Bild würde er so bald nicht vergessen.

Dann erhob er sich. Neben einem Spiegel über dem Waschbecken hatte jemand das Wort VOLKSSOLIDARITÄT an die Wand gesprayt. Neben diesem abgedroschenen Schlagwort hing ein Kondomautomat mit Gleitmittel und diversen Plastikvaginen.

Die Zielgruppe waren vermutlich Lastwagenfahrer. Erst jetzt fiel Ludwig seine eigene schwere Atmung auf, erst jetzt spürte er, wie sehr es hier drinnen nach Schimmel stank.

Er wusch sich am anderen Waschbecken die Hände, nahm dann ein paar Papierhandtücher und sah sich um. Hatte er irgendetwas angefasst? Das Messer. Aber weder die Wände noch den Fußboden. Nur das Messer, die Geldscheinklammer, die Kreditkarte und den Wasserhahn. Er wischte alles ab, was er berührt haben könnte. Als Letztes waren die Türklinken an der Reihe.

Draußen waren außer dem Volvo, der zu weit entfernt war, als dass er das Kennzeichen hätte lesen können, keinerlei Fahrzeuge zu sehen. Sollte er den Wagen durchsuchen? Nein. Es konnten jederzeit weitere Besucher auf dem Rastplatz auftauchen. Er rannte Richtung Zufahrt, wo Faye wartete.

»Fahren Sie«, sagte er, nachdem er neben ihr Platz genommen hatte. Faye kaute auf einem Fingernagel und sah ihn bestürzt an.

»Was ist passiert?«

»Ich habe ihn umgebracht«, erklärte Ludwig keuchend. »Fahren Sie, verdammt noch mal!«

Faye warf einen langen Blick in den Rückspiegel, legte den Gang ein, fuhr auf die Landstraße und dann Richtung Süden.

»Haben Sie ihn erschossen?«

»Nein.«

Sie schwieg lange und fragte dann: »Was wollte er? Wer war er?«

»Könnten Sie bitte einfach nur den Mund halten.« Er massierte seine Schläfen und versuchte, kontrollierter zu atmen.

»Aber wer …«

»Verdammt noch mal«, sagte Ludwig heiser. »Kann ich nicht wenigstens einen Moment meine Ruhe haben?«

»Natürlich«, erwiderte Faye leise.

»Ich weiß nicht, wer er war«, sagte Ludwig wenig später. »Die Situation ist eskaliert.«

»Okay, okay.«

Er nahm sein normales Handy hervor, öffnete sein E-Mail-Programm und schrieb:

ID Otto Mlopic, Führerscheinnummer DE 755-B634 211?
Ist uns den ganzen Weg aus der Stadt gefolgt.
Lästig. Wortkarg.
Insbesondere jetzt.

Statt eine Adresse einzutragen und die Mail abzuschicken, speicherte er sie als Entwurf. So konnte GT, der sein Kennwort besaß, die Mitteilung lesen, ohne dass sie je von einem Server zum anderen versandt wurde. Dieser bewährte Al-Qaida-Trick gewann ständig neue Anhänger.

Ludwig wischte den Führerschein des Toten ab und warf ihn aus dem Fenster. Ehe er sein Telefon wegsteckte, schickte er eine SMS an GTs normale Handynummer:

Neue aufregende Lektüre.

In körperlicher Hinsicht ging es ihm ziemlich lausig. Schließlich musste er die optischen und akustischen Reize verarbeiten, die ihm sein Gehirn schonungslos übermittelt hatte. Zwei andere Aspekte hingegen erfreuten ihn. Zum einen gehörte er noch nicht zum alten Eisen, wenn es darauf ankam. Zum anderen hatte sich sein Honorar für diesen Auftrag soeben verdreifacht.

Unbekannter Ort in Deutschland
Mo., 18. Juli 2011
[08:10 MEZ]

Was einem in Filmen nie vermittelt wird, dachte der Journalist Friedrich Maft gequält, ist die Übelkeit, die einen befällt, wenn man stundenlang mit verbundenen Augen in einem fahrenden Auto sitzen muss. Jetzt, als ihm die Augenbinde abgenommen wurde, hoffte er inständig, dass sich die Mühe wenigstens gelohnt hatte.

»Etwas zu trinken?«, fragte der Mann, der ihm die Augenbinde abgenommen hatte.

Maft erkannte die Stimme, noch ehe er wieder klar sehen konnte: Lucien Gell. Sie befanden sich in einem niedrigen, quadratischen Zimmer mit nackten Ziegelmauern. Ein rechteckiger Couchtisch mit einer Glasplatte, zwei Flaschen Mineralwasser, zwei Gläser, ein Notizblock und ein Kugelschreiber. Drei mattschwarze Ledersessel, wie sie in Reality-Soaps über Familien mit zu vielen Blitzkrediten vorkamen. Ein Feldbett mit ein paar Decken stand unter einer Lüftungsöffnung, aus der ab und zu ein leises, klapperndes Geräusch drang.

Verwaschene gestreifte Gardinen hingen vor einem Fenster, das sich weit oben an der Wand befand. Sie hatten ihn eine kurze Treppe hinuntergeführt, die offenbar in einem Keller endete. In einer Ecke stand ein niedriges, vollgestopftes Bücherregal. Der

Journalist kannte viele der Werke: *Stripping Bare the Body* von Mark Danner, *Standard Operating Procedure* von Philip Gourevitch, die *Bush im Krieg*-Serie von Bob Woodward, *The Dark Side* von Jane Mayer, *Rise of the Vulcans* von James Mann, *Die ganze Geschichte* von Tim Weiner – Bücher über amerikanische Sicherheitspolitik, die Maft selbst besessen und über die er geschrieben hatte.

Er riss den Blick vom Regal los und nickte. »Gern eine Tasse Kaffee, bitte.« Er rieb sich die Augen.

»In Ordnung. Nimm doch schon mal Platz.« Gell verließ das Zimmer durch die weiße Tür, die in Augenhöhe über ein verschließbares Guckloch verfügte. Maft setzte sich und streckte die Hand nach dem Notizblock aus. Kaum hatte er ihn geöffnet, da war Gell auch schon mit einer Thermoskanne und zwei Plastikbechern zurück.

»Ich hoffe, die Fahrt ist gut verlaufen?«, erkundigte er sich, dann fügte er grinsend hinzu: »Ich meine, den Umständen entsprechend.«

»Kein Problem.«

»Wann musstest du aufstehen? Entschuldige bitte meine Neugier.«

»Aufstehen ist zu viel gesagt. Ich wurde nachts um drei abgeholt«, antwortete Maft und musterte sein Gegenüber gründlich.

Gell trug sein dunkles Haar auffallend kurz, war glatt rasiert und schien, seit er zuletzt vor knapp einem Jahr im Fernsehen aufgetreten war, ein paar Kilo zugenommen zu haben. Seine Kleidung war wie immer schlicht: dunkelblaue Jeans und ein hellblaues T-Shirt mit dem grünen Hydraleaks-Logo. Am meisten beeindruckten Maft jedoch die Augen des Mannes. Er war Gell bislang nie persönlich begegnet, und jetzt wurde ihm klar, dass die leuchtend grüne Farbe durchaus echt und nicht von eifrigen Bildredakteuren nachträglich verstärkt worden war. Oder trug er vielleicht farbige Kontaktlinsen? Vermutlich nicht, denn eine so unnatürliche Farbe würde niemand wählen.

Maft trank einige Schlucke von dem Kaffee, den Gell ihm inzwischen eingeschenkt hatte.

»Wollen wir beginnen?«, fragte Gell.

Maft schaute an die mit Gipsplatten verkleidete Decke. Schallisoliert? »Dazu hätte ich gern mein Aufnahmegerät.«

»Das ist leider nicht möglich. Aber du kannst dir Notizen machen.« Gell schob Block und Stift zu ihm hinüber.

»Mir wäre mein Aufnahmegerät wirklich lieber. Auch für den Interviewten ist es besser, wenn er sich alles noch mal …«

»Wie gesagt.«

Maft sah den Mann einige Sekunden lang flehend an, gab dann auf und griff zu dem Block.

»Wir könnten mit der Frage beginnen, was ich davon halte, dass ich untertauchen musste«, meinte Gell trocken.

Maft lächelte verständnisvoll. »Ich würde gerne damit anfangen, dich … ich darf doch Du sagen?« Gell hatte ihn zwar vom ersten Augenblick an geduzt, aber Maft hatte von seinen Launen und seiner Eitelkeit gehört und wollte sich lieber absichern.

»Natürlich.«

»Also. Ich wüsste gerne, was es mit dem Logo auf sich hat.«

»Ah.« Gells Miene hellte sich auf. »Du bist der Erste, der sich danach erkundigt. Das A auf dem Kopf ist eine Erfindung von Charles Sanders Peirce. Kennst du seine Forschung?«

»Nein.«

Gell beugte sich vor und presste die Fingerspitzen aneinander. Seine Stimme klang auf einmal eifriger. »Peirce war ein amerikanischer Philosoph, der vor etwa hundert Jahren gelebt hat. Sehr interessant. Er verfügte über eine gewisse Selbstironie, und es machte ihm Spaß, in seiner privaten Korrespondenz Worte durch Symbole zu ersetzen. Das umgedrehte A bedeutete unamerikanisch oder antiamerikanisch.«

Maft nickte und notierte sich den Namen. »Und so verstehst du die Mission von Hydraleaks?«

»Wie genau?«

»Als … antiamerikanisch?«

Gell sah erst verblüfft, dann enttäuscht aus. »Nein.«

Einige Augenblicke lang starrten sie sich an. Ein klirrendes Geräusch, dann rauschte Wasser durch einige Rohre ganz in ihrer Nähe. Gell betrachtete Maft mit forschendem Blick, als wolle er ergründen, ob er die intellektuellen Gaben des Journalisten falsch eingeschätzt hatte.

Maft versuchte die Initiative zurückzugewinnen, indem er rasch ein paar recht triviale Fragen herunterbetete, die er sich zurechtgelegt hatte. An den Antworten war nichts auszusetzen, sie waren bedeutend besser als die Fragen. Maft schrieb wie besessen mit.

»Und wie würdest du das bisher Erreichte beschreiben?«, fragte er schließlich.

Gell holte tief Luft, sah sich an der Decke um, dann kehrte er in die Wirklichkeit zurück und erklärte mit Nachdruck: »Als eine kraftvolle Verfassungsergänzung.«

»Wie meinst du das?«

»Die gesamte westliche Welt richtet sich eigentlich nach ein und derselben Verfassung, die ihre Wurzeln in der Französischen Revolution hat. Mit unserer Tätigkeit betonen wir die Essenz der Meinungsfreiheit.« Gell wechselte wie Margaret Thatcher zwischen der Ich-Form und dem Pluralis Majestatis. »Das primäre Ziel der Meinungsfreiheit ist nämlich nicht, dass sich Künstler nach Belieben amüsieren können. Es geht auch nicht darum, Idioten das Irrenhaus zu ersparen – das ist nur ein Nebeneffekt.« Er machte eine Pause, damit Maft mitschreiben konnte. »Am wichtigsten ist das Recht, die Macht zu kritisieren.«

Hinter der Tür waren Schritte und Stimmen zu hören. Wurde Arabisch gesprochen? Die Frauen, die ihn in Hamburg abgeholt hatten, waren Deutsche gewesen.

Gell fuhr wie in Trance fort: »Und die Macht zu kritisieren ist uns ja auch gestattet. Dabei gibt es nur ein Problem: Wir erfahren nichts. Wir dürfen die Theatervorstellung kritisieren, die uns die Machthaber großzügig darbieten. Nicht alle Regimes sind gleichermaßen großzügig – oder ihre Bühnenbildner und Regisseure sind unterschiedlich talentiert, könnte man vielleicht sagen. Was Hydraleaks interessiert«, sagte er, beugte sich vor und formte aus unerfindlichem Grund einen Würfel mit den Händen, »ist das Vorgehen der Drehbuchautoren und Regisseure, und zwar vor und nach der Vorstellung. Wen treffen sie? Wen belohnen sie? Wen bedrohen, bestrafen oder töten sie?«

Maft notierte sich Wort für Wort. Das kam gut. Dieser Artikel würde sich von selbst schreiben.

»Während meines Literaturwissenschaftsstudiums haben uns die Dozenten ständig damit in den Ohren gelegen«, fuhr Gell fort, als Maft mit seinen Notizen fertig war. »Sie sagten, die Wissenschaft habe … wie nannten sie das noch gleich … richtig: die Analyse von Kneipenrechnungen hinter sich gelassen.«

»Und das heißt?«

»Dass sich die Wissenschaftler früher sehr für die Person des Autors interessiert haben: Mit wem pflegte er Umgang? Welche Lebensumstände haben sein literarisches Schaffen beeinflusst? Diese Fragen interessieren heute niemanden mehr. Jetzt gilt es, die ›Texte‹ zu studieren. Natürlich in einem akademischen Vakuum. So etwas geschieht, wenn Kontrollfreaks das Sagen über ihre eigene Tätigkeit haben.«

Natürlich, das konnte nicht ausbleiben, dachte Maft, die Akademikerschelte des Narzissten. Er versuchte das Thema zu wechseln. »Dir wurde ja auch vorgeworfen …«

»Jetzt sei mal nicht so vorhersehbar«, konterte Gell mit einem aufrichtig herzlichen Lächeln. »Immerhin hat mich das zum Nachdenken gebracht. Das passende Schimpfwort für die Aktivitäten von Hydraleaks wäre also Kneipenrechnungsanalyse. Wir durchwühlen die Hintergründe der Vorstellung und die Motivation ihrer Urheber. Wir tragen dazu bei, all das ans Tageslicht zu bringen, was nicht auf die Bühne gelangt. Und ein anderes Schimpfwort, um deine Frage von vorhin zu beantworten, ist natürlich ›antiamerikanisch‹. Sind wir antiamerikanisch? Ich bin mir nicht sicher, ob das überhaupt geht. Das wäre ja, als versuche man in einer christlichen Kultur, die einen von Kindheit an geprägt hat, ›antichristlich‹ zu sein. Man könnte es folgendermaßen ausdrücken …« Er sah einen Augenblick lang seltsam traurig aus. »Wir widersetzen uns der gegenwärtigen Vorstellung. Wir haben ihr eine Reihe von Chancen gegeben, wir haben einen Blick hinter die Kulissen geworfen, wir haben darauf gewartet, dass ein neuer Regisseur vielleicht … manches verändern würde. Aber im Grunde genommen ist die Vorstellung immer dieselbe. Und wir wenden uns gegen die eigentliche Vorstellung.«

Das Kunstleder knarrte, als sich Gell nach beendetem Monolog zurücklehnte.

»Es gibt Leute, die behaupten würden, dass ihr euch auch ganz schön geschickt in Szene setzt«, meinte Maft.

»Natürlich.«

»Haben sie recht?«

»Ja. Böses muss mit Bösem vergolten werden.« Gell breitete die Arme aus und schüttelte bedächtig den Kopf. »Wir können nicht mit offenen Karten spielen, wenn der Gegner millionenfach stärker ist.«

»Eine häufig gestellte Frage lautet: Woher bezieht ihr eure Mittel?«

»Nun ja«, erwiderte Gell und schaute zum ersten Mal auf seine Tissot aus Edelstahl.

Ein beliebter Trick, wenn man während eines Interviews einen Themenwechsel herbeiführen wollte. Als wäre ihm dieser Wink entgangen, betrachtete Maft sein Gegenüber mit erwartungsvoller Miene.

»Wir erhalten unser Geld«, erklärte Gell verärgert, »von einer Vielzahl verschiedener Sponsoren. Wir sind eine gemeinnützige

Organisation. Vom Roten Kreuz verlangt schließlich auch niemand, dass Spenderlisten veröffentlicht werden.«

»Aber Hydraleaks veröffentlicht nicht einmal …«

»Stimmt. Hydraleaks veröffentlicht überhaupt nichts. Das ist einer unserer Grundwerte. Wir helfen euch Journalisten dabei, eure Pflicht zu tun und bestimmte Dinge zu publizieren.«

Maft konnte bereits Abschnitte seines Artikels hören, als säße jemand neben ihm und läse sie ihm vor: *Sobald die Finanzierung von Hydraleaks angesprochen wird, geht Gell spürbar in die Defensive und wird beinahe wütend.*

»Neues Thema«, sagte Maft, damit sich Gell wieder entspannte.

Gell nickte und trank einen Schluck Kaffee. Irgendwo im Haus klingelte ein Handy.

»Deine Mutter ist gestorben, als du acht Jahre alt warst, stimmt das?«

»Wie bitte?«

»Deine Mutter. Sie starb doch, nachdem sie in die Schusslinie einer RAF-Splittergruppe geraten war, die in Hannover ein Postamt überfiel?«

Eine Ewigkeit verstrich. Gell sah aus, als versuchte er eine Motorsäge zu verschlucken.

Plötzlich erhob er sich. »Danke, dass du dir die Zeit genommen hast«, sagte er eisig. »Wenn du dich ein wenig geduldest, kommen gleich Leute, die dich zurückbringen.«

Friedrich Maft war Zeuge eines höchst ungewöhnlichen Ereignisses geworden. Er hatte mit angesehen, wie sich Gell in einen verängstigten, wohlerzogenen Jungen aus westdeutschen Mittelschichtverhältnissen verwandelte. Er hatte mit angesehen, wie Gell seine mühsam kultivierte Maske verlor.

»Stimmt es, dass du eigentlich Michael Greber heißt?«, fragte Maft noch schnell.

Gell erstarrte vor der Tür, dann drehte er sich um und fixierte Maft mit einem Blick, als hätte er einen Einbrecher ertappt.

»Und?« Er schüttelte lächelnd den Kopf. »Was glaubst du eigentlich über mich zu wissen?«

»Stimmt es, dass du an der Uni Vorsitzender der Bewaffneten Amerikanischen Allianz warst? Einer proamerikanischen Gruppe, die quasi gefordert hat, dass Westdeutschland ein amerikanischer Bundesstaat wird?«

Gell lächelte höhnisch und murmelte etwas Unverständliches.

Maft wollte die Offensive nicht aufgeben, zog einen Zettel aus der Tasche seiner Jeans und las laut aus einem Interview einer Studentenzeitung mit dem damals 21-jährigen Michael Greber vor: »Wir setzen unsere Hoffnung in die Vereinigten Staaten, die ihre Truppenpräsenz in unserem Land verzehnfachen sollten. Das ist die einzige Sprache, die der Feind versteht. Wir müssen zahlenmäßig mit den sowjetischen Divisionen gleichziehen. Nur so können unsere Schwestern und Brüder im Osten unseres Landes befreit werden. Und die russischen Schweine werden mit eingezogenem Schwanz abziehen.«

»Unsinn«, widersprach Gell mit schwacher Stimme. »Wer auch immer so etwas gesagt hat, ist inzwischen politisch gereift.«

Maft schrieb wie besessen mit, aber nicht das, was ihm Gell jetzt vorplapperte. Nein, er wusste genau, was er zu Papier bringen musste: *Der sonst so unvergleichliche Gell gleicht in dieser Hinsicht vielen anderen Vorläufern der radikalen Weltpolitik: Extreme Positionen können nur zugunsten anderer mindestens ebenso extremer Positionen aufgegeben werden. Malcolm X beispielsweise musste sich dem fundamentalistischen Islam zuwenden, um die Einsicht zu erlangen, dass die Zusammenarbeit mit weißen Antirassisten möglich war. Gells Lebensprojekt war ein selbstständiges Deutschland und im Grunde genommen auch ein selbstständiges Europa. Zu Zeiten, als der Sowjetkommunismus die Bedrohung darstellte, wandte er sich den USA zu. Jetzt, da dieses Land die einzige noch existierende Supermacht ist, hat er der amerikanischen Hegemonie einen schonungslosen Informationskrieg erklärt. Einen differenzierteren und beständigeren Standpunkt zu entwickeln wäre unvereinbar mit seinem Naturell. Er hat keine*

Geduld. Hier liegt der ebenso erschütternde wie entsetzliche Berührungs-
punkt mit jedem beliebigen jungen Talibankrieger. Erst ziehen sie gegen die
eine Supermacht in den Krieg, dann gegen die andere. Pausenlos.

Gell streckte die Linke aus und fuchtelte wie ein alter Medizin-
mann in der Luft herum.

»Ich habe einen geeigneten Schluss für dich«, rief er exaltiert.
»Und zwar folgendermaßen: Macht heißt nicht, nach Gutdünken
handeln und andere Menschen herumkommandieren zu können.
Macht heißt, zu wissen, *wie* und *warum*. Und das …«

Aber Maft hörte ihm nicht zu. Er schrieb: *Es kommt natürlich vor,*
dass junge Männer mit destruktiven Neigungen einen Schritt zu weit gehen
und sich, ohne es selbst zu merken, in ausgewachsene Brandstifter verwan-
deln. Aber wer unter ihnen will die Welt eigentlich in Brand stecken? Der-
jenige, dem sich majestätisch unvorbereitet die Gelegenheit bietet.

Das war's. So würde sein Text enden. Perfekt.

»Das wird sicher gut«, sagte Maft und klappte den Block zu.

Gell atmete schwer und warf dem Journalisten einen letzten
Blick zu.

»Du weißt nichts über mich. Niemand weiß etwas über mich.
Vergiss das nie.«

Dann trat er auf den Korridor hinaus, knallte die Tür hinter sich
zu und verriegelte sie. Das Interview war vorbei.

Flugplatz Sperenberg, Brandenburg
Mo., 18. Juli 2011
[09:40 MEZ]

Ein alter sowjetischer Militärflugplatz zehn Kilometer südwestlich von Mellensee tat sich vor ihnen als länglicher, dreigeteilter Kahlschlag mitten im Wald auf. Ruinen bizarrer Antennenanlagen und Panzergaragen erzeugten die Aura eines Sechzigerjahre-Science-Fiction-Films. Das Gelände war gigantisch. Hier und da hingen rostige weiße Schilder mit kyrillischen Buchstaben. Die zweieinhalb Kilometer lange Landebahn bestand aus zusammengefügten Betonblöcken, in deren Fugen und Rissen Unkraut spross.

Hier draußen hatte es in der Nacht nicht geregnet, und Staub wirbelte auf, als Ludwig und Faye von der Straße abbogen und das Auto vor einem niedrigen Holzgebäude parkten, das gegenüber vom hundert Meter langen hellgrauen Wellblechhangar lag. In der Sonne herrschten mindestens zwanzig Grad. Es war warm und schwül. Eine windige Ödnis.

Während der Autofahrt hatte sich Ludwigs Adrenalinspiegel nach und nach wieder normalisiert, und eine innere Leere hatte sich eingestellt. Er fühlte sich ausgelaugt und konnte nur auf baldige Erholung hoffen.

Von der größeren Landebahn gingen etwa zwanzig Parkbuchten und Hubschrauberlandeplätze ab. Auf zwei davon standen private

Schulflugzeuge. Keine Menschenseele, so weit das Auge reichte. Sie waren eine Viertelstunde zu früh.

»Die Russen haben sich bis 1994 hier eingenistet«, meinte Ludwig und betrachtete einige rostige Schuppen, die vielleicht die Geräte der Mechaniker, chemische Kampfmittel oder was auch immer beherbergt hatten. »Und trotzdem haben sie nicht aufgeräumt, als sie schließlich die Biege machten.«

»Solche Mieter machen keine Freude«, meinte Faye. »Daher sollte man auch stets Empfehlungsschreiben verlangen.«

»Genau.« Ludwig setzte sich auf die Treppe der baufälligen Holzbaracke, in der sowjetische Düsenjägerpiloten sich den Tagesbefehl angehört und Notizen auf billigem, rötlichgrauem Papier gemacht hatten.

Faye blieb neben dem Auto stehen und trat eine rostige Schraube beiseite. »Waren Sie schon mal hier?«

Erst wollte Ludwig aus alter Gewohnheit verneinen, doch wozu hätte das gedient? »Mehrmals sogar«, antwortete er. »Ich war 1989 hier, als Gorbatschow zum 40. Jubiläum der DDR angereist ist. Meine Aufgabe war es, die Dolmetscher zu beaufsichtigen.«

»Im Auftrag der Stasi?«, fragte Faye entsetzt. Ihre schwer zu ergründende Miene drückte entweder Verachtung oder Begeisterung aus.

Ludwig zuckte mit den Schultern. »Ja. Im Auftrag der Stasi. Ich habe Konterspionage betrieben. Meinen Vorgesetzten war es wichtiger, herauszufinden, was unsere Leute dachten, als zu erfahren, was die Russen dachten.«

»Aber auch im Auftrag der CIA?«

»Auch im Auftrag der CIA. Es war mein viertes Jahr als Doppelagent. Mein Stasi-Bericht dauerte eine Viertelstunde, die Besprechung mit meinem CIA-Kontakt fünf Stunden. Die Amerikaner interessierten sich sehr für Gorbatschows eigentliche Absichten. Die sowjetische Delegation war progressiv, Stalinisten gab es nur noch bei uns in der DDR.«

Diese Dinge durfte er ihr eigentlich gar nicht erzählen. Aber sie gehörten in eine andere Zeit, in einen anderen Krieg. Vereinzelt boten sich ihm solche Gelegenheiten, solche Ventile, um einen Teil des Smogs abzulassen, der ihn erfüllte.

»Konnten Sie denn einen nützlichen Beitrag leisten?«, fragte Faye. Ihr war selbst an der Art, wie sie ihre Zigarette rauchte, anzumerken, dass es sie wirklich interessierte.

»Keine Ahnung. Man erzählt, was man sieht und hört. Den eigentlichen Beitrag leisten die Analytiker. Hoffe ich zumindest.«

Mit verzweifelt lautem Gekreische gab ein Schwarm Gänse, fünfzig oder sechzig Stück, seinen Überflug bekannt. Sie waren Richtung Westen unterwegs, weil sie dort mehr Futter vermuteten.

»Einige Monate später ist alles zusammengebrochen«, fuhr Ludwig fort. »Als die Russen mit dem Abzug begannen, wurde ich 1992 wieder hierhergeschickt. Ich bin in den Büschen herumgekrochen und habe für die Amerikaner gut und gerne fünfzehn Kleinbildfilme verschossen. Ich habe alles fotografiert. Wer die Kaserne betrat und verließ, die Hubschraubertypen und Panzermodelle. In welcher Reihenfolge der Abtransport der Ausrüstung vonstattenging. Mir ist sogar der Schnappschuss eines waschechten GRU-Generals gelungen. Die Russen konnten einem beinahe leidtun, denn sie hatten keinerlei Möglichkeit, ihre Stützpunkte zu schützen. Eigentlich haben wir uns ganz schön unsportlich verhalten. Ein Glück, dass sie Demütigungen lieben. Dann leben sie … gewissermaßen auf.«

Langsam schüttelte Faye den Kopf.

»Früher habe ich nicht an derartige nationale Stereotypen geglaubt«, meinte sie leise.

»Wenn man jung ist, fällt es einem leichter.«

»Was?«

»An seinen Prinzipien festzuhalten.«

Ein schwaches Lächeln breitete sich auf Fayes Lippen aus. Wie sie da vor den Birken und Kiefern am Range Rover lehnte, schien sie einem Werbespot entsprungen – sie sah aus wie eine zweifache Mutter mit einem besonderen Faible für die Wildnis.

»Ich rate Ihnen, meinem Chef alles zu erzählen, was Sie wissen«, sagte Ludwig.

»Ich verstehe«, lautete ihre unverbindliche Antwort.

»Sind Sie sich da sicher? Er ist ein Mann, den man lieber nicht zum Feind haben möchte.«

»Und Sie?«, erwiderte sie blitzschnell. »Will man Sie gerne zum Feind?«

»Mich hat niemand zum Feind«, meinte Ludwig lakonisch. »Ich komme gut mit anderen Menschen aus, das ist einer meiner großen Verdienste.«

In einigen Hundert Metern Entfernung war ein Auto zu hören. Ludwig zog seine Pistole, bedeutete Faye mit einem Nicken, sich in den Wagen zu setzen, und bezog selbst zusammengekauert hinter einem Verteilerkasten Stellung. Einige Minuten verstrichen. Dann ertönten Schritte im Kies.

GT kam hinter dem Hangar zum Vorschein, blieb stehen und entdeckte dann Ludwig und Faye. Er trug einen dunkelblauen Anzug und einen roten, glänzenden Schlips mit diskreten Querstreifen. In der einen Hand hielt er eine große braune Papiertüte und hatte sich eine weiße Thermoskanne unter den anderen Arm geklemmt. Dem Schweiß in seinem Gesicht nach zu urteilen, war er in der schwülen Hitze ein gutes Stück zu Fuß gegangen.

Ludwig trat vor und steckte seine Waffe weg. Sie nickten sich zu.

»Hast du meine SMS bekommen?«

»Was war los?« GT warf einen besorgten Blick auf den Wagen, in dem Faye sitzen geblieben war.

»Er hat uns seit Kreuzberg verfolgt. Ich habe ihn aus der Reserve gelockt, aber es ist mir nicht gelungen, irgendwas in Erfahrung zu bringen, denn leider ist die Situation eskaliert.«

GT schaute weg. »Wo und wie?«

»Auf einem abgelegenen Rastplatz. Kein Schusswaffengebrauch, keine Überwachungskameras und keine Zeugen. Selbst wenn uns jemand gesehen haben sollte, wie wir auf den Rastplatz abgebogen sind, gab es keinen Grund, sich mein Kennzeichen zu merken. Habt ihr was über ihn herausgefunden?«

»Wir sind noch dabei. Und wie geht es dir?«

Aus irgendeinem Grund brachte Ludwig diese Frage in Verlegenheit. »Muss ja.«

»Und was macht sie für einen Eindruck?«, fragte GT und nickte in Fayes Richtung.

»Clever. Vernünftig. Sie sondiert das Terrain, glaube ich.«

»Was will sie?«

»Das muss sie wohl noch herausfinden.«

GT ließ seinen Blick auf die Startbahn schweifen. »Sie ist die Anwältin von Hydraleaks. Und sie war in Marrakesch, als es dort geknallt hat, wie ich vorhin erfahren habe.«

Diese Information musste Ludwig erst einmal verarbeiten. Dann stellte GT die wesentliche Frage.

»Könnte sie …«

»Nein«, antwortete Ludwig.

»Nicht?«

»Sie ist nicht der Typ dazu.«

GT warf einen Blick in ihre Richtung. »Vielleicht ist sie das ja geworden.«

»Welche Vorgehensweise stellst du dir vor?«

»Geburtstag bei Oma.«

Ludwig nickte. In diesem Moment stieg Faye aus.

»Miss Morris«, sagte GT und gab ihr die Hand. »Mein Name ist Clive.«

»Faye«, antwortete sie und lächelte mechanisch.

GT nickte. »Dann wollen wir mal loslegen«, sagte er und zog einen Schlüsselbund aus der Tasche. Er ging die kleine Treppe zur Holzbaracke hoch und öffnete die Tür.

Der taubenblaue Teppichboden war voller Löcher, die von Zigarettenkippen zu stammen schienen. Im Übrigen glich das große, fensterlose Zimmer dem missglückten Konferenzraum eines düsteren Skihotels. Mit Kiefernholz verkleidete Wände, zwei zu einem Quadrat zusammengeschobene Tische, an denen zwölf Personen Platz gefunden hätten. Allerdings gab es nur vier Klappstühle sowie eine Küchenzeile mit Spülbecken und Kochplatte.

»Mal sehen«, sagte GT und öffnete einen Schrank, stellte drei Becher auf den Tisch, schenkte Kaffee aus seiner Thermoskanne ein und bat die anderen, Platz zu nehmen. Die Papiertüte ließ er in der Kochecke stehen.

Alle schwiegen eine Weile. Faye fragte, ob sie rauchen dürfe. GT sah Ludwig an und zuckte mit den Achseln.

»Wie können wir Ihnen helfen, Faye?«, erkundigte sich Ludwig schließlich.

Faye verschränkte die Arme, als würde sie frieren. »Ich bin mir nicht sicher, ob Sie das können«, erwiderte sie mit metallischer Stimme.

»Mal sehen«, erwiderte Ludwig. »Wie wär's, wenn Sie uns erst mal alles über die Vorfälle in Marrakesch erzählen würden?«

»Okay.«

»Was hat Sie nach Marokko geführt?«

»Ich bin zusammen mit Pete und Dan hingefahren. Man hatte uns ein Treffen mit einem Mitarbeiter des Geheimdienstes der Marineinfanterie versprochen, einer Person, die Informationen für uns habe.«

»Was für Informationen?«

»Davon war nicht die Rede.«

»Und worin bestand Ihre Rolle?«

»Ich sollte als Juristin anwesend sein. Ich habe oft an solchen Besprechungen teilgenommen. Amerikaner haben gerne einen Anwalt im Zimmer, wenn sie wichtige Beschlüsse fassen. Eine Person, der Ausdrücke wie ›Schweigepflicht‹ und ›vom Grundgesetz garantierte Rechte‹ geläufig über die Lippen kommen, verleiht dem Ganzen ein Gefühl der Legalität. Und Normalität, vermute ich. Sie entschärft extreme Situationen.«

»Ich verstehe«, sagte Ludwig. »Und diese Besprechung? Hat die stattgefunden?«

»Ja und nein. Am Vorabend der Besprechung hat Pete mir verraten, warum die beiden wirklich nach Marokko gekommen waren. Die Situation war vollkommen anders, als sie sich mir zuerst dargestellt hatte. Pete und Dan waren nach Nordafrika gereist, weil sie Hydraleaks den Rücken kehren wollten. Der Amerikaner, mit dem sie verabredet waren, sollte ihnen helfen, unter Gewährleistung juristischer Immunität in die USA zurückzukehren. Im Austausch dafür wollten sie ihm gewisse Dokumente aushändigen.«

»Gewisse Dokumente«, wiederholte Ludwig.

GTs Selbstbeherrschung beeindruckte ihn. Mit keiner Miene ließ er erkennen, was er dachte.

»Darauf komme ich gleich noch zurück«, meinte Faye.

Ludwig presste die Handflächen zusammen. »Das freut mich.«

»Der Grund für die Entscheidung von Pete und Dan«, fuhr Faye fort, »war Luciens Verhalten während der vergangenen Monate.«

»Und wie würden Sie sein Verhalten beschreiben?«

»Er ist vollkommen verrückt geworden.«

»Wie hat sich das geäußert?«

»Unter anderem als Verfolgungswahn. Er bildet sich ein, dass alle hinter ihm her sind, vor allen Dingen die CIA. Er ist überzeugt davon, dass Sie ihn umbringen wollen.«

Ludwig quittierte diese Worte mit der Sorte Lächeln, die er am besten beherrschte: rasch und resigniert. »Wenn es so einfach wäre.«

»Eben, wir sind hier schließlich nicht in einem Entwicklungsland«, meinte Faye. Sie musterte den schweigenden GT und drückte die halb gerauchte Zigarette in ihrem Kaffeebecher aus. »Weiße Feinde aus dem Westen müssen ungeheuer frustrierend sein. Man kann sie nicht einfach … plattmachen.«

Besorgt erwiderte GT ihren Blick.

»Wollen wir vielleicht auf Marokko zurückkommen?«, schlug Ludwig diplomatisch vor.

Faye strich sich eine Haarsträhne hinter das Ohr. »Ich wusste nicht, wie ich mich zu dem geplanten Ausstieg der beiden verhalten sollte. Ich hatte selbst erwogen, mich aus der Sache rauszuziehen, aber was sie vorhatten, ging weiter … ich hätte mir nie vorstellen können, Hydraleaks auf diese Weise zu verraten. Aber dies war ihre einzige Möglichkeit, in die USA zurückzukehren, ohne dort lebenslänglich hinter Gittern zu landen.«

»Oder hingerichtet zu werden«, meinte Ludwig, um sie vorsichtig daran zu erinnern, wie gefährlich die Situation auch für sie selbst war. Hoffentlich fasste sie seinen Hinweis als Fürsorge auf und nicht als Drohung.

Sie schluckte. »Dieses Dilemma hat die Sache für mich zugespitzt. Ich musste über meine eigene Zukunft nachdenken, was ich in jener Nacht auch getan habe, und zwar gründlich. Allerdings konnte ich mich nicht zu einem Entschluss durchringen. Bevor die beiden sich am Morgen zum vereinbarten Treffen begaben, hat mir Pete die Festplatte mit den Dokumenten überreicht. Ich sollte mich bereithalten, um sie zum Treffpunkt zu bringen, sobald sie anriefen. Ich habe irgendwas Nichtssagendes geantwortet und …« Sie hielt inne. »Sie gingen, und ich bin im Hotel geblieben. Der Treffpunkt lag nur fünfzig Meter vom Riad entfernt, in dem wir gewohnt haben. Ich habe gehört, wie …«

Faye starrte auf die Tischplatte und holte ein paarmal tief Luft.

»Sie haben die Schüsse gehört«, sagte Ludwig.

»Ja«, antwortete sie mit schwacher Stimme.

»Der Soldat der Marines ist dem Anschlag ja selbst zum Opfer gefallen«, dachte Ludwig laut nach. »Falls es sich um eine Falle gehandelt hat, steckt wohl kaum der Nachrichtendienst der Marineinfanterie dahinter.«

»Richtig.«

»Die Einzigen, die meines Erachtens von der Aktion profitieren, sind die Leute von Hydraleaks«, fuhr Ludwig fort.

Verzweifelt sah sich Faye um. Sie war in bodenlose Tiefe geschleudert worden und suchte jetzt panisch nach dem flachen Ende des Beckens.

Ludwig ergriff unbeholfen ihre Hand. »Faye?«

»Ja.«

»Hat Gell diese Morde in Auftrag gegeben?«, fragte er leise und sah sie an. »Sollten auch Sie sterben?«

Die Frage war heikel und traf ins Schwarze ihres Albtraums.

»Ich weiß es nicht. Es ist … Keine Ahnung. Ich verstehe es einfach nicht.« Sie befreite sich aus Ludwigs Griff, sprang vom Tisch auf und begann wie ein eingesperrtes Tier auf und ab zu marschieren.

»Gäbe es eine andere Erklärung?«, fragte Ludwig mit noch milderer Stimme.

Faye drehte sich rasch um. »Natürlich!« Sie starrte GT wütend in die Augen. »Die andere Erklärung wäre, dass Sie dahinterstecken.«

GT räusperte sich und verzog betreten das Gesicht. »Waren Sie schon mal im Kempinski?«

»Bitte?«

Der Amerikaner erhob sich und holte die braune Papiertüte.

»Hotel Kempinski am Ku'damm. Alles andere verblasst dagegen«, erklärte er, packte die Tüte aus und stellte den Inhalt auf den Tisch: drei Pappteller, drei Kuchengabeln aus Plastik und drei riesige Tortenstücke.

»Ich habe mir erlaubt, mich für etwas Konventionelles zu entscheiden, aber die Schwarzwälder Kirschtorte aus dem Kempinski ist hinreißend. Der Beginn einer Bekanntschaft, die sich weiter ausbauen lässt.«

Sie aßen. Das dauerte eine Weile.

Ludwig war es nicht gewöhnt, so früh am Tag zu essen. Der Zucker machte ihn munter, aber die Sahne haute ihn fast um.

»Sie glauben doch nicht im Ernst, dass wir die Morde veranlasst haben?«, nahm Ludwig den Faden wieder auf. GT hatte sicher erwartet, dass er nach der Tortenpause das Thema wechseln würde, aber man konnte auch gleich mit der Überzeugungsarbeit beginnen.

»Vielleicht kannten Sie ja die Hintergründe nicht«, meinte Faye, »möglicherweise beruht das Ganze auch auf einem Missverständnis ... Allerdings fällt mir kein passendes Motiv ein. Sollte ein Soldat bestraft werden, der brisante Informationen preisgeben wollte?«

GT notierte sich rasch etwas auf seinem Block. »Aber er wollte ja nichts preisgeben. Er wollte zwei Leuten helfen, die Fronten zu wechseln.«

»Genau das meine ich mit dem eventuellen Missverständnis«, erwiderte Faye, schien aber selbst nicht recht daran zu glauben.

»Ich kann Ihnen versichern, dass es nicht unsere Art ist, Leute auf diese Art umzubringen«, erklärte Ludwig.

Eine kurze Stille trat ein, in der tausend bösartige Wesen durch die Luft schwirrten und flüsterten: *Und was war vor einer Stunde?*

Auf dieses Niveau schien sich Faye jedoch nicht begeben zu wollen. Stattdessen sagte sie trocken: »Nein, dafür haben Sie ja Ihre Spielzeugflugzeuge.«

GT setzte ein herablassendes Lächeln auf, das Faye nur noch wütender machte.

»Das muss ja richtig Spaß machen«, fuhr sie fort. »Himmlische Voraussetzungen für ein paar Macho-Babys, die mit ferngesteuerten Flugzeugen spielen und auf dem ganzen Planeten Menschen in die Luft sprengen. Als wäre die ganze Welt ein einziges verdammtes Computerspiel.«

GT fingerte an seinem Kaffeebecher und starrte an die Decke. »Ich glaube, Ihre Vorstellungen über unsere Tätigkeit sind nicht ganz korrekt.«

»Was Sie nicht sagen! Unlängst habe ich gelesen, das Antiterrorzentrum der CIA habe sich zu einer fantastischen Mördermaschine entwickelt.« Faye zitierte: »›Unsere Drohnen töten jede Woche mehr Feinde, als die CIA während des gesamten Kalten Krieges erledigt hat.‹ Das stand da auch.«

GTs kühle Miene wurde blitzschnell von einer wütenden Neugier abgelöst. »Wo haben Sie das gelesen?«

»Im *Spiegel*, meine ich mich zu erinnern. Einer Ihrer Mitarbeiter wurde zitiert.«

Jetzt drehte sich GT zu ihr um, starrte sie einige Sekunden lang unverhohlen an, murmelte etwas vor sich hin und notierte sich dann etwas auf seinem Block.

»Keine amerikanische Behörde«, sagte er mit Nachdruck, »hatte etwas mit dem Vorfall in Marrakesch zu tun. Dafür verbürge ich mich.« Er vollführte eine ausholende Bewegung mit der Linken, als wollte er die Perspektive seines Gegenübers zurechtrücken. »Denn sonst wüsste ich davon. Ich glaube, Sie wollen sich mit dieser Idee, wir seien das gewesen, einfach nur trösten.«

»Vielen Dank für Ihr therapeutisches Feedback«, erwiderte Faye bissig.

»Keine Ursache«, konterte GT. Er erhob sich und schenkte Ludwig und sich Kaffee nach. »Sie wollen vielleicht eine neue Tasse«, sagte er zu Faye und betrachtete die Kippen in ihrem blauen Plastikbecher.

»Bitte.«

»Zeit, die Tonart zu wechseln«, flüsterte ihr Ludwig verärgert zu, während GT eine neue Tasse holte. »So können Sie jedenfalls nicht weitermachen.«

Sie nickte. »Ich weiß. Ich weiß.«

Faye setzte sich wieder. Ihr Khakihemd wies unter den Armen deutliche Schweißflecken auf. Erst jetzt bemerkte Ludwig, wie blutunterlaufen ihre Augen waren. Sie schien die ganze Nacht nicht geschlafen zu haben.

Aber dann entnahm Ludwig ihrer veränderten Miene, dass ihr

Befinden bedeutungslos war. Sie hatte die Situation im Griff, wusste genau, wo sie stand.

»Dann will ich Ihnen mal meine Forderungen unterbreiten«, sagte sie, als GT ihr Kaffee eingeschenkt und wieder Platz genommen hatte.

Der Amerikaner nickte und wartete darauf, dass sie weitersprach.

»Ich habe in der vergangenen Woche Zeit gehabt, über mein Leben nachzudenken.« Sie holte Luft. »Ich möchte es neu beginnen. Ich verlange vollkommene Straffreiheit, um nach Hause zurückkehren zu können.«

»Nehmen wir einmal an, dass wir einwilligen. Was geben Sie uns dafür?« GT trommelte mit den Fingern auf den Tisch.

»Sie erhalten die erwähnten Dokumente, die mir Pete und Dave in Marrakesch überreicht haben. Es handelt sich um eine Liste. Ich glaube, dass sie einen gewissen Wert für Sie haben könnte.«

»Was für eine Liste?«, erkundigte sich Ludwig.

»Eine Liste aller, die mit Hydraleaks zusammengearbeitet haben. Aller Personen, die uns Informationen zugespielt haben. Sämtliche Informanten ab der Stunde null.«

GT hörte abrupt mit dem Fingertrommeln auf. In seinem Blick blitzte ein ganz neuer Hunger auf.

Ein lebensgefährliches Lächeln trat auf Fayes Lippen. »Eine Liste der Landesverräter, wie Sie es vermutlich ausdrücken würden.«

Es war nicht zu übersehen, wie sehr GT auf einmal schwitzte. Seine bleichen Finger bewegten sich fieberhaft, aber planlos über den Notizblock. Ludwig war davon überzeugt, dass er nur herumkritzelte, um Zeit zu gewinnen. Eine Liste dieser Art war Gold wert, eine Sensation, ein Geschenk Gottes. Die CIA würde jeden erdenklichen Preis bezahlen, um ihrer habhaft zu werden. Begriff Faye das denn nicht? War es ihr egal? Ludwig war immer noch nicht klar, was eigentlich in ihr vorging.

»Dann will ich Ihnen mal sagen, was ich haben will«, sagte GT, nachdem er eine Ewigkeit sinnlos herumgekritzelt hatte. Er schaute hoch. »Ich will Lucien Gell.«

Ludwig fragte sich, ob das sein Ernst war oder reine Taktik. Lucien Gell? Was war schon Gell im Vergleich zum Hydraleaks-Adressbuch?

Faye nickte. »Das kann ich mir denken. Aber das ist nicht mein Problem.«

»Wo hält er sich auf?« GT betrachtete seinen Schlips, rückte ihn zurecht und wiederholte seine Frage. »Wo befindet er sich? Viele von uns vermissen ihn schmerzlich.«

»Was ich anzubieten habe, ist die Liste«, sagte Faye siegesgewiss. »Und die bekommen Sie, wenn Sie mir schriftlich Straffreiheit garantieren.«

Nachdem er zehn Sekunden vor sich hin gestarrt hatte, sagte GT: »Dann wissen wir, wo wir stehen. Ich bin mir sicher, dass wir zu einer Einigung gelangen können.« Er reckte sich, ohne sich zu erheben und ohne die Hände vom Tisch zu nehmen. Eine seltsame, katzenhafte Bewegung, die ihn plötzlich jünger und geschmeidiger erscheinen ließ.

Dann trug er die Thermoskanne und die Becher zur Spüle neben der Tür, griff zu der uralten Spülbürste und begann die Thermoskanne gründlich auszuspülen. Als er damit fertig war, deckte er den Tisch ab und warf die Pappteller und das Besteck in die Papiertüte.

»Jetzt muss ich leider zu einer Besprechung.« Er schraubte die Thermoskanne zu und ließ Kanne und Tüte auf der Spüle stehen. »Sie verstehen, die Mördermaschine ruft. Wir müssen unser Gespräch vertagen.«

»Gute Idee«, meinte Ludwig, noch ehe Faye etwas Giftiges erwidern konnte.

»Geschäfte«, sagte GT und drehte sich um. Ein Lächeln breitete sich unter seinem borstigen Schnurrbart aus wie Butter in der

133

Sonne. »Ich mache gerne Geschäfte. In dieser Branche werden generell zu wenige Geschäfte gemacht. Los, gehen wir.«

Faye antwortete nicht. Die Pokerpartie hatte gerade erst begonnen.

*

»Wohin fährst du?«, fragte Ludwig. Er betrachtete die fünfzig Meter breite Start- und Landebahn. GTs Fahrer wartete in dem einige Meter entfernten Wagen. Die Sonne war hinter den Wolken verschwunden, der Wind hatte aufgefrischt. GT schaute auf die Uhr.

»Ich muss zu einer NATO-Besprechung nach Brüssel fliegen«, grummelte er. »Die Koordination der Terrorabwehr mit unseren europäischen Alliierten.«

»Ist nicht die CIA in Hamburg für diese Fragen zuständig?«, wollte Ludwig wissen.

»Doch. Deswegen will ich auch teilnehmen. Schließlich muss man im Auge behalten, was die hochgeschätzten Kollegen so treiben.«

Ein Stückchen weiter weg saß Faye breitbeinig auf der Erde. GT ging mühsam neben ihr in die Hocke. »Ich muss zugeben, dass mir Ihr Vorschlag noch nicht ganz einleuchtet.«

»Ich habe mir das Beste bis zum Schluss aufgehoben.«

»Dann legen Sie los.«

»Was ich anzubieten habe, muss Ihnen einfach einleuchten.« Sie blickte auf und sah ihn an. »Der Botschafter.«

»Der Botschafter?« GT starrte sie wie verhext an.

»Der Botschafter steht auch auf der Liste.«

GT erhob sich und begann auf und ab zu gehen. Seine Augen kreisten hektisch, als folgten sie dem Flug eines Spatzen.

Er hielt inne. »Und was hat er an Sie weitergegeben?«

»Die Berichte aus dem amerikanischen Militärkrankenhaus in Landstuhl«, sagte Faye.

Ludwig fiel auf, dass sie sofort die Augen niederschlug. Das konnte zwei Dinge bedeuten: Entweder log sie, oder sie schämte sich dafür, diese Information preisgegeben zu haben. Das Problematische an der Körpersprache war, dass sie verschiedene Deutungen zuließ.

»Welche Berichte?«, erkundigte sich Ludwig erstaunt.

GT schaute ihn mit düsterer Miene an und sagte: »Die *Washington Post* hat eine Serie darüber veröffentlicht. Es gab einen ziemlichen Aufstand. Es ging um eine Befragung der Psychologen an der Klinik in Landstuhl. Diese haben von einer extrem hohen Suizidalität unter den schwer verwundeten amerikanischen Soldaten aus dem Irak und Afghanistan berichtet.« Er sah Faye an und fuhr fort: »Alle wussten, dass die Selbstmordrate extrem hoch war. Das Problem war nur, dass das Pentagon behauptet hat, die Zahlen seien völlig überraschend gewesen.«

Ludwig verdrehte die Augen.

GT seufzte und fuhr sich mit der Hand durch sein grauweißes Haar. »Wir sind davon ausgegangen, dass einer der Ärzte oder jemand aus dem Pentagon die Berichte weitergegeben hatte.«

»Aber wie konnte der Botschafter überhaupt an diese Berichte gelangen?«, wollte Ludwig wissen.

»Keine Ahnung«, erwiderte GT. »Vielleicht habe ich selbst die Einsicht genehmigt. Auf meinem Tisch landen ständig Berge von Papieren, die unbedingt von den Leuten im Außenministerium eingesehen werden wollen. Diese Befragungen haben ja hier in Deutschland stattgefunden, vielleicht wurden sie dem Botschafter routinemäßig ausgehändigt. Ich weiß es nicht.«

»Dies war der Beweis meines guten Willens«, sagte Faye. »Jetzt sind Sie an der Reihe.«

»Wie viele Namen stehen auf dieser Liste?«

»Gut zweihundert. Dabei handelt es sich hauptsächlich um Unteroffiziere oder anonyme Beamte im Außenministerium oder Pentagon.«

»Hauptsächlich?«

»Ja.«

»Eines ist klar. Diese Liste händigen Sie mir und sonst niemandem aus.«

»Ich gebe Ihnen die Liste«, antwortete Faye, »wenn Sie meine Immunität garantieren.«

GT vollführte eine kleine Pirouette, wandte ihr den Rücken zu und zog Ludwig ein Stück hinter sich her.

»Das wird schon«, sagte er zu dem Deutschen oder zu sich selbst.

»Darf ich dich nur noch rasch etwas fragen?« Ludwig vergrub seine Hände in den Hosentaschen. »Was zum Teufel willst du mit Lucien Gell?«

GT wirkte regelrecht ertappt. »Deine Landsleute lassen sich viel zu viel Zeit! Was die Steuersache betrifft, haben sie ewig gezögert und scheinen sich bislang nicht sonderlich ins Zeug zu legen. Den Deutschen ist es offenbar scheißegal, was für einen Schaden er uns zufügt. Sie finden vermutlich, das sei unser Problem. Dasselbe Theater wie bei Saddam und Gaddafi und all den anderen.«

»Es könnte ja …«, setzte Ludwig an, überlegte es sich dann aber anders.

»Es könnte was? Meine Güte, nicht wir wollen Gell drankriegen, zumindest nicht offiziell. Denn das wäre eine verdammt schlechte Presse. Die einzig vernünftige Lösung wäre, ihn ausfindig zu machen und den deutschen Behörden buchstäblich in die Arme zu werfen. Dann bliebe ihnen nichts anderes übrig, als ihn gehorsamst einzusperren.«

»Man hätte sich ja gewünscht, dass ihnen etwas Besseres einfällt als eine Klage wegen Steuerhinterziehung«, meinte Ludwig.

»Zum Beispiel was?«

»Ich meine nur, das sind ja die Methoden der Chinesen und Russen.«

»Dafür haben sie die Lage auch recht gut im Griff«, meinte GT.

»Die Bundesregierung weiß, dass es Krawalle und Ärger gibt,

wenn sie ihn einsperren«, erinnerte ihn Ludwig. »Vielleicht kommt es auch zu Terroranschlägen. Gell ist ... ein Held. Viele Leute sind dieser Meinung. Das sollte man nicht vergessen.«

»Wer soll mir jetzt also leidtun?«

GTs Frage blieb eisig in der Luft hängen.

»Ich stelle nur fest«, ruderte Ludwig zurück, »dass wir eine vorsichtige Kanzlerin haben.«

GT lachte, wobei sich seine Miene und sein Tonfall veränderten. »Hast du sie etwa gewählt? Das habe ich mich schon lange gefragt.«

»Nach der Wiedervereinigung habe ich für Kohl gestimmt«, sagte Ludwig und folgte einem weiteren Gänseschwarm mit dem Blick. »Aber dann ist mir die Lust vergangen.«

»Und anschließend?«

»Beim letzten Mal habe ich die FDP gewählt.«

»Die FDP? Bist du nicht ganz bei Trost?«

Die FDP hatte sich in den Augen der Amerikaner unmöglich gemacht, als sich ihr Außenminister bei der Abstimmung über den Libyeneinsatz der Stimme enthielt.

»Na ja, das war aufgrund von wirtschaftspolitischen Erwägungen«, erklärte Ludwig.

»Und zwar?«

»Na, du weißt schon, die FDP befürwortet eine ermäßigte Mehrwertsteuer in der Gastronomie.«

»Mehrwertsteuer in der Gastronomie!« Der Amerikaner strahlte erfreut und überrascht. Offenbar schockierte es ihn geradezu, dachte Ludwig gekränkt, dass seine Handlanger auch andere Probleme hatten.

Das Flugzeug war erst nur als metallisches Sausen zu vernehmen. Schon bald erinnerte das Geräusch an einen kleinen Bus, der sich aus den Wolken näherte. Es landete reibungslos in ziemlicher Entfernung und fuhr dann die restliche Strecke auf sie zu: eine zweimotorige weiße Gulfstream IV, ein Privatflugzeug mit der Aufschrift »EuroAgroTech-Grull«. Ludwig konnte mit Mühe die grimmige Pilotin ausmachen, die so nachdrücklich Kaugummi kaute, als ließen sich die beiden Motoren nur auf diese Weise in Gang halten. Wie oft bist du wohl von Afghanistan nach Ägypten oder Jordanien geflogen? Wie viele Charterflüge zu den Folterknechten?

Faye war auf der Erde sitzen geblieben. GTs Chauffeur fuhr davon. Ludwig begleitete seinen Chef zur Maschine, deren Kabinentür von einem untersetzten Mann Ende fünfzig geöffnet wurde. Die Treppe, auf der ein grauer Teppich lag, quietschte beim Ausklappen.

»Es gibt einen Bonus!«, schrie GT, um den Lärm der Motoren zu übertönen, und reichte Ludwig einen Umschlag. »Aber lass dir das nicht zu Kopf steigen.«

Ludwig nickte und schob den Umschlag in seine Brusttasche. »Melde dich, sobald du mehr weißt … über den Mann, nach dem ich dich vorhin gefragt habe.«

»Natürlich.«

»Was mache ich jetzt mit Morris?«

Aus dem Cockpit winkte die Pilotin GT zu und deutete auf ihre Armbanduhr. GT warf einen Blick auf Faye, die dasaß, als hätte man sie gerade aus dem Flugzeug geworfen. »Bring sie ins Soho House. Ich habe dort die Suite vorbereiten lassen. Es dauert aber noch ein paar Stunden, bis alles bereit ist. Ich schicke auch ein paar Wachmänner dorthin, die dann die Verantwortung für sie übernehmen.«

»Miss Morris!«, brüllte GT und ging auf sie zu. »Ich muss leider los. Es war mir ein Vergnügen.«

Faye erhob sich von der Erde. »Ich sehe einer fruchtbaren Zusammenarbeit entgegen«, sagte sie, beugte sich vor und sah GT so innig an, dass dieser den Faden verlor.

»Ich auch«, erwiderte er, als er sich wieder gefangen hatte. »Ich auch.«

Soho House, Berlin-Mitte
Mo., 18. Juli 2011
[14:20 MEZ]

Das Haus, in dem sich früher das Zentrale Parteiarchiv der SED befunden hatte, beherbergte inzwischen das Soho House Berlin. Das Gebäude hatte eine seltsame Metamorphose durchgemacht, wie Ludwig feststellte, als er sich in die gestreiften Kissen eines Liegestuhls auf der Dachterrasse sinken ließ. Vom hyperdesignten bonbongrünen Pool aus bot sich eine Aussicht auf den Fernsehturm am Alexanderplatz. Schiebetüren aus Glas führten in eine würfelförmige Bar. Der Teakboden am Pool verstärkte das Gefühl, sich auf einem Kreuzfahrtschiff in der Karibik zu befinden, und nur der verhangene Berliner Himmel konnte diesen Eindruck trüben.

Ludwig war seit dem Mauerfall nicht mehr in dem Gebäude gewesen und hatte dort im Lauf der Jahre nur gelegentlich Leute abgeholt oder abgesetzt. Das Soho House war ein exklusiver Club. Die CIA hatte sich die Nutzung einer der Suiten erkaufen können, indem sie erklärte, den amerikanischen Außenminister oder Präsidenten bei einem Staatsbesuch dort unterbringen zu wollen. Schließlich eigneten sie sich auch für Madonna und Bill Gates.

»Nur eine Cola, bitte«, teilte Ludwig der Kellnerin mit, die die Maße eines Models hatte.

Faye bestellte sich einen Gin Tonic.

Wenig später kamen die Drinks. Ludwig musste sich zum hundertsten Mal in den letzten Stunden gegen die Erinnerung an das Rasierwasser des Toten auf der Toilette wehren.

»Gibt es etwas, was Sie mir verschwiegen haben?«, fragte er, nachdem Faye ein paar Schlucke getrunken hatte.

»Was wollen Sie wissen?«, fragte sie, nachdem sie ein paar Sekunden gezögert hatte. Sie stellte ihr Glas ab und sah ihn an.

»Eine ganze Menge. Was haben Sie mit der Liste gemacht? Wie haben Sie eigentlich in Marrakesch überlebt? Haben Sie geahnt, dass es ein Hinterhalt war? In welchem Verhältnis stehen Sie zu Lucien Gell?«

»Ich hatte vor, den Botschafter zu erpressen«, sagte sie, »um Straffreiheit für mich zu erwirken. Aus diesem Grund habe ich ihn angerufen. Doch dann ist mir klar geworden, dass Ihr Chef mehr für mich tun kann.«

»Klug. Und wie in aller Welt sind Sie in Parchim gelandet?«

»In Berlin am Flughafen bin ich einfach in ein Taxi gestiegen, aber der Fahrer hat gemeint, seine Schicht sei zu Ende, und er würde nach Hause fahren. Da habe ich ihn gefragt, ob er mich vielleicht zu einem ermäßigten Preis mitnehmen könnte. Er wohnte in Parchim. Das hat mir sehr gut gepasst, denn ich wollte meine Ruhe haben und nachdenken.«

Ludwig wartete, und als sie nicht weitersprach, wiederholte er: »Und Ihre Beziehung zu Gell?«

Faye biss sich auf die Unterlippe. »Er war die letzte Liebe meines Lebens.« Sobald sie diese Worte geäußert hatte, schloss sie die Augen, hielt ihr Gesicht Richtung Sonne, die hinter den Wolken zu ahnen war, und trank noch ein paar Schlucke.

Auf einmal sehnte sich Ludwig nur noch weit weg. Er hatte in den Umschlag geschaut: 20 000 Euro. Damit konnte er seine Schulden bei Pavel begleichen und sich ein paar Tage freinehmen, wie seine fadenscheinige Umschreibung lautete, wenn er sich sinnlos betrank. Und das wäre eine Katastrophe, denn seit dem letzten Mal war viel zu wenig Zeit vergangen. Wie war es nur möglich, dass er sich schon wieder danach sehnte?

»Ich brauche ein Hobby«, meinte er und strich sich das Haar aus der Stirn.

»So geht's uns allen«, erwiderte sie gedämpft.

Ludwig richtete sich auf. »Sie müssen ihnen die Liste geben, Faye.«

Sie antwortete sofort: »Ich werde mich hüten, ihnen zu viel zu schnell zu geben.«

»Sie müssen ihnen die Liste geben. Begreifen Sie denn nicht, was passiert, wenn die Liste in die falschen Hände gerät? Früher einmal hätte ich selbst auf so einer Liste gestanden.«

»In die falschen Hände?«, sagte sie und wandte sich von ihm ab.

»Ich kann mir nichts Schlimmeres vorstellen als diese Liste in den Händen der CIA.«

»Wenn Sie alles so öffentlich machen wollen, warum spielen Sie die Liste dann nicht einfach der Presse zu, verdammt?«, fauchte Ludwig. »Warum nicht gleich alles ins Internet stellen und abwarten, was passiert?« Er trank seine Cola leer und stellte das beschlagene Glas mit einem Knall auf den Boden. »Naiv und unreif ist das! Sie wissen ja gar nicht, was Sie da eigentlich anrichten.«

»Ist *Ihnen* etwa bewusst, was Sie so alles anrichten? Können Sie persönlich alle Konsequenzen überblicken?«

»Wir beschäftigen Leute«, erwiderte Ludwig kalt, »deren Aufgabe darin besteht, den Überblick zu behalten. Sie sind …« Er verstummte.

»Was?«

»Sie sind rechtmäßig beauftragt … und zwar durch demokratisch bedingte Prozesse.«

»Wer von uns ist jetzt eigentlich naiv?«

»Und wer hat *Sie* beauftragt? Wer hat *Sie* gebeten, Ihre Nase in Dinge zu stecken, die …«

»Sie fragen nach meiner Rechtmäßigkeit, nicht wahr?« Sie starrte ihn an, als wollte sie seine ganze Spezies ausrotten. »Sie haben ja keine Ahnung. Und Ihr schnurrbärtiger Schweinchenchef auch nicht.«

Ludwig zuckte mit den Achseln. »Ist mir doch egal.«

»Ach, wirklich?«, fragte sie mit veränderter Stimme.

Sie wollte etwas sagen, wollte ihn um etwas bitten, da war er sich ganz sicher.

Er stand auf, drehte eine Runde um den Pool und ließ seinen Blick über die glitzernde, nach Chlor duftende Oberfläche schweifen. Reiche Leute waren wie kleine Kinder: Sie wollten riesige Spielzeuge in grellen Farben. Und sie setzten überall ihren Willen durch, sogar auf einem Dach wie diesem. Ein typisches Beispiel für die Orientierungslosigkeit des Westens. Was sollte dieser Pool mit seinen Bonbonfarben symbolisieren? Welche Ideale standen dahinter? Gar keine. Nach zwei Jahrzehnten im Westen hatte er gelernt, auch im puristischen Design den Überfluss zu erkennen – nämlich in der Reinheit der Poren, der Abwesenheit von Schmutz zwischen den Molekülen. Der Überfluss befand sich in der Leere.

»Ludwig?«, rief Faye ihm hinterher.

Er drehte sich um und strich mit der Hand über das Blumenmuster der Barsessel. »Wissen Sie eigentlich, dass fünfzig Prozent des Unsinns, den sie uns in der DDR erzählt haben, recht zutreffend war? Ich meine den Unsinn, den sie uns über den Westen erzählt haben.«

Faye sagte nichts, sondern sah ihn nur fragend an.

»Die DDR war eine repressive Scheinwelt«, fuhr Ludwig fort. »Aber das heißt nicht, dass der Westen das exakte Gegenteil wäre. Vermutlich gibt es keine exakten Gegenteile. Das Einzige, was zählt, ist … dass möglichst wenige Stiefelsohlen auf Halsschlagadern treten. Und hier ist das tatsächlich seltener der Fall, zumindest was Zivilisten wie Sie betrifft.«

»Was wollen Sie damit sagen?« Faye lehnte sich an die Glaswand der Bar.

»Ich will sagen, dass ich weiß, was es bedeutet, ein System zu hassen.« Ludwig trat näher an sie heran. »Ich weiß, wie es ist, ein System beseitigen zu wollen. Aber Sie und Ihre Freunde haben sich das falsche System ausgesucht. Sie bekämpfen das falsche System. Ein besseres System als dieses wird es nicht geben, wie oberflächlich es einem auch vorkommen mag. Tut mir leid, aber so ist es einfach.«

»Oberflächlich? Ich wende mich nicht gegen die Oberflächlichkeit, sondern gegen die Verbrechen.«

Ludwig schüttelte den Kopf, als ließe sich damit die Übelkeit vertreiben, die allmählich in ihm aufstieg.

»Aber Ihre Menschenrechte sind eine Religion!« Er hob die Hände zum Himmel wie ein Prophet des Alten Testaments. »Ein Märchen. Sie und Ihresgleichen – Sie verschwenden Ihr ganzes Leben darauf, von einem perfekten Frieden zu sprechen. Aber diejenigen, gegen die Sie kämpfen, sind auf einen ewigen Krieg eingestellt. Die anderen glauben, sie kämpfen für Ihr Überleben, während Sie … einfach daneben stehen und die anderen beschimpfen. Früher oder später sind Sie der Feind, denn Sie sind schließlich sichtbar, und gegen Sie kann man vorgehen.«

»Menschenrechte sind keine Religion«, sagte Faye dumpf. Sie deutete zu Boden. »Sie sind geltendes Recht. Ich erwarte nichts anderes, als dass geltende Gesetze befolgt werden! Das sollte doch wohl keine Utopie sein.«

Einer von GTs Leibwächtern betrat die Terrasse. »Ihr Zimmer ist fertig, Miss Morris«, sagte er und baute sich vor ihnen auf wie ein Wachmann bei einem Rockkonzert, mit auf dem Rücken verschränkten Armen.

Faye erhob sich. Sie trat auf Ludwig zu, der wie angewurzelt dastand und den Fernsehturm anstarrte. Er war nie dort oben gewesen. Merkwürdig.

»Und es ist Ihnen wirklich egal?«, fragte sie. »Stimmt das?«

»Passen Sie auf sich auf«, sagte Ludwig. Er drängte sich an ihr und dem Mann von GT vorbei und kehrte mit dem Fahrstuhl in die Realität zurück.

NATO-Hauptquartier, Brüssel
Mo., 18. Juli 2011
[16:45 MEZ]

Nach anderthalbstündiger Verhandlung wurde endlich eine Pause eingelegt. GT hatte sich kein einziges Mal zu Wort gemeldet und die Plattitüden bestenfalls mit beifälligem Nicken kommentiert. Im Übrigen saß er einfach da und starrte wie hypnotisiert auf das suggestiv harmlose Motto der Konferenz, das ab und zu über die kleinen Bildschirme auf dem runden Tisch huschte:

GEMEINSAM SICHERER –
SICHERHEIT DURCH KOOPERATION

Die Luft war trocken und dünn wie in der Kabine eines Flugzeugs. Die Einrichtung glich einer Billigvariante des UNO-Sicherheitsrates. Der Anblick des unterkühlten NATO-Emblems an der hellblauen Wand bereitete ihm Übelkeit. GT freute sich auf den Neubau, der in einigen Jahren fertig sein würde.

Sein Kreuz schmerzte, als er sich von dem unbequemen Stuhl erhob und dem Strom zu den Häppchen folgte, die im Nachbarsaal aufgetischt worden waren. Kanapees mit Rehrücken und Meerrettich sowie die ersten Champignons des Jahres. Das Mineralwasser stammte aus Frankreich, vermutlich eine Geste, mit der die Franzmänner freundlich gestimmt werden sollten. Nach jahrzehntelangem trotzigem Widerstand ließen sie sich endlich wieder herab, an den Führungssitzungen der NATO teilzunehmen. Aufs Ganze gesehen war die NATO inzwischen zu groß und hatte sich in eine Art UNO- oder EU-Behörde verwandelt. Niemand traute den neuen Mitgliedern aus dem Osten – insbesondere nicht, was ihre Auffassung von Verhältnismäßigkeit oder ihre Einstellung zu Heimlichtuerei betraf. Außerdem hatte der Zustrom neuer Mitglieder die irrige Vorstellung erweckt, dass die Amerikaner nicht mehr alleine das Sagen hätten.

»Clive«, sagte der Hamburger CIA-Chef und gab ihm die Hand. Er war unverschämt jung, unverschämt groß, unverschämt energisch und außerdem blond wie die Männer auf den Propagandaplakaten der Waffen-SS. Er ging jeden Morgen zehn Kilometer joggen, hatte sich GT sagen lassen. Die Namensschilder bestätigten die zerrüttete Weltordnung. Der Hamburger CIA-Chef trat als »Koordinator der amerikanischen Delegation« auf, GT war nur »Sachverständiger Region/Kultur«. Die Generäle, ein englischer und ein amerikanischer, die zu Wort gekommen waren, hatten sich zuvor mit dem Hamburger Kollegen, aber nicht mit GT abgesprochen.

Früher war das anders gewesen. Da hatten sämtliche hundertfünfzig Personen im Saal einschließlich der Dolmetscher genau geahnt, wer GT war. Damals war Berlin noch der Mittelpunkt der Welt gewesen, jetzt war die Stadt nur noch ein schlecht geführtes Museum.

»Rick«, sagte GT und aß noch rasch zwei Schnittchen.

»Es ist bald vorbei«, meinte der Hamburger CIA-Chef.

Einige brutale Sekunden lang glaubte GT, er spräche von seiner Karriere.

»Niemand mag diese Konferenzen«, fuhr der Blonde fort und biss noch ein winziges Stück von seinem einzigen Schnittchen ab. Und dann geschah das Unerhörte. Er klopfte GT auf den Rücken.

Alle im Raum mussten es gesehen haben. In Erwartung einer vernünftigen Reaktion produzierte GTs vegetatives Nervensystem kurzerhand ein hysterisches Lächeln. Alle starrten ihn an, die Militärs, die EU-Delegierten, die Franzosen, die Türken … und was am schlimmsten war: die CIA-Chefin der operativen Abteilung Europa. Sie war von der Zentrale in Langley angereist und schien jetzt darüber nachzusinnen, ob ihr Berliner CIA-Chef womöglich liquidiert werden musste.

Mehrere Sekunden verstrichen, dann ergriff GT die Initiative. Langsam und zielbewusst trat er einen Schritt vor, umarmte den Kollegen aus Hamburg, klopfte ihm mehrfach auf den Rücken und sagte laut: »Alles wird gut, Rick! Aller Anfang ist schwer! Nimm's dir nicht zu Herzen.«

Der Hamburger CIA-Chef trat einen Schritt zurück und sah sich entsetzt um. Dann entfernte er sich eiligst.

GT lächelte und biss sich gleichzeitig auf die Unterlippe, als wolle er den Dolchstoß, den er gerade ausgeteilt hatte, auskosten. Es war Zeit, sich zu bewegen: zwischen den Horden von Bürokraten hindurch zur Europachefin. Als sie sich die Hand schüttelten, sah sie aufrichtig beglückt aus. Hatte sie seinen Auftritt etwa durchschaut? Bei Fran Bowden wusste man nie so genau.

»Ich hoffe, die Reise ist gut verlaufen?«, erkundigte sich GT und erwiderte ihr Lächeln.

Bowden nickte. Sie war schwarz, zehn Jahre jünger als er und füllig auf eine Art, die er attraktiv fand. An diesem Tag trug sie ein beiges Kostüm und schwarze Pumps.

Sie gehörte zu den wenigen Leuten aus Cheneys und Rumsfelds Gefolgschaft, die wider Erwarten den Machtwechsel in Washington 2009 überlebt hatten. Während seiner eitleren Momente bildete sich GT ein, dass sie ihn respektierte, weil er ein Veteran des Kalten Krieges war und ein Stehaufmännchen. In noch wilderen Augenblicken stellte er sich vor, dass er mit ihr ein gutes Leben hätte verbringen können.

»Das hier ist die reinste Farce«, sagte GT. Er senkte die Stimme und fuhr fort: »Alle wollen zeigen, wie fähig und wohlinformiert sie sind, aber niemand will seine Informationen preisgeben. Dabei sind sie ohnehin nichts wert. Wozu brauchen wir in diesem Krieg noch Alliierte? Die Einzigen, die etwas wissen, sind die Saudis, die Russen und die Chinesen. Mit denen sollten wir an einem Tisch sitzen, nicht mit diesen verdammten Waschlappen hier.«

»Wir überleben trotzdem«, meinte Bowden trocken und ließ ihren Blick durch den Saal schweifen.

Das war nicht ganz, was GT mit seiner auf Bowdens Ansichten zugeschnittenen Tirade hatte erreichen wollen. Sie war ziemlich unnahbar. Die einzigen Menschen, denen sie vertraute, hatten die Politik verlassen, saßen nun auf ihren Landsitzen im Mittleren Westen oder Süden der USA und scheffelten Tantiemen für ihre Memoiren, die sie zusammengejammert hatten.

»Nun ja.« Sie lächelte herb. »Wenn es stimmt, dass die Sicherheit eines Vorgangs proportional zur Ineffizienz steigt, dann muss dies die sicherste Konferenz aller Zeiten sein.«

GT strahlte. Jetzt galt es die Gelegenheit zu nutzen. Stundenlang hatte er überlegt, ob er die gesperrten Dateien zur Sprache bringen sollte, auf die Almond gestoßen war und die die Ermittlung blockierten. Schließlich war er zu dem Schluss gelangt, dass es keine gute Idee war, Bowden zu fragen. Aber Gelegenheiten, die sich nur alle zwei Jahre boten, waren unwiderstehlich. Er musste sie einfach ergreifen.

»Apropos Effizienz kontra Sicherheit«, meinte er und beugte sich zu Bowden vor, die nach *Angel* duftete, einem Parfüm, das er einmal Martha geschenkt hatte, das diese aber nicht benutzen wollte. »Was ist eigentlich die Operation CO?«, flüsterte er. »Ich müsste auf einige Dateien zugreifen, aber die sind gesperrt. Operation CO. Sagt dir das was?«

Bowden zog ihre schmalen Brauen hoch. Wie sollte er das deuten? Wusste sie etwas, oder fand sie nur, dass GT seine plötzliche

Audienz mit einer der zehn wichtigsten Personen der CIA schamlos ausnutzte?

»Operation CO? Davon habe ich noch nie gehört.« Sie strich ein paar unsichtbare Staubkörnchen von ihrer Lackleder-Dior-Handtasche mit Goldschnalle. »Aber Dateien sind aus guten Gründen gesperrt. Meine Erfahrung sagt mir, dass Sackgassen schnellstmöglich verlassen werden sollten. Je weiter man vordringt, desto enger werden sie.«

»Ach? Da habe ich bisher wohl Glück gehabt, weil immer ein Wendeplatz auftaucht.« GT vergeudete seinen letzten Charme darauf, möglichst jungenhaft zu grinsen.

Ohne sonderlichen Erfolg.

»Wendeplätze sind abgeschafft, Clive. Halte dich an die Hauptstraßen. Und noch was.« Sie räusperte sich. »Vielleicht ist es gut, die Sache hier und jetzt anzusprechen, wenn wir uns ohnehin sehen.«

GT bemerkte etwas Neues in ihrem Blick, etwas, was ihr nicht stand und ihn abstieß. Mitleid.

»In letzter Zeit wurden einige Beschlüsse gefasst, Clive. Es stehen Veränderungen bevor.«

Plötzlich konnten GTs Lungen keinen Sauerstoff mehr aufnehmen.

Diese verdammten Schweine, das konnten sie nicht mit ihm machen. Das durften sie nicht.

»Es ist Zeit für frisches Blut«, sagte Bowden und legte ihm eine Hand auf die Schulter. »Und die Jungen müssen in aller Ruhe angelernt werden, in einem … kontrollierten Umfeld.«

»Kontrolliertes Umfeld!«, schnaubte GT. »Vor nicht allzu langer Zeit war Berlin noch die Front, das eigentliche …«

Er verlor den Faden.

Die Front. Sie hatte sich direkt vor seinen Augen aufgelöst. Und dann war sie natürlich wieder aufgetaucht – das war immer so –, aber leider ganz woanders.

Offenbar befand sie sich jetzt in Afghanistan und Pakistan und schien sich Richtung Arabische Halbinsel und Ostafrika zu verlagern. Die Front war eine launische, flüchtige Geliebte. Ihretwegen hatte GT sich jahrelang mit Russisch und Deutsch abgeplagt. Und was nützte ihm das jetzt? Tröstlich war nur, dass die Aufsteiger von heute später einmal erfahren würden, wie sinnlos es gewesen war, dass sie ihre Zeit auf Paschtu, Arabisch, Persisch und Swahili verschwendet hatten.

»Du hast deinem Land vorbildlich gedient«, meinte Bowden kalt. »Zum Jahreswechsel darfst du endlich nach Hause zurückkehren. Freu dich bitte darauf. Deiner selbst wegen.«

Nicht einmal ein halbes Jahr blieb ihm auf seinem Posten. Fran Bowden hatte ihn soeben gefeuert. Um die Dependance in Berlin in eine verdammte Schulungseinrichtung zu verwandeln? Das konnte ihr so passen. Sie hatte den Beschluss aus einer Eingebung heraus gefasst, und zwar aufgrund des Eindrucks, den er heute auf sie gemacht hatte. Ich sehe aus wie ein vom Tode Gezeichneter, dachte GT. Sie hat mir angesehen, dass die Zeit an mir vorübergegangen ist, und hat sofort einen Beschluss gefasst.

»Fünf Monate?«

»Mach das Beste draus. Es ist Zeit, kürzer zu treten.«

»Vielleicht erlaube ich mir, diesen Beschluss anzufechten, Fran«, meinte GT, jedoch ohne jede Überzeugung.

Sie legte den Kopf drei Grad zur Seite. »Das bezweifle ich.«

Mit diesen Worten wandte sie sich von ihm ab. GT blieb allein in einem Meer gelangweilter Wölfe stehen, zwischen abgestandenem Selterswasser und leeren Schnittchenplatten. Inbrünstig sehnte er sich von jeglichen Hauptstraßen weg. War er etwa der Einzige, der noch einen gewissen Ehrgeiz verspürte? Zum ersten Mal in seinem Leben sehnte sich Clive Berner nach Hause – nach Berlin.

Oranienstraße, Berlin-Kreuzberg
Mo., 18. Juli 2011
[18:35 MEZ]

An diesem frühen Montagabend waren nicht sonderlich viele Gäste im Venus Europa, es war aber auch nicht leer. Das Lokal hatte die Eigenheit, immer recht gut besucht zu wirken. Wie sehr dieser Eindruck täuschte, wurde stets beim nächsten Kassensturz deutlich. Trotzdem liebte Ludwig die scharlachroten Vorhänge, die champagnerfarbenen Wände und die Möbel aus dunkler Eiche.

Scheuler stand an der Bar. Ein neuer achtzehnjähriger Hipster mit Hosenträgern und einem gezwirbelten Schnurrbart servierte an den Tischen. Von früher war nur noch Tina übrig geblieben, die sich größte Mühe gab, den Neuling einzuweisen, der Ludwig aus unerfindlichem Grund aus dem Weg zu gehen schien.

Ludwig, der ein weißes T-Shirt und eine Levis 501 trug, als wäre die Zeit im Hochsommer 1987 stehen geblieben, nahm an der Bar Platz. Scheuler ließ sich keine Gelegenheit für Westernstimmung entgehen. Wortlos goss er seinem Chef einen Whiskey ein und ließ ihn dann mit übertriebener Rücksicht in Ruhe.

Früher hätte Ludwig es genossen, mit großem Tamtam sein Flaggschiff zu betreten und im Scheinwerferlicht, das ihm sein Rang bescherte, seine Macht zu demonstrieren. Früher einmal hatte er sich von dem Machtgefühl, das er mit Freiheit verwechselte, berauschen lassen. Anfang der Neunziger war es in der Tat eine große Sache gewesen, ein eigenes Unternehmen gründen zu dürfen. Die Zeit der Unschuld: 1990 bis 1995. Das goldene Zeitalter der befreiten ehemaligen DDR-Unternehmer.

Er schnappte sich die *Berliner Morgenpost* und blieb an einem unbegreiflichen Artikel über die Konsequenzen einer europäischen Regelung irgendwelcher Finanzdienstleistungen hängen. Nackte Leerverkäufe? Er konnte sich nicht erinnern, vor der Wiedervereinigung jemals auf Zeitungsartikel gestoßen zu sein, von denen er kein Wort verstand.

Tina kam vorbei. »Einer von Pavels Leuten war vor einer Stunde hier und hat nach dir gefragt«, sagte sie, ehe sie in der Küche verschwand.

Schon mehrmals hatte Tina ihn auf der Straße nicht erkannt und war einfach an ihm vorbeigegangen, als dürfe nichts ihr selbstverständliches Vorankommen stören. Sie war etwas über vierzig und stammte aus Frankfurt. Hundert Prozent westdeutsch mit diesem Appetit, diesem Weitblick, der an reine Kaltblütigkeit grenzte. Sie erledigte ihre Arbeit vorbildlich und legte Geld beiseite, um selbst ein Lokal eröffnen zu können. Ludwig hatte eine vage, albtraumhafte Erinnerung daran, ihr nach einem fürchterlichen Essen bei seiner Mutter einen Antrag gemacht zu machen. Es war ein Abend gewesen, den er nur mithilfe von übermäßigem Alkoholkonsum zu überstehen vermochte.

Ein Pärchen Anfang dreißig trat durch die windige Schwingtür, sah sich um und machte wortlos auf dem Absatz kehrt.

»Arschlöcher«, knurrte Ludwig hinter ihnen her. Er trank einen Schluck und bemerkte plötzlich, dass Scheuler versuchte, ihm einen strengen Blick zuzuwerfen, was ihn ungemein ärgerte. »Ja, was denn?«, fauchte Ludwig.

»Du musst diese Sache mit Pavel klären«, belehrte ihn Scheuler.

Martin Scheuler hatte den wässrigen Blick eines Mannes, der jeden Tag mindestens einmal zu oft onanierte. Er war neununddreißig oder vierzig, also fünfzehn Jahre jünger als Ludwig und bestimmt zehn Kilo leichter. Er vertraute allen, was zur Folge hatte, dass niemand ihm vertraute. Er hatte stets ein leicht gerötetes Gesicht und feuchtes Haar, als käme er gerade aus der Dusche.

Heute trug er eine himmelblaue Adidas-Jacke, dunkle, formlose Jeans und dazu überdimensionierte weiße Sneaker. Sein Lebensziel schien darin zu bestehen, eines Tages so auszusehen wie ein tschechischer Fitnessstudiobesitzer. Auf halbem Wege hatte die Metamorphose jedoch innegehalten. Auf Scheulers Visitenkarte prangte der Titel »Restaurantchef«. Ludwig hatte sie für ihn drucken lassen, um seine ausufernden Lohnforderungen einzudämmen. Scheuler interessierte sich ungemein für Ludwigs Nebentätigkeiten. Nur so ließ sich seine unterwürfige Loyalität erklären. Dennoch hatte er nur eine vage Vorstellung davon, womit sich Ludwig beschäftigte. Er vermutete irgendeine Art von Industriespionage, vielleicht auch Warenschmuggel.

»Schenk mir nach, verdammt noch mal!«, brüllte Ludwig.

Scheuler erfüllte ihm seinen Wunsch. »Es scheint eilig zu sein. Der Typ hat ein Messer gezogen und Tina bedroht. Außerdem hat er einen der Barhocker zerschlagen.«

»Wovon redest du?«

»Er hat sie mit einem Messer bedroht! Wer weiß, was passiert wäre, wenn ich ihn nicht …«

»Wenn du nicht was?«

»Ein Glück, dass ich hier war, so viel ist sicher.«

Ludwig schnaubte, und der Whiskey spritzte über die halbe Zeitung. »Ein Jammer, dass ich das verpasst habe«, meinte er.

»Der Teufel soll dich holen«, sagte Scheuler beleidigt.

»Beruhige dich. Ich habe das Geld. Ich kläre das.«

»Na, da bin ich aber beruhigt«, sagte Scheuler und ging davon.

Tina war mit dem Messer bedroht worden? Ludwig schämte sich. Es war wirklich peinlich, andere Leute mit den eigenen Geldproblemen zu belasten.

Das Satellitentelefon klingelte. Ludwig kletterte von seinem Barhocker und setzte sich an einen Tisch, an dem ihn niemand hören konnte. Es war GT.

»Warte«, sagte Ludwig und aktivierte die Verschlüsselung. »Jetzt.«

»Der Mann am Rastplatz. Mlopic.«

»Ja? Was habt ihr herausgefunden?«

»Nicht viel. Der Führerschein war echt. Er wohnt seit fünf Jahren in Deutschland. Russischer Staatsangehöriger moldauischer Abstammung.«

Moldauer?

Das durfte nicht wahr sein.

Ludwig spürte mit einem Mal seinen eigenen Blutkreislauf ganz bewusst. Sein Blut schien sich zu verdicken und zu beschleunigen, bis es ihm beinahe aus den Poren drang und das ganze Lokal überflutete.

»Ach?«, sagte er mit schwacher Stimme und kratzte mit dem Nagel seines kleinen Fingers an der Tischplatte.

»Er hatte einen Teilzeitjob in einem Stripclub in der Yorckstraße. Der Besitzer heißt …« GT blätterte in irgendwelchen Papieren. »Er heißt Menk. Pavel Menk. Sagt dir das was?«

Ludwig holte tief Luft. »Nein.«

Er atmete stoßweise, ab und zu wurde ihm schwarz vor Augen. Ein innerer Abgrund tat sich auf.

Zwanzigtausend Euro, sechzehntausend Schulden, viertausend Überschuss. So hatte seine Rechnung ausgesehen. Jetzt bestand die Gefahr, dass er sie gründlich revidieren musste.

Er schlug sich an die Stirn. Das durfte einfach nicht wahr sein. Er hatte Pavels Eintreiber umgebracht.

Doch wusste Pavel davon? Das war natürlich die Frage.

»Hallo?«, sagte GT.

Ludwig hörte ihn nicht. Mindestens zehn Jahre lang hatte er unbewusst damit gerechnet, dass unter seinen Füßen ein neuer Himmelskörper entstehen würde, wenn er nur lange genug wartete. Aber er planschte noch immer in der alten, langsam wirkenden Natronlauge herum. Mit diesem Planeten musste er sich begnügen. Das war der Deal.

»Bist du noch da?«, fragte GT.

Ludwig kehrte in die Gegenwart zurück. »Den muss jemand angeheuert haben«, log er und hoffte, dass ihn seine schwache Stimme nicht verriet. »Hydraleaks hat vermutlich keine eigenen Muskelmänner. Aber wer weiß, vielleicht wollten sie ja nur an Faye ran, und ich war ihnen einfach im Weg.«

»Genau«, murmelte GT. »Bleibst du die nächsten Tage auf Stand-by?« GT atmete angestrengt. Offenbar ging er gerade eine Treppe hinauf. »Ich feile gerade an einem Plan. Wir werden Gell aus seinem miesen Versteck locken.«

Ludwig räusperte sich. »Unbedingt. Das klingt gut.«

Er vermutete, dass GT mit »Stand-by« meinte, ob er nüchtern bleiben würde, was ja an sich keine schlechte Idee war.

»Und Morris?«, fragte GT. »Hast du noch was aus ihr rausbekommen?«

»Ich habe ihr die Weltordnung erklärt.«

»Das kann nie schaden«, meinte GT zögernd. »Sonst noch etwas?«

»Nichts von Belang.«

GT schwieg lange. Was für Ludwig aber kein Grund war, das Wort zu ergreifen. Schließlich legte der Amerikaner nach einem kurzen »Na gut« auf.

Ludwig starrte ein paar Sekunden lang auf sein halb volles Whiskeyglas und leerte es dann. Tina ging an seinem Tisch vorbei und warf ihm einen verbitterten Blick zu.

»Hör mal«, rief Ludwig hinter ihr her, »ich rede mit Pavel.«

Tina hielt inne und drehte sich um. Sie bedachte Ludwig mit dem ausdruckslosen Blick, mit dem ihn auch seine Exfrau gern gestraft hatte.

»Natürlich ist es vollkommen unakzeptabel, dass sie hier anrücken und dich bedrohen«, fuhr Ludwig fort. »Es wird nicht wieder vorkommen.«

Sie nickte verbissen. Ihre Schlüsselbeine unter der weißen Bluse, ihr hochgestecktes blondes Haar in der warmen Luft. Ihre Reserviertheit.

*

Eine Viertelstunde später stand Ludwig allein vor seiner Haustür in der Adalbertstraße. Ein Radfahrer, den er nicht sah, sondern nur hörte, fuhr hinter seinem Rücken vorbei. Automatisch griff er nach seiner Pistole, die natürlich nicht an ihrem Platz war.

Verdammt, reiß dich endlich zusammen!, wies er sich selbst zurecht und schloss die Haustür auf. Der Hof war leer. Ob er GT anrufen und ihn bitten sollte, jemanden vorbeizuschicken?

Aber wie würde es aussehen, wenn er jetzt um Leibwächter bat, obwohl er sich nicht mehr um Faye kümmerte? GT durfte keinesfalls den Verdacht schöpfen, dass der Tote auf dem Rastplatz nichts mit Faye und Hydraleaks zu tun hatte. Nicht genug damit, dass er das kräftig erhöhte Honorar angenommen hatte, er hatte durch das Chaos seiner privaten Geschäfte das gesamte Projekt gefährdet und noch dazu Fayes Leben in Gefahr gebracht. Dafür schämte er sich ebenso sehr wie für die Unannehmlichkeiten, die Tina hatte ausstehen müssen. Und all das nur wegen seines miserablen Geschäftssinns und seiner totalen Lebensunfähigkeit in einem kapitalistischen System.

Oben in der Wohnung stank es immer noch nach Spiritus und Rauch. Einige Stunden zuvor hatte er die Kleider, die er auf dem Rastplatz getragen hatte, in der Spüle verbrannt, da an ihnen noch Blutflecken und andere, weniger sichtbare Spuren des morgendlichen Massakers haften konnten.

In sämtlichen Zimmern versprühte er einen Spray, der angeblich nach Orangen duftete und dessen Mindesthaltbarkeitsdatum abgelaufen war. Seine Mutter behauptete immer, Parfüm sei ewig haltbar, solange man die Düse regelmäßig reinige.

Nach einer Stunde sich steigernden Putzeifers, der mit der Waffenpflege im Arbeitszimmer seinen Höhepunkt erreichte – die Glock in vier Teile zerlegt, ein Teelöffel CLP-Öl aus einem grauschwarzen Plastikkanister, zwei stabile schwarze Pfeifenreiniger, ein halbes Päckchen Wattestäbchen sowie zwei weiche Lappen –, wurde ihm klar, dass er diese Nacht nur mithilfe eines doppelten Whiskeys und zweier Schlaftabletten überstehen würde. Kurz bevor die Medizin ihre Wirkung tat, schob er einen Küchenstuhl unter die Klinke der Wohnungstür und legte die Pistole unter das Kopfende seines Bettes. Dann legte er sich zurecht und wartete.

Seine Probleme waren nach wie vor ungelöst, stellte er fest, ehe ihn der Nebel einhüllte. Sie kamen immer näher.

DIENSTAG

Pestalozzistraße, Berlin-Charlottenburg
Di., 19. Juli 2011
[10:05 MEZ]

»Ich heiße Clive und bin Alkoholiker«, sagte GT und ließ seinen Blick über seine 35 Leidensgenossen schweifen. Sie saßen im Kreis in der stickigen kleinen Aula. Hinter den zugezogenen Gardinen nieselte es. Alle warteten darauf, dass der Amerikaner fortfuhr.

»Ich bin jetzt seit fast fünf Jahren nüchtern.«

Die anderen klatschten, alle, bis auf die Frau, die ihn an seinen Großvater erinnerte und mit halb geöffneten Augen dasaß und schlief.

GT nickte und fühlte sich wie ein scheinheiliger Prediger. »Fünf Jahre. In vielerlei Hinsicht waren das die besten fünf Jahre meines Lebens.«

Das war eine verdammte Lüge. Aber alles, was er tat, war mit Lügen verbrämt. Sogar seine Teilnahme an den AA-Treffen fußte auf einer Lüge im Kalender seines Sekretärs. Dort stand nämlich an jedem Dienstagmorgen das Wort »Fitnesstraining«. Fitnesstraining. Zur ständigen Belustigung seiner Untergebenen, das war ihm klar. Sie wussten sehr wohl, dass er sich in dieser Zeit mit etwas anderem beschäftigte. Aber was genau es war, wusste nur Johnson. Dem CIA-Personal war es untersagt, außerhalb der Organisation irgendeine Art von Beratung in Anspruch zu nehmen, und das betraf sowohl juristischen Beistand als auch Gesprächstherapie. Die CIA war eine Welt für sich, die nicht verlassen werden durfte, ein Schiff, auf dem man lebte und starb und das nie einen Hafen anlief.

Doch in der Realität funktionierte das nicht. Alle schufen sich ihre eigenen kleinen Ventile und schauten weg, wenn ein Kollege etwas Unerlaubtes tat. Nur so konnten sie sich darauf verlassen, dass man auch ihnen ihre kleinen Regelverstöße verzieh.

»Ich habe die Meetings hier geschwänzt«, fuhr er fort. »Ich habe gezweifelt. Manchmal wäre ich gerne … dorthin zurückgekehrt. Aber letztlich habe ich es nicht getan.«

Dorthin zurückkehren? Wo er jeden Abend mit einer halben Flasche Cognac und einer Schachtel Zigaretten zugebracht, zwanzig Kilo weniger gewogen und wie ein Murmeltier geschlafen hatte. Wo er sich diesen … *Brennstoff* noch erlaubt hatte.

Der Beifall nahm kein Ende. Schließlich nahm er mit verschränkten Armen Platz und starrte finster zu Boden.

Ohne Vorwarnung erhob sich die Frau, die seinem Großvater so ähnelte, wie eine Lazarus-Gestalt des Großbürgertums. Friedrich, der Gruppensprecher, wollte schon intervenieren, hielt dann aber inne. Alle wurden ermuntert, sich zu äußern, alle durften sprechen.

»Der achte und neunte Schritt müssten gewisse Ausnahmen zulassen«, sagte die Frau.

»Wie meinst du das?«, fragte Friedrich besorgt.

»Nicht alle haben einen Grund, sich zu entschuldigen«, fauchte die Frau. »Bei wem soll ich mich entschuldigen? Was habe ich mir schon zuschulden kommen lassen?« Bedrohlich fuchtelte sie mit einem spitzen Zeigefinger in der Luft herum. »Soll ich mich dafür entschuldigen, dass ich alle Katastrophen überlebt habe, die über mein geliebtes Vaterland hereingebrochen sind?«

»Hertha …«, sagte Friedrich vorsichtig.

»Dass mein geliebter Mann im Kampf gegen den Bolschewismus gefallen ist? Soll ich mich dafür entschuldigen? Oder dafür, dass es mir schwerfällt, diesen nuschelnden Engländer zu verstehen? Gibt es eigentlich keine Gruppen für richtige Deutsche? Was soll das hier eigentlich sein? Die UNESCO?«

Ihr Zeigefinger deutete auf GT, der nicht wusste, wie er darauf reagieren sollte, und Friedrich flehende Blicke zuwarf. Die Miene des Gruppensprechers drückte jetzt nicht mehr Mitgefühl, sondern unendliche Müdigkeit aus. Vermutlich dachte er dasselbe wie GT: *Geh nach Hause und versüß dir die letzten bitteren Jahre mit ein paar Flaschen Portwein, was soll der Unsinn, du alte Schabracke …*

»Alle sind hier willkommen, Hertha. Und Clive spricht ausgezeichnetes Deutsch, das weißt du.«

»Der Schnaps«, kreischte die Frau und deutete aus irgendeinem Grund an die Decke. »Der Schnaps lockt Seiten in uns hervor, derer wir uns nicht bewusst waren. Die … die lebendigen Seiten.«

Stille breitete sich im Saal aus. Als wäre der Erzengel Gabriel durch die Decke herabgestiegen und hätte sich hinter einer gut bestückten Bar aufgebaut. Fünfunddreißig Seelen gaben sich ihrem unerschöpflichen Durstgefühl hin, nur Herthas pfeifende Atemzüge waren zu hören.

Hervorlocken? GTs Miene war auf einmal wie erlöst. Hervorlocken!

Clive Berner trank und rauchte zwar nicht mehr, aber er hatte keinesfalls die Absicht, die einzige Beschäftigung, die ihm noch Freude bereitete, an den Nagel zu hängen. Seine Arbeit bedeutete ihm alles. Seine Arbeit. Er würde Hydraleaks aus ihrem Versteck locken. Er würde Lucien Gell fassen, selbst wenn er dabei draufging. Dafür würde er alles opfern.

Er machte einem Hustenbonbon mit drei heftigen Bissen den Garaus.

Aber wie sollte er es anpacken? Der Botschafter. Er musste ihn zur Zusammenarbeit zwingen. Harriman musste ihm erzählen, wie die Kontakte mit Hydraleaks abgelaufen waren.

Herthas kreischende Stimme schreckte ihn aus seinen Überlegungen auf. »Wenn meine Enkel sagen, ich soll hier mitmachen, dann tue ich das eben. Ich tue, was mir gesagt wird. Aber erklärt mir bitte schön, wofür ich mich *entschuldigen* soll!« Dann nahm sie wieder Platz, und Friedrich begann eilig mit der Ansprache des Tages. Das Thema lautete Demut.

GT spürte, wie der Plan in seinem Inneren Gestalt annahm, wie die Skizze eines Schaltkreises. Schritt eins: den Botschafter konfrontieren. Schritt zwei: den Botschafter dazu überreden, sich mit Hydraleaks in Verbindung zu setzen und die Übergabe irgendwelcher gefälschter oder bedeutungsloser Dokumente zu vereinbaren. Ein alter Bericht oder ein unwichtiger Briefwechsel mit dem Außenministerium in Washington würde genügen. Schritt drei: ein überwachtes Treffen, bei dem der Botschafter dem Kurier von Hydraleaks die Dokumente übergab. Schritt vier: die Verfolgung des Kuriers, der sie bestenfalls zu Gells Versteck führte.

Friedrich knüllte einen Zettel zusammen und machte einen Scherz darüber, wie wichtig es sei, gut vorbereitet zu sein. Die Zuhörer warteten höflich. Vereinzelt wurde diskret auf die Uhr geschaut.

GT rutschte auf dem unbequemen Stuhl hin und her. Er musste sich eingestehen, dass sein Plan mindestens zwei Mängel aufwies. Erstens befassten sich die Hydraleaks-Leute möglicherweise gar nicht mit Papier, sondern nahmen Informationen nur in digitaler Form in Empfang. Zweitens war es höchst unsicher, ob ein Kurier die CIA direkt zu Gell führen würde. In dieser Hinsicht machte sich GT jedoch keine größeren Sorgen. Soweit er gehört hatte, war Gell ein wahnsinniger Kontrollfreak. Bestimmt würde er sämtliche Dokumente selbst überprüfen. Was wieder zum Ausgangsproblem zurückführte: Vermutlich wollte Gell die Originaldokumente sehen, ehe er versuchte, das Material bei der Presse unterzubringen.

»Es ist ungemein wichtig«, schwadronierte Friedrich, »mit denen geduldig zu sein, die nicht an unserer Krankheit leiden. Sie ahnen nicht, was wir jeden Tag durchmachen. Es liegt also nahe, sie deswegen zu hassen. Aber jeder hat sein Kreuz zu tragen, auch die anderen. Was wissen wir schon darüber, welche Probleme an ihnen nagen? Wir dürfen Menschen nicht hassen, weil sie keine Alkoholiker sind und uns nicht verstehen. Das Wichtigste ist vielleicht nicht, sich bei anderen zu entschuldigen« – das ging eindeutig an Herthas Adresse –, »sondern anderen verzeihen zu können. Erst dann können wir uns selbst verzeihen.«

GT erhob sich und ging diskret hinüber zu dem Tisch mit dem Kaffee, von wo aus ihn ein Teller mit Gebäck schon seit Beginn des Treffens angestarrt hatte. Er goss sich eine Tasse ein und aß ein paar Plätzchen.

Seine Gedanken überschlugen sich. Doch, Gell würde das Material persönlich einsehen wollen, und zwar weil es sich um eine so erlesene Quelle wie den Berliner US-Botschafter handelte. Gell musste einfach in die Falle gehen.

Erneuter Beifall. Es dauerte mehrere Sekunden, bis GT begriff, dass er nicht ihm galt. Halbherzig stimmte er in den Applaus ein, winkte Friedrich freundlich zu und rannte dann regelrecht aus dem Saal. Der Gruppensprecher hatte ihn schon einmal darauf angesprochen, dass er die Meetings immer als Erster verließ.

Draußen goss es noch immer in Strömen. GT stellte sich unter einen Baum und wartete auf seinen Wagen. Vielleicht brachen ja neue Zeiten an, dachte er mit leiser Euphorie. Vielleicht herrschte ja Verwirrung darüber, wer der eigentliche Feind war und wie der Krieg geführt werden sollte. Die althergebrachten, ehrlichen, erprobten Methoden, die Tausende von Spionen im Laufe der Zeit mühsam entwickelt hatten, funktionierten immer noch. Er würde dieses widerliche Zeitalter besiegen. Er würde der Welt beweisen, dass altmodisches Handwerk immer noch taugte.

Johnson kam mit dem BMW angerauscht.

»Zurück zur Botschaft«, sagte GT mit einem Grinsen. Er knallte die Tür zu, ließ sich auf den Rücksitz sinken und schnallte sich an.

Sie fuhren Richtung Osten.

»Könnten Sie nachsehen, was der Botschafter heute für Termine hat?«

Johnson zog seinen Blackberry aus der Tasche. »Im Augenblick ist er bei der Berliner Industrie- und Handelskammer, aber nach elf müsste er zurück sein.«

»Gut. Rufen Sie seine Sekretärin an, und vereinbaren Sie um halb eins ein gemeinsames Mittagessen im *Panoramapunkt*. Es ist viel zu lange her, dass wir miteinander gesprochen haben.«

Yorckstraße, Berlin-Kreuzberg
Di., 19. Juli 2011
[11:35 MEZ]

Den Club in der Yorckstraße hätte man von außen für einen Pornofilmladen mit ein paar Wichskabinen und einem kleinen Kino halten können. Aber die unansehnliche Fassade aus lachsrosa Spiegelglas verbarg – wie so oft in dieser Stadt, in der die historischen Schichten in unbegreiflichen Konstellationen gegeneinander scheuerten – einen großen, mehrstöckigen unterirdischen Komplex.

Oben befand sich der eigentliche Laden, ein höchstens vierzig Quadratmeter großer Raum mit Regalen an den Wänden. Wühlkisten mit Filmen zum Sonderpreis und Sexspielzeug nahmen den größten Teil der Bodenfläche ein. Der momentan nicht besetzte Tresen war mit einem Zebrafell verkleidet. In einer Pförtnerloge weiter hinten saß eine etwa fünfzigjährige magere Frau und las.

Ein ausgeschlafener, aber nicht ausgeruhter Ludwig Licht in schwarzem Anzug, weißem Hemd und einer schwarzen Krawatte mit weißen Punkten trat näher und räusperte sich.

»Ich bin mit Pavel verabredet«, erklärte er.

Die Frau auf der anderen Seite des Panzerglases hob den Blick von ihrer Illustrierten und sah ihn desinteressiert an.

»Das ist mir neu.«

»Sagen Sie ihm einfach, dass Ludwig hier ist.«

Sie griff zu einem Telefonhörer, murmelte etwas Unhörbares hinein und wartete. Dann drückte sie auf einen Knopf. Ein Surren tat kund, dass sich die orange lackierte Tür, die in den eigentlichen Club hinunterführte, jetzt öffnen ließ. Ludwig drückte sie auf und begann seinen Abstieg in den ersten Kreis der Hölle.

Auf einige Stufen folgte eine steile, geschwungene Rampe mit einem roten Gummibelag. In Abständen von jeweils einem Meter hingen goldene Leuchter mit grellen Halogenlampen an den Wänden. Der Weg erweckte den Eindruck, als schlängelte er sich in die Gokart-Tiefgarage eines exzentrischen Diktators hinab.

Eine schwarze, ledergepolsterte Flügeltür führte in den riesigen Raum. Die Bar war ebenfalls mit schwarzem Leder verkleidet und enthielt mehrere kleine Tanzflächen, von unten beleuchtete Catwalks und Sitzgruppen aus rotem Kunstleder.

Eine asiatische Stripperin mit pfirsichfarbenem Haar und einem vergilbten Frotteemorgenmantel stand an der Kasse und trank Kaffee. Sie blickte nicht auf, als Ludwig eintrat. Pavel saß in einer Ecke auf einer gepolsterten Bank und telefonierte. Sein Gesichtsausdruck zeigte keine Regung. Sobald er Ludwigs Anwesenheit registriert hatte, klappte er sein Handy zu, als wäre es ein Regenschirm und ihm wäre gerade aufgefallen, dass es nicht mehr regnet.

Ludwig nahm gegenüber von Pavel Menk Platz. Der schrankgroße Mann trug ein zartes Kruzifix an einer umso dickeren Goldkette außen an seinem dunkelroten Rollkragenpullover. Die dünne Baumwolle schmiegte sich wie eine Vaselineschicht an seine einzigartige Mischung aus Fett und Muskeln. Pavel war glatzköpfig – bis auf einen Haarkranz, der ihm zehn Zentimeter über die Ohren und in den Nacken reichte. Sein kalter, aber leicht getrübter Blick erinnerte Ludwig an seine ehemaligen DDR-Vorgesetzten, die abwechselnd müden und quicklebendigen Reptile.

Pavel begann herzlich und einvernehmlich zu nicken, als steckten sie unter einer Decke.

»Hast du Lust?« Pavel deutete mit dem Kopf zur Asiatin hinüber.
Ludwig blinzelte einige Male. »Nein, schon okay.«

Sie saßen schweigend da. Ein Fremder hätte meinen können, ihnen wäre gerade eine Todesnachricht überbracht worden. Was ja
irgendwie auch der Fall war, dachte Ludwig.

»Nett, dass du vorbeikommst, Ludwig. Das weiß ich zu schätzen.« Pavel fuhr sich mit der Zungenspitze über die Schneide-
zähne.

Ludwig holte tief Luft. »Ich habe gute Neuigkeiten.« Er legte
einen Umschlag auf den Tisch. »Der gesamte Kredit plus Zinsen.
Sechzehntausend Euro. Ich bedaure, dass es etwas länger gedauert
hat.«

Pavel würdigte den Umschlag keines Blickes. Stattdessen musterte er Ludwig nachdenklich.

Der Kehle des Moldauers entwich bei jedem Atemzug ein leises,
zischendes Gurgeln. Ludwig hielt es für angezeigt, das Gespräch
zu einem Abschluss zu bringen.

»Also, hier ist das Geld.« Er schob Pavel den Umschlag zu, lehnte sich zurück und verschränkte die Arme.

Pavel schloss den Mund und atmete durch die Nase, was noch
schlimmer klang. Offenbar litt er an Polypen.

»Wir genehmigen uns einen Drink.« Er schnalzte mit den Fingern, aber die vor sich hin dösende Stripperin an der Bar reagierte
nicht. Daraufhin wuchtete Pavel seine mit Anabolika gemästeten
Kilos von der Couch hoch und begab sich hinter den Tresen.

Er kehrte mit zwei Gläsern Gin zurück. »Es gibt nichts Gesün-
deres«, sagte er und klemmte sich wieder hinter den Tisch.

»Vermutlich nicht«, erwiderte Ludwig. »Prost.«

Pavel nippte an seinem Getränk. »Es gibt ein Gebiet auf der anderen Seite des Flusses«, sagte er verträumt.

»Amen«, sagte Ludwig, der die Bemerkung fälschlicherweise als
eine russisch-orthodoxe Redensart über das bessere Leben im Jenseits auffasste.

169

Pavel warf ihm einen erstaunten Blick zu und fuhr dann fort: »Das war immer schon da, und jetzt betrachten es viele als ihr eigenes Land.«

»Ich weiß nicht, ob ich gerade ganz mitkomme«, bemerkte Ludwig.

»Transnistrien, das Land auf der anderen Seite des Dnepr.«

»Okay.«

»Christliche Türken haben dort geherrscht. Richtige Türken haben dort geherrscht. Und die Rumänen«, sagte Pavel und tat so, als würde er drei Mal über die Schulter spucken. »Ihr Deutschen habt dort geherrscht und die Russen. Drei Jahre lang, mein Freund, drei glückliche Jahre, durften wir Moldauer selbst über dieses Gebiet herrschen, *das ein Teil unseres Landes ist.* Jetzt herrschen dort wieder die Russen.«

Ludwig nickte und trank einen Schluck Gin. »Der Imperialismus verleugnet sich nicht«, murmelte er verunsichert.

»Es gibt 515 000 Transnistrier. In etwa. Ich weiß nicht, wer sie gezählt hat. Jedenfalls gab es bis gestern so viele.« Pavel machte eine Pause und streckte die Hände aus, als wolle er die Ungerechtigkeiten der Welt gegeneinander abwägen. »Jetzt gibt es einen weniger. Fünfhundertvierzehntausend … neunhundertneunundneunzig. Eine geringe, aber klare Verbesserung.«

Ludwig schluckte. »Otto Mlopic.«

»Immerhin hast du dir den Namen gemerkt«, meinte Pavel.

»Ich wollte darauf noch zu sprechen kommen«, sagte Ludwig rasch. »Es tut mir wirklich leid, dass …«

»Nein, nein, nein«, wehrte Pavel ab. »Du verstehst nicht. Ich habe kein Problem damit, dass du die transnistrische Bevölkerung dezimierst. Du kannst ruhig weitermachen. Tatsache ist, dass ich dir für jeden transnistrischen Hund, den du aus der Welt schaffst, ein Kopfgeld zahlen würde. Aber es geht mir um die Folgen, die der Tod von ausgerechnet diesem Transnistrier nach sich zieht. Denn dieser Transnistrier hat mir Geld geschuldet. Seine ganze

Familie schuldet mir Geld. Und jetzt …« Er hob dramatisch die Arme gen Himmel, um Gott Vater zu bitten, sein Zeugnis anzuhören. »… betrachten sie diese Schuld als beglichen!«

Er wartete, bis Ludwig die Tragweite seiner Worte erfasst hatte. Dieser öffnete den Mund, um zu protestieren, aber Pavel kam ihm zuvor.

»Zehntausend Euro, Ludwig. Wenn also nicht sechsundzwanzigtausend Euro in dem Umschlag liegen, schuldest du mir immer noch zehntausend.«

Ludwigs Blick sank zu Boden.

»Liegen sechsundzwanzigtausend Euro in dem Umschlag?«, fragte Pavel schulmeisterlich.

»Nein.«

»Nein.« Pavel lächelte. »Eben. Wie viel liegt in dem Umschlag?«

»Sechzehntausend.«

»Also, wie viel schuldest du mir?«

»Ich schulde dir überhaupt nichts!«, protestierte Ludwig. »Er hat mich angegriffen! Ich habe ihn gefragt, was er will und wer ihn schickt, und … er hat nicht geantwortet. Was hätte ich tun sollen? Verdammt, solche Dinge geschehen nun mal!«

»Solche Dinge geschehen nun mal«, äffte ihn Pavel mit weinerlicher Stimme und aufgerissenen Augen nach. »Unsinn! Alles, was geschieht, hat Konsequenzen, Ludwig. Deine Taten – deine Verantwortung.« Er leerte sein Glas.

Ludwig schüttelte den Kopf. »Es war Notwehr.«

Aus einer der privaten Kabinen trat ein gebrechlicher Mann, dicht gefolgt von einer krankhaft bleichen Stripperin mit aufwendiger Haarverlängerung. Offensichtlich litt sie an Entzugserscheinungen, denn sie hielt sich bibbernd ihren Bademantel zu. Der Alte schlich beschämt zum Ausgang, die Stripperin verschwand durch eine andere Tür.

»Es ist immer Notwehr«, meinte Pavel. Er neigte den Kopf etwas zur Seite und fuhr fort: »Aber um auf die guten Neuigkeiten

zu sprechen zu kommen. Die gute Neuigkeit ist, dass du deine …
Fähigkeiten unter Beweis gestellt hast, Ludwig. Davon hatte ich
tatsächlich keine Ahnung. Und für uns beide ist das eine erfreuliche
Neuigkeit. Denn das bedeutet, dass du die Zehntausend in natura
bezahlen kannst.«

Einige Sekunden verstrichen. »Ich weiß nicht recht …« Das Gespräch hatte eine unangenehme Wendung genommen. »Also, wie
meinst du das …?«

»Willkommen im Dienstleistungssystem. Humankapital, Netz-
werke und Ressourcen, Ludwig. Nur das zählt.«

Ludwig ergriff eine gewisse Panik.

»Du erweist mir einen klitzekleinen Dienst«, fuhr Pavel fort, »du
mobilisierst deine bezaubernden humanen Kenntnisse, und dann
Schwamm drüber.«

»Und um was für einen Dienst geht es?«

»Ludwig!«

»Ich meine nur, damit wir uns wirklich einig sind.«

Pavel begann wieder wie zwanghaft zu nicken. »Du kannst mir
vertrauen, das weißt du doch.«

Ludwig versuchte eine ungeduldige Miene aufzusetzen, was ihm
kläglich misslang. »Natürlich.«

»Stell dir mal vor, ein Konkurrent eröffnet direkt vor deiner
Nase in derselben Straße eine Kneipe. Was machst du dann?«

Ihm das Gesundheitsamt auf den Hals schicken, dachte Ludwig
bitter. »Ich verdopple meine Bemühungen?«

»Haha. Mag sein.« Finster starrte Pavel die schlafende Stripperin
an der Bar an. »Vielleicht aber auch nicht. Stell dir vor, er serviert
genau das gleiche Essen, präsentiert dieselbe Speisekarte, vielleicht
zu etwas niedrigeren Preisen. Aber mit demselben Konzept.«

»Ja.«

»Senkst du deine Preise? Änderst du deine Speisekarte? Was un-
ternimmst du?«

»Vielleicht rede ich ja mal mit ihm?«, meinte Ludwig vorsichtig.

»Geredet wurde schon. Ohne Erfolg. Und es gab … Zeugen. Aber dann bist du mir eingefallen.«

»Aha.«

»Ihr kennt euch schließlich nicht.«

»Du willst, dass ich mit dem Konkurrenten rede.«

»Nein. Ich will, dass der Geldgeber meines Konkurrenten kalte Füße bekommt. Ein kleiner Pole mit aufregenden polnischen Träumen. Er hat noch nicht unterschrieben. Erst nächste Woche. Vorher kümmerst du dich um die Sache. Kein Geld heißt: kein Mietvertrag und kein Konkurrent.«

Ludwig blieb der Mund offen stehen. »Der Geldgeber, sagst du? Verdammt, Pavel. Man sollte dich nach Saudi-Arabien schicken, damit du da unten ein paar Dinge in Ordnung bringen kannst.«

Pavel antwortete mit leerem Blick und einem Schulterzucken und sagte: »Vielleicht.«

Ludwig war immer noch benebelt von den Schlaftabletten des Vorabends. »Und wieso sollte ich der Mann für diese Aufgabe sein?«, fragte er.

Pavel lächelte – oder besser gesagt, er befahl sich selbst ein Lächeln, als wäre er eine gemästete Echse, die er an der Leine führte und der er Anweisungen zuflüsterte. Ludwig ging auf, dass dies wohl auch dem Bild entsprach, das Faye Morris von ihm und GT hatte.

»Du bist einfach der geeignete Typ für so was«, meinte Pavel und rülpste. »Ich habe in Afghanistan ein gewisses Gespür entwickelt.«

Die Temperatur sank noch weiter, wie immer, wenn man ein monströses Zerrbild seiner selbst sah.

Afghanistan. Ludwig wollte gar nicht wissen, was Pavel Menk zu Sowjetzeiten in Afghanistan verbrochen hatte. Er tippte auf GRU. Beim Geheimdienst konnte er sich Pavel durchaus vorstellen, aber bei der Roten Armee? Er musste ja damals um die fünfundzwanzig gewesen sein. Ludwig konnte sich ihn unmöglich mit einem Maschinengewehr in einem Hubschrauber vorstellen oder am Lenkrad eines Jeeps. Aber was war mit fünfundzwanzig schon unmöglich?

»Auf unsere ewigen Feinde im Gebirge«, sagte Ludwig mit etwas zu schriller Stimme. »Dumm wie die Hühner und nicht zu besiegen.«

»Auf die großartigen Achtzigerjahre.« Pavel hob sein Glas.

»Und wo steckt dieser Geldgeber?«, fragte Ludwig. »In Warschau?«

»Das kann dir egal sein. Du sollst ihn nicht aufsuchen, sondern einfach nur erschrecken. Zünde den Laden an oder so was. Er soll sein schmutziges Geld in ein anderes Projekt stecken.«

»Wieso ist dir das so viel wert? Ganze zehntausend Euro? Du könntest das für ein Drittel erledigen lassen.«

Pavel hielt einen Zeigefinger in die Luft. »Im Leben gibt es verschiedene Werte. Vielleicht bin ich ja nur neugierig, ob du mit diesem Auftrag klarkommst. Vielleicht ist das ja eine Aufnahmeprüfung.«

»Ich bin nicht hier, weil ich Arbeit suche, Pavel. Bei allem Respekt.«

Pavel lächelte kokett. »Warten wir's ab.«

»Zeit und Ort?«, erkundigte sich Ludwig seufzend.

»Gegenüber. Die Räume stehen leer. Du kannst es nicht verfehlen. Spätestens Donnerstagabend.«

»Jetzt am Donnerstag?«, fragte Ludwig. »Übermorgen?«

»Was ist bloß los mit dir?«, fauchte Pavel. »Wie lange brauchst du denn, um einen beschissenen Molotowcocktail herzustellen? Ja, diesen Donnerstag. Ich will, dass der Pole noch in Berlin ist, wenn es passiert. Am Freitag fährt er wieder nach Hause.«

»Und es handelt sich also … um irgendwelche kriminellen Aktivitäten?«

»Ha! Du machst wohl Witze, Ludwig. Ich verstehe nicht einmal die Frage. Verstehst *du* sie?«

»So halbwegs.« Ludwig erhob sich.

Pavels trockenes Lachen war das Letzte, was er hörte, ehe er seinen Aufstieg aus der Unterwelt begann. Die Frau am Eingang sah sich auf ihrem Handy einen Film an. Am Kassentresen saß die Stripperin mit den Entzugserscheinungen und der Haarverlängerung. Ein Pärchen Mitte zwanzig musterte mit der exaltierten Aufmerksamkeit einer Wohnungsbesichtigung die Sexspielsachen.

Auf der Straße war es diesig und nass. Ein Schwall von Sauerstoff überschwemmte Lungen und Gehirn, eine geradezu kleptomanische Erleichterung über die erschlichene Fristverlängerung erfüllte ihn.

Auf der gegenüberliegenden Straßenseite, jenseits der Allee, die die Straße säumte, sah er die Räumlichkeiten, von denen die Rede gewesen war. In den Fenstern hingen grauweiße Plakate, auf denen mit rotem Filzstift »Eröffnung im September« stand. Hinter dem Schaufenster stand ein rosa Neonschild mit der Aufschrift: CLUB WET DREAMZ.

Ludwig machte sich auf den Weg zur U-Bahn.

Noch war er nicht am Ende. Noch nahmen an seinem lang andauernden Begräbnis mehr Lebende als Tote teil.

Ebertstraße, Berlin-Mitte
Di., 19. Juli 2011
[13:10 MEZ]

Wie eine frische Wurzelfüllung lag der Potsdamer Platz im Juliregen da. GT hatte das kurze Stück von der Botschaft zu Fuß zurückgelegt und wartete jetzt unter einem karierten Schirm an einer roten Ampel. Dies war angeblich der Times Square der Berliner, ihr Tokio, ihr Kuala Lumpur, aber was auch immer sie mit diesem Ort anstellten, er würde auf ewig ein Tatort bleiben. Erst die Reichskanzlei und der Führerbunker, dann ein Niemandsland mit der Mauer, nackt und unausweichlich. Weder Kinopaläste noch überlaufene Eisdielen konnten über diese beharrliche Schande hinwegtäuschen.

Oder vielleicht doch, dachte der Amerikaner und klappte seinen Schirm zusammen, als er die Parkkolonnaden erreichte. Man musste nur Leute wie ihn vorher auslöschen. Und das besorgte unentgeltlich, wenn auch langsam, die Zeit selbst.

Der Kollhoff-Tower wirkte wie aus einem Horrorfilm mit nur halbherzig ausgeführten Gruseldetails: braune Ziegel statt geschwärzten Steins zu fröhlich glänzenden Goldspitzen. Dennoch war GT von dem Gebäude recht eingenommen und zog es all den anderen Neubauten vor. Aber er musste sich wie jeder drittklassige Tourist eine Karte für den Lift nach oben kaufen. Der Fahrstuhlführer erzählte von der unerhörten Höhe des Gebäudes und der fürchterlichen Geschwindigkeit des Aufzugs.

Als sich die Türen öffneten, erblickte er als Erstes den schlaksigen, in eine Anzugjacke gehüllten Rücken und die kastanienbraune Mähne von Ron Harriman. Der Botschafter lehnte am Geländer vor der Glasfront und genoss die Aussicht. Die Lieblingsbeschäftigung machthungriger Menschen, von Wagner bis Herzog. Man hätte es als Berghof-Test bezeichnen können: Betrachte eine Bergkette, und beschreibe deine Gefühle.

»Sehen Sie etwas, was Ihnen gefällt?«, sagte GT und stellte sich neben ihn.

»Das kann ich nicht behaupten.« Der 47-jährige Harriman drehte sich langsam um, ein bedauerndes Lächeln auf den Lippen. Er war sonnengebräunt und sommersprossig wie ein Schuljunge und trug das Haar nach schönster Politikermanier geföhnt und gesprayt. Sein Dreiteiler war dunkelblau und hatte Nadelstreifen, seine Krawatte war champagnerfarben. Nein, dem Botschafter fehlte jegliches Verständnis für Berlin. Diese Stadt erfand sich stets von Neuem, jeder Kiez versuchte dem anderen zuvorzukommen. Nichts schien sie zu einem Ganzen zusammenzufügen. »Was für ein Sommer«, fügte Harriman hinzu und verzog das Gesicht.

Erst jetzt entdeckte GT die beiden Sicherheitsleute von der Botschaft. Einer stand mit dem Rücken zum Bartresen, der andere ein paar Meter von den Fahrstuhltüren entfernt. Sie waren wirklich diskret. Der eine trug nicht einmal einen Anzug, sondern eine Klubjacke und Jeans.

»Es gab leider keinen richtigen Tisch mehr, aber …«, begann GT.

Der Botschafter machte eine abwehrende Handbewegung. »Offenbar doch. Kommen Sie.«

Gemeinsam betraten sie das Restaurant und setzten sich an einen Tisch mit Blick auf den Tiergarten. Aufgemauerte Pfeiler strukturierten die Glasfront. Das Tischtuch war grau und nicht weiß, und statt einer Vase stand ein dunkelrosa Miniflamingo darauf. Es war kein Lokal nach GTs Geschmack, dafür umso mehr für den Botschafter. Extravaganter Kitsch und Biokost entsprachen den Träumen ehrgeiziger Kosmopoliten, wenn sie mit etwa zwölf Jahren ihre Karriereplanung in Angriff nahmen.

GT bestellte sich ein blutiges Entrecôte, der Botschafter einen Salat mit Lachs. Ja, ja, Harriman hatte das Hinterwäldlerdasein im neblig-verschlafenen Wyoming Valley im Nordosten Pennsylvanias weit hinter sich gelassen. GT dankte Gott, dass es ihm nicht ebenso ergangen war. In dieser und vielerlei anderer Hinsicht war er den liberalen Waschlappen mit Kalorienzähler-Apps und tofu-kauenden Yoga-Gattinnen überlegen. GT hatte nicht vergessen, wie es war, nach Dingen zu hungern, die das Leben erträglich machten. Dasselbe galt für den Feind.

GT war lange vor dem Botschafter fertig. »Wie geht es Liz?«, fragte er und trank einen Schluck Mineralwasser. »Hat sie sich an das Exil gewöhnt?«

Harriman, der den Mund voll hatte, versuchte mit einer wiegenden Kopfbewegung indischen Zuschnitts eine Antwort zu vermitteln. GT nickte.

»Ich verstehe«, meinte er und rückte seinen Schlips mit Paisley-Muster zurecht. »Es ist nicht immer leicht.«

Es gab drei Sorten von amerikanischen Botschaftern: Diejenigen, die mit dem Posten für lange und treue Dienste belohnt wurden, diejenigen, die eine innenpolitische Bedrohung dargestellt hatten und daher ins Ausland versetzt wurden, und diejenigen, die nicht der Partei des Präsidenten angehörten und deren Ernennung eine Geste des guten Willens war. Ron Harriman war eine Mischung aus Kategorie zwei und drei. Bush hatte ihn auserkoren, weil er die Chancen eines republikanischen Senators bei den folgenden Wahlen beeinträchtigte, außerdem war es an der Zeit gewesen, wieder einmal einen Demokraten zu ernennen.

»Wir bleiben ja nicht ewig«, sagte Harriman mit dem Tonfall eines Mannes, der immer noch an die Wirkung seiner Gebete glaubte. Dann legte er Messer und Gabel parallel auf seinen Teller. Er hatte höchstens zwei Drittel gegessen.

GTs Miene hellte sich auf. »Apropos, was haben denn die Vorstöße in Pennsylvania ergeben?«

Der Botschafter sah ihn verblüfft an.

GT lächelte vielsagend. »Ich gehe davon aus, dass Sie 2016 ins Auge fassen«, fuhr er fort. »Wer hätte geahnt, dass Sie so gerne in den Kongress wollen?«

»Ich weiß nicht, was Ihnen da zu Ohren gekommen ist«, erwiderte Harriman zögernd. »Aber es gibt nichts Konkretes, nicht das Geringste.«

»Immerhin existiert ein vorbereitendes Komitee.« GT tupfte sich mit der beigen Stoffserviette die Lippen ab. »Ich habe mir sagen lassen, dass sie bereits eine Menge Geld eingetrieben haben.«

Nun geriet der Botschafter vollends in Rage. »Und was geht Sie das an?«, fragte er wütend. »Was soll diese Neugierde?«

»Jetzt regen Sie sich nicht gleich so auf. Mich interessiert nun einmal alles Mögliche. Das bringt der Beruf eben mit sich.«

Der Botschafter verschränkte die Arme vor der Brust. »Und? Dachten Sie etwa, ich will den Rest meines Lebens hier versauern? In dieser verdammten …« Sein Blick blieb an der fernen Reichstagskuppel hängen, und er schüttelte den Kopf.

»Wie steht's denn momentan mit den Linksliberalen in Pennsylvania?«, erkundigte sich GT freundlich. »Ich bin nicht mehr ganz à jour.«

»Es bietet sich bereits vor 2016 eine Gelegenheit«, antwortete der Botschafter säuerlich. »Aber das wissen Sie ja sicher schon.«

»Richtig, ich erinnere mich. Aber Sie schaffen es bestimmt. Schließlich sind Sie ein charmanter Mann. Und den feinen Wählern in Ihrer Heimat werden Sie sicher gefallen. Vorausgesetzt, Sie ändern sich komplett. Aber das bereitet Ihnen doch keine Schwierigkeiten? Hoffentlich sind Sie der National Rifle Association schon beigetreten?«

Der Botschafter verzog nur das Gesicht.

GT beugte sich über den Tisch und sagte mit leiser Stimme: »Es wäre allerdings schade, wenn eine Petitesse wie … nun ja … Landesverrat diesen Traum zunichtemachen würde.«

»Wovon reden Sie? Was wollen Sie damit sagen?«

»Sie wissen ganz genau, wovon ich rede.«

Der Botschafter war so schockiert, dass es ihm gelang, ein Pokerface aufzusetzen, was in diesem Fall eine Miene vollkommener Ratlosigkeit war.

»Haben Sie wirklich nichts Besseres zu tun, als mir hinterherzuspionieren?«, fragte er und tupfte sich mit der Serviette die Lippen ab.

GT genoss die Vorstellung ungemein. »Vielleicht sollten wir rausgehen und etwas frische Luft schnappen?« Er nickte in Richtung Leibwächter. »Sicher wäre es besser, wenn die beiden hier unten blieben.«

Harriman erhob sich wortlos, trat auf den Mann in der Klubjacke zu und sagte etwas. Dann folgte GT dem Botschafter die schmale Treppe hinauf zu den obersten Panoramagängen des Towers. Hier sah es aus wie in einer ausgebombten Kathedrale. Die fehlende Überdachung und schwarz gebrannte Ziegel verstärkten diesen Eindruck.

Der Regen hatte ein wenig nachgelassen, aber nicht genug. Sie waren allein. GT und Harriman, beide im Anzug, öffneten ihre Regenschirme und standen sich in zwei Mauernischen gegenüber.

»Ich glaube, ein wenig … politische Umerziehung würde Ihnen guttun«, sagte GT bitter.

Harriman wartete nervös ab.

»Sie sind ein viel beschäftigter Mann«, fuhr GT fort, »und ich kann verstehen, dass Sie nicht immer alles im Blick haben. Schließlich müssen Sie dauernd an Cocktailpartys und Podiumsdiskussionen teilnehmen. Was für ein Glück, dass die Steuerzahler immer noch Leute wie mich beschäftigen, die auf den Mauern Wache halten, während Sie Ihre Nase in einen japanischen Grassaft halten.«

»Meine Güte«, erwiderte der Botschafter benommen. »Wie schrieb Kierkegaard noch gleich … Schelling ist zu alt, um Vorlesungen zu halten, und ich bin zu alt, um sie mir anzuhören.«

»Man ist nie zu alt, um dazuzulernen.« GT lehnte sich an das Gitter in der Nische. »China will sich ausbreiten und verlangt nach Rohstoffen. Außerdem begehrt das Volk in der arabischen Welt auf – in einer Region, in der sich Armut, Übellaunigkeit und die geografische Nähe zu den wichtigsten Bodenschätzen der Welt wenig heilsam vereinen.«

»Und?«, erwiderte der Botschafter irritiert.

»Ich weiß nicht, ob Sie es mitbekommen haben, aber unsere dringlichste und heiligste Pflicht ist es, die Energieversorgung der zivilisierten Welt langfristig zu sichern.«

Der Botschafter zuckte mit den Achseln. »Wenn Sie das sagen.«

»Energie«, fuhr GT unverdrossen fort, »ist Teil eines machtpolitischen Kreislaufs, in dem wirtschaftliche Macht, politische Macht, militärische Macht und zivilisatorische Schrägstrich kulturelle Macht … in sich gegenseitig stärkender Harmonie zusammenarbeiten. Richtig? Oder wenn man das Ganze umdreht: in sich gegenseitig auslöschenden Spiralen. Wer die weitere globale Dominanz des Westens infrage stellt, ist sich der anderen Optionen einfach nicht bewusst. Demokratien, die sich nur auf demokratische Mittel verlassen, würden von den neu entstehenden Regimes vollkommen niedergemacht werden. Nicht einmal Nixon hatte das Zeug dazu, Vietnam zu retten. Jetzt sehen wir Nachgiebigkeit an allen Fronten. Wohlgemerkt nicht vonseiten des Präsidenten, aber auf allen niederen Ebenen. Auf Ihrer Ebene beispielsweise. Da kann einem schon angst und bange werden.«

»Ich begreife noch immer nicht, wieso ich mir diese Tiraden anhören soll«, sagte der Botschafter pikiert.

»Oh, ich denke doch«, erwiderte GT kalt. »Protestbewegungen, eine entrüstete Kulturprominenz, *Beamte, die vertrauliche Informationen weitergeben*«, hier machte er eine Pause und verzog angewidert das Gesicht, »sie alle erliegen demselben Irrtum. Sie glauben, dass es nur um Geld geht. Der Irakkrieg war zwar dem Erdöl geschuldet, aber das hatte nichts mit dem eigentlichen Rohstoffwert zu tun. Hier geht es nämlich nicht um Geld, sondern um Macht. Am Jüngsten Tag, wenn Rechenschaft über tausend Jahre abgelegt wird, geht es nur noch ums Überleben. Unser Überleben, Ron.«

Der Botschafter starrte einige Sekunden auf seine Schuhe, dann rief er: »Ich will mir keine weiteren …«

»Ich weiß, was Sie getan haben.«

Lange Stille.

»Ich weiß von Ihren Kontakten zu Hydraleaks«, fuhr GT fort. »Um das Idol Ihrer Kindheit zu zitieren: Es ist an der Zeit, dass Sie sich fragen, was Sie für Ihr Land tun können.«

»Ich hatte …«, begann der Botschafter.

»Was?«

Harrimans Blick kreiste wie ein Rotorblatt.

»Ich hatte gute Gründe, diesen Bericht weiterzugeben.« Er räusperte sich. »Mein Vater. Nach drei Einsätzen in Vietnam hat er sich das Leben genommen. Er hat sich in der Garage erhängt. Meine Mutter hat ihn gefunden. Wir haben keinen Cent bekommen. Nicht einmal …«

»Das tut mir leid«, sagte GT. Beinahe hätte er gefragt, wie es dem Vater wohl gefallen hätte, dass sein Sohn Landesverrat begangen hatte, hielt dann aber eine andere Strategie für ratsamer. »Ron, wir können diese Sache klären«, sagte er mit leiser, einfühlsamer Stimme. »Ich verstehe, dass Sie … dass es gewissermaßen von selbst passiert ist. So etwas kommt vor. Wenn Sie mir beweisen, dass Sie wieder an Bord sind, können wir diese Sache vergessen.«

Der Botschafter nickte. Seine Augen leuchteten auf: ein kleiner

Stern von Bethlehem, ein Hoffnungsschimmer über dem ansonsten grauen Horizont.

»Ich bin an Bord, Clive.«

»Wie ist die Übergabe des Berichts denn abgelaufen?«, fragte GT. »Gab es ein Treffen?«

»Ja.«

»Ein Treffen mit einem Kurier?«

»Ich denke, ja. Ich weiß aber nicht, wer sie war. Wir haben uns im Kentucky Fried Chicken getroffen.«

»Wie kommunizieren Sie mit ihnen? Haben Sie eine Telefonnummer?«

»Nein«, sagte Harriman. »Ich hinterlasse eine Nachricht in meiner Statuszeile bei Facebook. Am nächsten Tag um Punkt zwölf findet ein Treffen in dem Fast Food-Restaurant statt.«

»Wie lautet die Nachricht?«

Der Botschafter antwortete säuerlich: »Noch ein herrlicher Tag in der schönsten Stadt der Welt.«

GT schnurrte förmlich. »Sind Sie bereit, wieder etwas für Ihr Team zu tun, Ron?«

»Ja«, antwortete Harriman mit der einfältigen Miene eines Zwölfjährigen, dem gerade noch einmal verziehen worden ist. »Ich bin dabei.«

Erich-Steinfurth-Straße, Berlin-Friedrichshain
Di., 19. Juli 2011
[17:30 MEZ]

Wie zwei Galeerensklaven rackerten sie sich genau eine Stunde lang an den Rudermaschinen ab. Für Ludwig war es das erste Mal seit Monaten. Er hatte befürchtet, von Scheuler überflügelt zu werden, aber als die Zeit um war, ergab die Distanzmessung wieder einmal, dass ihm sein Restaurantchef nicht das Wasser reichen konnte.

Das Fitnessstudio, das eigentlich keines war, lag im zweiten Stock eines Abbruchhauses in der Erich-Steinfurth-Straße gegenüber vom Ostbahnhof. Es war gut besucht: Männer Anfang fünfzig und aufwärts. Außer den Rudermaschinen gab es nur noch ein paar Sandsäcke und Hanteln unterschiedlichen Gewichts.

Für Ludwig gab es keinen schöneren Ort. Spieltische aus Plastik mit überquellenden Aschenbechern standen ungeordnet herum. An den mit einer gelben Blümchentapete frisch tapezierten Wänden standen einarmige Banditen. Das Lokal wurde von einem »serbokroatischen Friedensverein« betrieben und war während des Balkankriegs in den 1990er-Jahren entstanden. Niemand war dort je einem Serben begegnet, ein kulturelles Versagen, das vielleicht auf die kroatischen Fahnen zurückzuführen war, die vor der Tür hingen.

Die meisten Gäste kamen nur zum Zeitunglesen, Kettenrauchen und Schnapstrinken. Hier konnten sich Taxifahrer nach einer langen Schicht erholen, ehe sie sich ihren Ehefrauen in ihren düsteren Vorstadtwohnungen stellten.

»Unkraut vergeht nicht«, meinte Scheuler mit einem resignierten Grinsen, als er die Ergebnisse verglich. Dann schaltete er das Display aus.

Ludwig klopfte ihm auf die Schulter und legte sich dann mit geschlossenen Augen auf eine Bank.

»Ich begreife nicht, warum du nicht aufholst. Das ist ja fast schon anstößig.«

»Wirklich anstößig ist«, meinte Scheuler und lehnte sich neben ihm an die Wand, »dass du nie schlechter wirst, obwohl du dich so gehen lässt. Wann warst du eigentlich zuletzt hier?«

»Das muss irgendwann im Winter gewesen sein, ich glaube, kurz nach Neujahr.«

»Siehst du. Das ist verdammt ungerecht.«

»Du hast einfach zu spät im Leben angefangen, Martin. Das ist alles.«

»Ich war vierzehn, als ich mit dem Training begonnen habe.«

»Ach«, sagte Ludwig und richtete sich auf. »Und was hast du trainiert? Skateboard?«

»Rudern.«

Ludwig lachte und schüttelte den Kopf. »Nenne mir einen Menschen, dessen Schicksal nicht tragisch ist.«

»Meine Technik ist besser als deine, und ich habe eine bessere Kondition. Ich schleppe weniger Fett mit mir herum.«

»Dann erleben wir wohl ein göttliches Wunder. Und zwar jedes Mal von Neuem.«

»Amen.«

Sie duschten und zogen sich um. Es gab zwar eine Sauna, aber sie waren zu hungrig, um länger zu verweilen. Gegen sieben saßen sie in einem Lokal in der Nähe und verspeisten je einen Hamburger.

Ludwig trank zwei Warsteiner und genoss die stille Normalität der Verbrüderung.

Bis Scheuler mit einer Frage die Stimmung verdarb:

»Woran arbeitest du gerade? Ich weiß, dass du was am Laufen hast.«

Ludwig trank ein paar große Schlucke. »Wie kommst du darauf?«

»Du machst dich rar, und wenn man dich mal trifft, bist du nüchtern. Außerdem hast du das Geld für Pavel aufgetrieben. Stimmt doch, oder?«

»Im Prinzip ja.«

»Man kann auch mal jemanden um Hilfe bitten, Ludwig. Ist dir dieser Gedanke schon mal gekommen?«

»Nein.«

Scheuler versuchte es mit einem entwaffnenden Lächeln.

»Ehrlich, du solltest …«

Ludwig erhob sich, zog einen Geldschein aus der Tasche und legte ihn auf den Tisch, als wäre damit jede Diskussion beendet.

»Mit diesem Teil meines Lebens willst du nichts zu tun haben, glaub mir.«

»Aber kannst du nicht einfach erzählen, was …«

»Nein.«

Ludwig schulterte seine Sporttasche und machte sich zu Fuß auf den Heimweg. Auf der Schillingbrücke über die Spree, dann an der St.-Thomas-Kirche vorbei und den geschwungenen Bethaniendamm entlang, wo die Mauer einmal Kreuzberg in einen südlichen und einen nördlichen Teil getrennt hatte. Es regnete nicht mehr.

Womit er sich gerade beschäftigte? Die übliche Tätigkeit. Einen Esel den Hang hinuntertreiben, Risiko gleich null. Und großes Erstaunen, wenn doch etwas geschah.

*

Er kaufte einen Sixpack Bier, der ihn zwei Minuten Konversation und ein paar Münzen im Tabakladen in der Adalbertstraße gegenüber von seinem Haus kostete. Ludwig hatte die Straße halb überquert, als ein Motorrad auf ihn zuraste und ihn am Knie erwischte. Er warf sich nach vorne, schlug einen halben Purzelbaum und duckte sich hinter ein Auto.

Die Motorradfahrerin bremste und schaffte es, in fünfzehn Metern Entfernung anzuhalten. Sie drehte sich um und klappte das Visier hoch.

»Ist alles in Ordnung?«, rief sie verwirrt. Erst als sie wieder nach vorn schaute, entdeckte sie Ludwig und spürte im nächsten Moment die Pistolenmündung zwischen den Augen.

»Wer sind Sie?«, zischte Ludwig.

»Sorry! Tut mir leid!«

»Für wen arbeiten Sie?«

»Ich studiere«, sagte das Mädchen und schluckte.

Sie schielte auf die kleine Walther PPK.

In diesem Moment regte sich etwas in Ludwigs Brust. Als wäre er an die Oberfläche gelangt und könnte endlich wieder tief Luft holen.

»Mein Leben ist unerträglich«, hörte er sich selbst sagen.

Das Mädchen hielt den Atem an, aber ihr Blick keuchte umso mehr.

Mein Leben ist unerträglich. Ihm war, als säße er auf dem elektrischen Stuhl und hätte diese Worte als seine letzten gewählt. Hatte er seiner Mutter nicht mit denselben Worten erklärt, warum er sich an der Stasi-Hochschule in Potsdam-Eiche beworben hatte? Und hatte er diesen Satz nicht zu seinem Sohn gesagt, bevor er sich hatte scheiden lassen?

»Bitte … töten Sie mich nicht«, flüsterte das Mädchen.

»Wie bitte?« Ludwig sicherte die Waffe und schob sie wieder in die Jackentasche.

Verkehr. Fahrzeuge näherten sich.

»Verschwinden Sie.« Er klappte ihr Visier mit einem Knall zu. »Und unterstehen Sie sich, Leute anzufahren.«

Sie raste davon. Unbewusst memorierte Ludwig das Kennzeichen. Dann holte er seine Sporttasche und die Tüte mit dem Bier.

Schweiß auf der Stirn. Aber er schaffte es also nach wie vor. Es gelang ihm immer noch, sich rasch umzusehen und die Situation neu zu bewerten. Mit Hängen und Würgen.

*

Merkel und Sarkozy waren wieder im Fernsehen. Dick und Doof. Er zappte weiter. Auf Arte lief *Das Leben der Anderen.* Ludwig blieb auf dem Fußboden sitzen und betrachtete wie gebannt die Innenaufnahmen von seinem alten Arbeitsplatz in der Normannenstraße. Erst nach einigen Minuten wurde das Schamgefühl übermächtig. Er schaltete den Fernseher aus, ging zum Kühlschrank und holte sich noch ein Bier.

Dann legte er seine Sportkleidung in die Waschmaschine im Badezimmer und stellte fest, dass das Waschpulver zu Ende war. Er holte das Spülmittel aus der Küche, spritzte eine ordentliche Dosis in das Waschmittelfach und schaltete das Kurzwaschprogramm ein. Im Arbeitszimmer legte er seine Walther PPK ins oberste Schrankfach. Die Pistole hatte er sich kurz nach dem Mauerfall gekauft, um zu feiern, dass er sich nie wieder mit der russischen Kopie, einer Makarov, begnügen musste. Bislang hatte er die Walther nur auf der Schießbahn abgefeuert. Sie brachte ihm kein Glück. Einmal hatte eine glühend heiße Patronenhülse sein Ohr gestreift, und er hatte stundenlang wie ein Schwein geblutet. Und jetzt dieser Ausrutscher. Er hatte die Kontrolle verloren.

Die Kontrolle. Verloren.

Die Bierdose war leer. Er knüllte sie mit der Linken zusammen und ließ sie in den Teakholz-Papierkorb neben dem Schreibtisch fallen.

Früher oder später musste er seine Konzentration zurückgewinnen. Daran hinderten ihn allerdings seine ständigen Gedanken an Schnaps und die Situation mit Pavel.

Pavel.

Was auch immer Ludwig von GT als Auftraggeber hielt, so wollte er ihn doch nicht durch Pavel ersetzen. Aber früher oder später würde GT in Rente gehen, und Ludwig brauchte einen Job, denn die Lokale warfen keinen Gewinn ab. Jedes weitere Jahr trieb ihn weiter in die Klauen des Gangsterbosses. Bin ich wirklich nichts mehr wert?, dachte Ludwig angeekelt. Habe ich wirklich nicht mehr auf dem Kasten? Eigne ich mich nur noch als Laufbursche eines zweitklassigen Zuhälters?

Er ging ins Wohnzimmer zurück und öffnete noch eine Bierdose. Dann holte er tief Luft, nahm seinen Mut zusammen und tat, was er schon den ganzen Tag vor sich her geschoben hatte: Er rief seinen Sohn an.

»Hallo«, antwortete seine Schwiegertochter.

»Hier ist Ludwig.« Er fuhr sich mit der Zunge über die Lippen. »Ich wollte zum Geburtstag gratulieren. Wie geht es dem Kleinen?«

»Gut. Walter hat ihn vor ein paar Stunden ins Bett gebracht.«

Ludwig schaute auf die Uhr. Halb zehn.

»Natürlich, ich verstehe«, erwiderte er rasch. »Ich war den ganzen Tag beschäftigt.«

»Viel zu tun?« Marias Verachtung hätte einen ganzen Lastwagen antreiben können.

»Es geht. So ist das nun mal. Hör mal, ist Walter zu sprechen?«

»Hallo«, sagte sein Sohn nach einer Weile.

»Ich wollte … dem kleinen Wunder gratulieren. Aber er schläft natürlich schon.« Ludwig räusperte sich. »Ist sonst alles in Ordnung?«

»Ja.«

»Ich dachte, ich könnte euch demnächst mal besuchen.«

Eine unerfreuliche Stille stellte sich ein.

Ludwig hatte vor, seinem Sohn eines schönen Tages zu erzählen, auf welcher Seite er eigentlich während der schlimmen Jahre gestanden hatte. Das konnte doch nicht so schwer sein.

Obwohl … erst war Walter zu klein gewesen, um es zu verstehen, und jetzt war er zu alt, um noch seine Meinung zu ändern. Klar, er würde Ludwigs Worte begreifen, sie würden aber nie ganz zu ihm durchdringen. Der Junge war geformt, erstarrt, hatte den Brennofen endgültig verlassen.

Schließlich sagte Walter. »Das klingt gut.«

Ludwig wartete auf das richtige Stichwort irgendeines eingebauten Souffleurs, aber nichts geschah.

»Gut, dann machen wir bald was ab!«, brachte er schließlich über die Lippen. »Okay?«

»Okay.«

Dann kam die Rettung. Das Satellitentelefon klingelte.

»Tut mir leid, es klingelt«, sagte Ludwig erleichtert. »Wir reden nächstes Mal weiter. Tschüs.«

Er legte auf und griff zum anderen Telefon.

»Wir sind dabei, den Köder am Haken zu befestigen«, sagte GT und war mit dieser Formulierung offenbar sehr zufrieden. »Könntest du morgen früh alleine angeln gehen?«

»Natürlich.« Endlich trocknete Ludwigs kalter Schweiß. »Aber dann müssten wir den Taxameter wieder auf null stellen.«

Schweigen.

»Nur um jeglichen Missverständnissen vorzubeugen«, fügte Ludwig hinzu.

»Kein Problem«, erwiderte GT.

»Wo genau?«

»Alexanderplatz.«

Ludwig ging ins Arbeitszimmer und fuhr den Computer hoch. Den ganzen Tag über hatte er das Problem mit Pavel verdrängt, aber jetzt war er bereit.

GT sprach über die Finanzkrise oder das Wetter oder beides. Ludwig hörte ihm kaum zu, warf aber trotzdem etwas über die momentane Sintflut ein. Sie waren sich einig und legten auf.

Die Internetverbindung erwachte zum Leben.

Wikipedia. Transnistrien. Fahne: rot, grün, rot und in der linken oberen Ecke Hammer und Sichel in Gelb – als wäre Libyen dem sowjetischen Imperium einverleibt worden.

Ein Plan nahm in seinem Kopf Gestalt an. Ludwig, ein Verfechter der freien Erziehung, ließ den Dingen ihren Lauf.

MITTWOCH

Alexanderplatz, Berlin-Mitte
Mi., 20. Juli 2011
[11:50 MEZ]

Eigentlich hätte brütende Hitze herrschen sollen. Die Leute wären zu den Badeplätzen außerhalb der Stadt gepilgert oder hätten sich an den Kanälen gesonnt. Jetzt mussten sie sich mit siebzehn Grad, abgasgrauen Wolken und Schlagzeilen über den bevorstehenden Untergang des Euro begnügen. Es war zehn vor zwölf.

Das Kentucky Fried Chicken am Alexanderplatz lag unter einer bogenförmigen S-Bahn-Brücke. Ludwig Licht stand in der Buchhandlung gegenüber und blickte durch das Schaufenster ins Freie.

Er hatte bereits fünf verschiedene Bücher über die Stasi entdeckt. Das gesamte Viertel troff geradezu vor Ostalgie, angefangen mit den fliegenden Händlern am Fernsehturm, die alte Orden verkauften, bis hin zu den Andenkenläden. Die Touristen liebten die böse alte Zeit. Sie liebten die Vorstellung, dass Leute wie Ludwig einem armen blassen Schriftsteller mitten in der Nacht die Tür eintraten, um ihn in eine feuchte Folterkammer drei Stockwerke unter der Erde zu bringen.

Er riss seinen Blick von einem Buchcover los und wandte sich wieder dem Fast Food-Restaurant zu. Das Gelände war perfekt, nur Fußgänger, übersichtlich und hell. Problematisch war nur, dass Ludwig nicht wusste, nach wem er Ausschau halten sollte.

»Hätten Sie einen Augenblick Zeit?«

Jemand stupste Ludwig an. Er drehte sich um. Eine junge Frau mit Greenpeace-Jacke und Ordner in der Hand.

»Nein«, sagte Ludwig.

»Es dauert nur …«

»Hau ab, du Hippieschlampe.« Er riss die Augen auf und deutete auf die Tür.

Leise fluchend verließ die junge Frau die Buchhandlung.

*

Wenige Minuten später erhielt Jack Almond seinen Bucket mit frittierten Hühnerteilen und Beilagen. Er musste in bar bezahlen, ein nicht ganz ungewöhnliches Ereignis in diesem rückständigen Teil der Welt, in dem man bestenfalls in jedem zweiten Lokal mit irgendwelchen einheimischen Karten bezahlen konnte. Ein paar Sekunden lang starrte er auf die Quittung, faltete sie dann zusammen und steckte sie in seine Brieftasche. Er hatte wirklich Besseres zu tun, als sich den Kopf darüber zu zerbrechen, ob er diese Auslagen als Spesen abrechnen konnte, aber es fiel ihm schwer, von dieser Frage abzusehen.

Was den Arbeitgeber betraf: Botschafter Harriman saß etwas weiter hinten im Lokal, fast neben der Kasse. Er hatte die neueste *Zeit* aufgeschlagen neben seinem Tablett liegen und tat so, als sei er sehr in seine Lektüre vertieft. Was nicht sonderlich überzeugend wirkte, denn er schwitzte, als wäre er soeben der Fritteuse entstiegen.

Irgendwo in der Zeitung lag das Dokument, das GT für bedeutungslos genug befunden hatte, um es Hydraleaks überlassen zu können. Eine Korrespondenz, die die zunehmende Besorgnis des Außenministeriums über die Zusammensetzung der neuen ungarischen Regierung zum Ausdruck brachte. Die Nervosität des Botschafters war von geringer Bedeutung und unter diesen Umständen nur natürlich. Der Kurier würde kaum etwas anderes erwarten.

Almond wählte einen Tisch in der Nähe des Ausgangs. Das Lokal war recht leer, und er hatte den Botschafter bestens im Blick.

Die Sekunden verstrichen. Almond fehlte es an Appetit, aber trotzdem zwang er sich zu essen, was auf dem Plastiktablett lag. Die Pommes mit der BBQ-Sauce rutschten noch am besten runter.

Ein großer junger Mann in blauem Hoodie, grauen Jeans und mit einem schwarzen, billigen Rucksack trat ein. Er trug Dreadlocks, wirkte nervös und schien sich beim Rasieren geschnitten zu haben. Er sah sich im Lokal um, als suche er nach jemandem, den er nur ein Mal auf einem Foto gesehen hatte. Also nicht der gleiche Kurier wie beim letzten Mal. Der Botschafter schien den jungen Mann nicht zu kennen und zuckte zusammen, als dieser an seinem Tisch Platz nahm. Und zwar ohne vorher etwas gekauft zu haben. Nicht gerade professionell, dachte Almond.

Der Botschafter faltete seine Zeitung ordentlich zusammen, schob sie beiseite, ließ sie auf dem Tisch liegen, erhob sich und verließ das Lokal. Der junge Mann wartete, bis er verschwunden war, rollte die Zeitung zusammen und stopfte sie in seinen offenen Rucksack, den er dabei immer noch auf dem Rücken hatte. Das Manöver erinnerte an einen Bogenschützen, der einen Pfeil in seinen Köcher zurücksteckt.

Es war an der Zeit, Licht Mitteilung zu machen. Almond hatte lauthals gegen GTs Beschluss protestiert, dem Deutschen die Beschattung zu überlassen, aber ohne Erfolg. Offenbar vertraute GT Licht mehr als Almond und seinem Stab. Natürlich. Ludwig Licht hatte bewiesen, dass ihn nichts aufhalten konnte. Er war in Berlin geboren und fand sich überall in der Stadt zurecht. Im Falle seiner Festnahme konnte die CIA natürlich viel glaubwürdiger jede Mitwisserschaft abstreiten, als wenn ein Botschaftsangestellter aufgegriffen wurde. Es störte Almond jedoch, dass man lieber einen versoffenen ehemaligen Agenten mit der Aufgabe betraute, als die eigentliche Arbeitsmethode zu ändern. Sobald er GTs Posten übernahm, würde er in allen Bereichen drastische Veränderungen durchführen.

Er wählte eine Telefonnummer.

»Ja?«, antwortete Licht.

»Blauer Hoodie, schwarzer Rucksack.«

»Dachte ich mir schon«, meinte Licht. »Dann übernehme ich jetzt.« Er legte auf.

Almond sprach weiter ins Nichts, lachte sogar hin und wieder über einen imaginären Scherz und fuchtelte mit der Hand in der Luft herum. Handys waren in seinem Beruf wirklich ein Segen. Sie vermittelten einen Eindruck von Normalität. Je auffälliger man sich benahm, je unerzogener das Verhalten in der Öffentlichkeit, desto normaler wirkte man. Unter Geheimagenten stellten sich die Leute gemeinhin Männer mit Ohrstöpseln vor, die leise vor sich hin murmelten.

Der junge Mann verließ den Tisch. Seltsamerweise wirkte er jetzt ruhiger. Vermutlich glaubte er, dass sein Auftrag abgeschlossen war.

*

Ludwig sah, wie der Kurier das KFC verließ und in nordwestlicher Richtung an der S-Bahn-Station entlangging. Die Verfolgung hatte begonnen.

Der Kurier ging eilig an einem McDonald's vorbei. Das erleichterte Ludwig die Arbeit, denn es war schwieriger, jemanden zu beschatten, der trödelte und immer wieder die Umgebung sondierte. Hoffentlich war der Kurier auf dem Weg in den S-Bahnhof. GT hatte zwar für alle Fälle einen Hubschrauber, einen Wagen und ein Motorrad bereitstehen, aber in Bus und Bahn gestalteten sich eine Verfolgung immer am einfachsten.

Jetzt betrat er tatsächlich das Gebäude. Überall Leute – genau die richtige Menge. Zwei Polizistinnen standen neben einem Geld-automaten und betrachteten das Gewimmel in der Bahnhofshalle. Der Kurier warf ihnen einen raschen Blick zu und ging dann auf eine Rolltreppe zu. Ludwig ließ einem älteren Paar den Vortritt und folgte ihm dann.

Ein Zug hatte gerade den Bahnsteig verlassen. Der Kurier lehn-te sich an ein Geländer und schien auf den nächsten zu warten. Durch das gewölbte Glasdach fiel trübes, schmutziges Licht. Die Leuchtreklame für die *Berliner Morgenpost* vermittelte ein Gefühl des Wohlstands und guten Geschmacks, Dinge, die den meisten Reisenden nur selten beschert wurden.

Drei Minuten später fuhr der rot-gelb-beige Zug, die S 7 Rich-tung Potsdam, ein. In westlicher Richtung also. Die Frage war nur, wie weit? Der Kurier stieg ein. Ludwig benutzte eine andere Tür desselben Wagens und nahm acht Reihen hinter ihm Platz. Der Kurier hatte den Rucksack abgenommen und auf die Knie gestellt.

Sieben andere Fahrgäste befanden sich im Wagen. Sie waren ent-weder zu alt oder zu jung, um irgendwie in die Sache verwickelt zu sein. Eine von Ludwigs Aufgaben war es, dafür zu sorgen, dass kein Dritter den Kurier überwachte und auf diese Weise ihn selbst ent-larvte. Bislang deutete nichts darauf hin. Er schickte GT eine SMS:

Ich + K in der S 7 Richtung Potsdam.

Dann begann er eine weitere Nachricht, die er abschicken würde, sobald der Kurier aussteigen wollte:

Sind jetzt …

Solange der Verfolgte den Verfolger nicht bemerkte, war die Sache einfach. Erst wenn der Kurier Ludwig bewusst wahrnahm, wurde es schwierig, denn von da an durfte er ihn nicht mehr allzu häufig sehen.

Irgendwo zwischen den Bahnhöfen Hackescher Markt und Hauptbahnhof drehte sich der Kurier halb um und warf einen Blick auf die anderen Fahrgäste. Da Ludwig in gerader Linie hinter ihm saß, fiel er dem jungen Mann nicht auf.

Weiter ging es Richtung Westen am Tiergarten entlang, dann passierten sie Bellevue. Als der Zug nach der Station Tiergarten wieder beschleunigte, erhob sich der Kurier und ging auf die nächste Tür zu. Ludwig ergänzte die Nachricht:

… Bhf Zoo. Steigen aus.

Er blieb möglichst lange sitzen und erhob sich erst, als der Kurier bereits ausgestiegen war. Es war fünf vor halb eins. Jugendliche, die entweder aus dem Zoo kamen oder auf dem Weg dorthin waren, trieben sich auf dem Bahnsteig herum. Ein fetter blonder Junge spuckte zwanghaft auf den Boden, ohne dass jemand eingriff.

Der Kurier ging nach rechts auf eine Rolltreppe zu. Seine Größe, der Rucksack und nicht zuletzt die unvorteilhafte Frisur erleichterten es Ludwig, ihn im Auge zu behalten. Er fragte sich, was wohl für den jungen Mann herausspringen mochte. Wurde er überhaupt bezahlt? Schließlich war er im Non-Profit-Sektor tätig, der Ludwig ebenso unbekannt war wie die neuen Planeten, die die NASA so beharrlich entdeckte.

Draußen auf der Jebensstraße bog der Kurier nach links ab, also Richtung Süden. Ludwig bemühte sich, den Abstand etwa einer Schwimmhallenlänge zu wahren. Wohin waren sie unterwegs? Sie gingen unter einem Vordach am Bahnhofsgebäude entlang. Briefkästen. Briefkästen? Der Idiot wollte die Dokumente doch nicht etwa einwerfen? Nein. Er ging vorbei.

Als der Kurier um den Bahnhof herumging und der Hardenbergstraße in südöstlicher Richtung folgte, wartete Ludwig zehn oder fünfzehn Sekunden, ehe er denselben Weg einschlug. Das war zwar riskant, aber ab und zu brauchte es kleine Puffer.

Jetzt. Er bog um eine Ecke. Unter der Eisenbahnbrücke war es dunkel. Der Kurier war nirgends zu sehen. Nirgends, nirgends – doch, da draußen im Licht, hinter einer Litfaßsäule mit einem Plakat des besorgt dreinblickenden Oberbürgermeisters und dem Graffiti: »Wir fackeln auch Dein Auto ab.« Eine Anspielung auf die Brandstifter, die momentan in der Stadt ihr Unwesen trieben. Der Kurier setzte seinen Weg auf der linken Straßenseite fort und erreichte den Hardenbergplatz. Etwas weiter vorne erblickte Ludwig die Kaiser-Wilhelm-Gedächtniskirche mit ihrem futuristisch-oktogonalen Anbau. Im Übrigen war alles hässlich wie eine zugepflasterte Wunde. Das DDR-Fernsehen hatte gerne Bilder von der Gegend am Berliner Zoo gezeigt. Sie waren die schlagkräftigste kommunistische Waffe im Propagandakrieg um die menschlichere Seite der Mauer gewesen. Starker Verkehr, entsetzte Touristen in roten Doppeldeckerbussen, die unwillkürlich die Gedanken darauf lenkten, wie viel netter es gewesen wäre, nach London zu reisen statt nach Berlin.

Am Monsterkino *Zoo Palast* wechselte die Straße ihren Namen in Budapester Straße. Unbeirrt setzte der Kurier seinen Weg fort. Er drehte sich nie um, sondern marschierte weiter, als befände er sich auf dem Weg zu einer Vorlesung.

Sie erreichten den Eingang zum Zoo mit den Bronzeelefanten und den Olof-Palme-Platz. Hier machte die Straße plötzlich einen Knick nach Norden, und die Gegend änderte ihren Charakter. Auf der einen Straßenseite lag der Zoo mit Läden und Arkaden davor, auf der anderen befanden sich Finanzdienstleister und Reisebüros. Hier waren bedeutend weniger Leute unterwegs, und Ludwig sah sich gezwungen, den Abstand auf fünfzig Meter zu erhöhen. Der Kurier hatte sich seit Verlassen der S-Bahn kein einziges Mal umgedreht. Möglicherweise warf er ab und zu einen Blick in die Schaufenster auf der gegenüberliegenden Straßenseite, aber auch das bezweifelte Ludwig.

Nach einigen weiteren Minuten überquerten sie die Brücke

über den Landwehrkanal. Hier begann die Stülerstraße. Der Kurier ging noch zweihundert Meter weiter und bog dann rechts in die Rauchstraße ein. Was war denn das für ein Lärm?

Auf einem asphaltierten Platz vor einem großen, modernen Gebäude wehten die skandinavischen Fahnen. Fünfundzwanzig oder dreißig Demonstranten standen da und skandierten Sprüche, deren Wortlaut Ludwig nicht verstand. Es schien sich um die üblichen Globalisierungsgegner zu handeln. Etwa zehn Polizisten hatten sich gewissermaßen als Mauer vor ihnen aufgebaut.

Aber Ludwig musste sich auf seine Zielperson konzentrieren. Der Kurier betrat durch ein Gartentor auf Ludwigs Straßenseite einen Garten, in dem eine graubraune Gründerzeitvilla stand. Eine niedrige Mauer mit einem schmiedeeisernen Gitter umgab das Haus.

Zwei mit Maschinenpistolen bewaffnete Männer in Anzügen traten auf den Kurier zu und eskortierten ihn zu einer Tür. Dann waren sie weg.

Was zum Teufel?

Dreißig Meter weiter auf demselben Grundstück: noch eine Fahnenstange.

Ganz oben eine rot-weiß-schwarze Trikolore mit zwei grünen Sternen. Die syrische Fahne.

Die syrische Botschaft.

Einer der Demonstranten betrachtete Ludwig, der stehen geblieben war und leise vor sich hin fluchte.

Dieser Auftrag nahm wirklich nie ein Ende. Wie eine akute Blutvergiftung setzte er sich immer weiter fort.

Ludwig machte auf dem Absatz kehrt und ging rasch denselben Weg zurück, den er gekommen war. Hinter ihm hatten die Demonstranten ihre Parole geändert. Sie umfasste jetzt Ludwigs kompletten arabischen Wortschatz:

»*Allah – Syrien – Freiheit – sonst nichts! Allah – Syrien – Freiheit – sonst nichts!*«

Nachdem er wieder den Kanal überquert hatte, zog Ludwig sein Satellitentelefon aus der Tasche und rief GT an.

»Und?«, fragte der Amerikaner. »Wo bist du?«

Ludwig drückte auf den Kryptoknopf. »Sichere Leitung«, sagte er und stellte sich in einen Hauseingang.

»Okay«, sagte GT. »Und, was gibt es?«

Ludwig Licht, der es nicht gewohnt war, Dinge auszusprechen, die den Lauf der globalen Politik beeinflussen konnten, zögerte einen Augenblick mit der Antwort. Er verwarf einige Formulierungen, ehe er schließlich die passenden Worte fand.

»Es gibt eine kleinere Komplikation.«

Amerikanische Botschaft
Pariser Platz, Berlin-Mitte
Mi., 20. Juli 2011
[12:55 MEZ]

GT saß an seinem Schreibtisch und versetzte das Satellitentelefon in Drehung wie ein Kind, das mit einer umgedrehten Schildkröte spielt. Nach einer Weile langweilte ihn diese Beschäftigung, und er ließ davon ab. Die Sekunden flossen dahin wie amorphe Flüssigkeiten in einer verlassenen Raumstation. Nichts regte sich in dem schallisolierten Raum. Nur die Sekunden in diesem eisigen Vakuum.

Irgendwo tief in Clive Berners Innerem verbarg sich das Selbstbild eines Rebellen. Aber gegen wen wollte er sich jetzt auflehnen? Wer besaß eigentlich unverdienterweise jene Macht, die er so sehr hasste? Er holte tief Luft.

Nein, es ging nicht um Aufruhr, es ging um Erfolg. Wie immer ging es um den Sieg.

Als er aufschaute, fiel sein Blick auf Almond, der vom Alexanderplatz zurückgekehrt war und in der Tür stand.

»Wie ist es gelaufen?«, fragte sein Untergebener nach einer Ewigkeit, in der GT seine Karriere Revue passieren ließ.

»Dieser Scheißkerl«, knurrte GT, »versteckt sich in der syrischen Botschaft.« Er krempelte seine Ärmel hoch, öffnete eine

204

Dose Cola, trank ein paar Schlucke und wischte sich den Schweiß von der Stirn. »Verdammte Scheiße. Wir müssen nachdenken.« Almond ließ sich auf einen Sessel sinken.

»Das wäre es dann also«, meinte er phlegmatisch.

»Von wegen!« GT starrte ihn hasserfüllt an. »Was ist eigentlich mit Ihnen los?«

»Aber was sollen wir tun?«

»Genau«, erwiderte GT. »Genau.« Er trommelte mit den Fingern auf die Rückseite des Satellitentelefons.

»Ist Licht noch vor Ort?«

»Nein. Sobald der Kurier die Botschaft betrat, hat er sich zurückgezogen.«

»Sollten wir nicht jemanden hinschicken?«, schlug Almond hastig vor. »Um herauszufinden, ob der Kurier das Gebäude wieder verlässt? Dann könnten wir …«

»Nein. Einstweilen scheint niemandem aufgefallen zu sein, dass wir ihnen auf der Spur sind. Und was sollen wir mit dem Kurier? Jetzt wissen wir ja, wo sich Gell befindet.«

»Aber der Kurier besitzt vielleicht Informationen, die …« Almond verstummte. Die einzige Information von Wert hatten sie bereits erhalten.

GTs Festnetztelefon klingelte.

»Was?«, fauchte er.

»Botschafter Harriman auf eins«, sagte sein Sekretär.

»Sagen Sie ihm, er soll sich zum Teufel scheren.«

»Sir?«

»Sagen Sie ihm, dass ich zurückrufe.«

Er legte auf.

»Sie glauben doch nicht etwa … dass Harriman sie gewarnt hat?«, fragte GT Almond mit Entsetzen in der Stimme. »Dass er den Dokumenten eine Mitteilung beigelegt hat?«

»Nein. Nein, keinesfalls. Er will diese Sache aus der Welt schaffen.«

GT seufzte. »Das können wir nur hoffen.«

»Davon bin ich überzeugt, Sir. Was hätte er davon, sie zu warnen?«

»Sie haben recht.« Er erhob sich, ging zum Couchtisch und blieb dort stehen. »Ich fühle mich nicht ganz wohl.«

»Licht hat den Auftrag jedenfalls vorbildlich ausgeführt«, meinte Almond vorsichtig.

»Natürlich.« GT warf ihm einen ungnädigen Blick zu. »Haben Sie etwa geglaubt, ich hätte ihn aus reiner Liebe angeheuert?«

Almond presste die Lippen zusammen und schwieg.

»Als Erstes«, fuhr GT fort, »werde ich mich wieder mit dieser verdammten Morris unterhalten. Ich muss herausfinden, was Sache ist. Was führen diese Syrer im Schilde? Man sollte meinen, dass sie zu Hause schon genug Ärger haben.«

»Zweifellos.«

»Rufen Sie Licht an, und sagen Sie ihm, dass er ins Soho House kommen soll. Morris vertraut ihm mehr. Bis dahin müssen wir nachdenken.«

»Nachdenken, Sir?«

»Nichts ist unmöglich, Almond.«

Einige Sekunden verstrichen, während Almond seine Worte verarbeitete.

»Da bin ich mir nicht so sicher, Sir. Vielleicht sollten wir ja über die üblichen Kanäle einen Kontakt herstellen? Eventuell könnte das Außenministerium mit dem syrischen Botschafter in Washington sprechen und sich erkundigen, was eigentlich los ist?«

»Gehen Sie eigentlich ins Sonnenstudio?«, fragte GT und warf seinem Untergebenen einen langen, kühlen Blick zu. »Sie sind das ganze Jahr über braun wie ein Ziegelstein.«

Almond ließ sich nicht beirren. »Ja, das stimmt − das ist wegen meiner Neurodermitis. Aber, Sir … mit Verlaub. Das sind doch sensationelle Neuigkeiten. Sollten wir nicht Langley mitteilen, dass die Syrer Gell beschützen? Und dem FBI von unseren

Erkenntnissen über die Morde in Marokko berichten? Das ist doch deren Angelegenheit?«

GT drehte eine Runde um die Sitzgruppe und baute sich dann hinter Almonds Sessel auf. »Ich will Ihnen jetzt mal einen sehr guten Rat erteilen«, sagte er mit tiefer und leiser Stimme. »Wenn Sie in Organisationen wie diesen nach oben kommen möchten, dann können Sie nicht bei jedem kleinsten Problem gleich zu Mama rennen. Sie rufen Mama an, wenn das Problem *gelöst* ist. Wenn es wirklich etwas zu berichten gibt.«

»Ich verstehe«, sagte Almond und starrte ins Leere.

»Aber es schadet natürlich auch nicht«, sagte GT und ging um den Sessel herum, »Erkundigungen einzuziehen. Aber das müssen wir schon selbst erledigen, indem wir mit unseren eigenen Informanten sprechen. Ich würde gerne den Exilsyrer treffen. Wie hieß er noch gleich? Gemayel! Und zwar heute Abend.«

»Falls der überhaupt was weiß«, meinte Almond. Er fuhr sich hektisch mit der Zungenspitze über die Lippen, als wäre er vom Austrocknen bedroht.

GT beendete seinen Spaziergang und nahm gegenüber von Almond auf der Couch Platz. »Wer weiß, vielleicht kann er sich ja ausnahmsweise einmal nützlich machen.«

»Was meinen Sie damit?«

Erneut starrten sie sich ungemütlich lange an. Wieder einmal hatte GT das Gefühl, dass er nicht weiterkam und dass ihm die Situation entglitt. Das Schlimmste war, dass das Vertrauen seiner Untergebenen mit jeder Minute abnahm.

»Ich weiß nicht so genau«, meinte GT und strich sich über das Kinn. »Das sehen wir dann. Ich muss, wie gesagt, nachdenken. Kümmern Sie sich einfach drum.«

Almond nickte und erhob sich. »Natürlich, Sir. Übrigens habe ich in Sachen Operation CO weitergeforscht.«

»Und?«

»Ich konnte nichts Interessantes entdecken. Mit Ausnahme der

Zusammenfassung eines Vortrags, den unsere Europachefin vor einigen Jahren beim MI6 in London gehalten hat.«

»Fran Bowden?«

»Ja.«

»Aber ich habe sie in Brüssel darauf angesprochen.«

Almond nickte teilnahmsvoll, als wollte er seinem Chef eine Blamage ersparen. »Sie hat die Sache auch nur am Rande erwähnt, als sie erklärte, zukünftige Einsätze müssten aus der Operation Controlled Outlet ihre Lehren ziehen.«

GT zuckte mit den Achseln. »Das war alles?«

»Mir ist der Gedanke gekommen«, fuhr Almond fort, »dass wir nicht die Einzigen sind, die eine derartige Operation laufen haben. Der Name könnte ja darauf schließen lassen, dass es Leute gibt, die undichte Stellen aufspüren und den Informationsfluss stoppen.«

GT nickte nachdenklich. Den Informationsfluss stoppen …

»Dann ist es umso dringlicher, dass wir die Ersten sind«, meinte er nach einigen Sekunden. »Rufen Sie Licht an. Wir fahren in fünfzehn Minuten zu Morris. Und organisieren Sie ein Treffen mit Gemayel.«

Almond wollte etwas erwidern, aber da klopfte es. Johnson trat ein.

»BBC News«, sagte er und griff zur Fernbedienung. »Auf welchem Kanal?«

»Zwölf«, antwortete GT.

»… *unterlag bislang aus ermittlungstechnischen Gründen der Geheimhaltung. Die Veröffentlichung dieser Information durch die Behörden deutet darauf hin, dass die Ermittlungen ins Stocken geraten sind.*«

Die Kamera schwenkte von einem Hoteldach aus über die Medina von Marrakesch. Menschengewimmel auf einem großen Platz. Markttreiben. Ein Schlangenbeschwörer.

»*Die Ermordung westlicher Touristen in Marokko ist ein außergewöhnliches Ereignis, insbesondere in der Stadt Marrakesch, die das Schaufenster und die große Touristenattraktion des Landes darstellt. Dies könnte mit ein*

Grund sein, weshalb der Mord an den drei Amerikanern bislang verschwie-
gen wurde. Wir bringen weitere Informationen, sobald …«

Johnson schaltete den Fernseher ab.

»Nichts über Hydraleaks«, sagte er. »Einstweilen jedenfalls.«

GT wandte sich Almond zu und sagte mit unnötiger Schadenfreude: »Da sehen Sie, die Zeit läuft.«

Almond schaute an die Decke. »Oder ist bereits abgelaufen.«

Johnson versuchte mit dem Umstand klarzukommen, dass er von
den anderen nicht eingeweiht wurde.

»Kümmern Sie sich bitte um die Dinge, die wir besprochen haben«, sagte GT zu Almond und warf die beiden raus.

Dann war er wieder allein. Er ertappte sich dabei, dass er sich
nach einem Gespräch mit Ludwig sehnte. Almond, Johnson und
die anderen – alles nur Arschkriecher, die nichts als ihre Karriere
im Blick hatten. Licht war der Einzige, der etwas taugte. Mit ihm
hätte man eine Bank überfallen können.

Dieser Gedanke erschütterte ihn. Banken überfallen, was für
eine seltsame Assoziation! Welchen Grund hätte er, alles aufs Spiel
zu setzen? Warum erwog er überhaupt, die Aktion einzuleiten,
die unerbittlich in seinem Kopf Gestalt annahm? Das Risiko war
enorm. Der reine Wahnsinn.

Aber die Antwort lag auf der Hand. Er hatte nichts zu verlieren.
Null. Und er konnte sogar das eine oder andere gewinnen. Denn
er musste dringend darüber nachdenken, wie er Martha und sich
selbst die nächsten fünf bis zehn Jahre über die Runden bringen
konnte. Er würde im privaten Sektor anheuern. Doppelte Bezüge,
dreimal so hohe Rentenansprüche. GT war nicht mehr wählerisch.
Es musste nicht unbedingt eine hochseriöse Beraterfirma in Washington, Boston oder Chicago sein. Er konnte sich zur Not auch
einen Vorstoß bei einem Söldnerunternehmen vorstellen. London,
Pretoria, schlimmstenfalls Beirut. Stellen gab es genug: Kunden-
pflege, operative Planung, Vermittlungsaufträge … Derartige Firmen kümmerte es nicht, ob man über die Stränge geschlagen oder

eine Bruchlandung verschuldet hatte. Solange man zeigen konnte, dass man leistungsorientiert, zielbewusst und rücksichtslos war. *Clive Berner? Hat der nicht unlängst in Berlin einen regelrechten Weltkrieg ausgelöst? Ruf ihn an und lade ihn zu einem Gespräch ein. Er wirkt weitaus interessanter als die üblichen abgehalfterten Analysten, die sich sonst auf unsere Bürojobs bewerben …*

Die Zeit der Wunder war möglicherweise noch nicht vorbei: Vielleicht würde ihn Bowden doch noch retten, wenn er ein bisschen Initiative zeigte. Natürlich nur, wenn seine Initiative von Erfolg gekrönt war. Vielleicht. Vielleicht auch nicht. Vielleicht brauchte er auch nur einen letzten Adrenalintrip.

Als Erstes musste er wohl oder übel den Botschafter anrufen. Er erhob sich von der Couch und zwang sich an seinen Schreibtisch, als wäre es ein Zahnarztstuhl.

»Hallo«, sagte Harriman mit belegter Stimme. »Ich wollte mich nur erkundigen … ob sich alles geklärt hat.«

»Durchaus.« GT schaltete den Lautsprecher ein, krempelte die Ärmel runter und zog sein Jackett an. »Alles läuft bestens.«

»Das Wichtigste ist natürlich, dass niemand zu Schaden kommt«, hörte GT den Botschafter zu seinem großen Erstaunen plötzlich sagen.

Auf bestimmte Plattitüden gab es keine passende Antwort.

»Nun denn«, fuhr Harriman fort. »Viel Glück.«

Aber der Berliner CIA-Chef hatte seinen Schreibtisch bereits verlassen.

Soho House, Berlin-Mitte
Mi., 20. Juli 2011
[14:20 MEZ]

Das Versailles-Parkett in Fayes Suite im Soho House war hervorragend restauriert. Man hatte ein Vermögen darauf verwendet, dem Haus seinen alten Glanz zurückzugeben. Ludwig konnte sich nicht erinnern, dass es das Parkett damals schon gegeben hatte, als das Parteiarchiv hier einquartiert gewesen war. Vielleicht war es unter einer Schicht Linoleum verborgen gewesen, vielleicht hatte er sich aber nur nicht in diesem Stockwerk aufgehalten.

Das Bett war groß genug für drei. Eine perlmuttfarbene Badewanne mit schwarzem Rand und lächerlichen Löwenfüßen stand wie eine Trophäe aus dem Deutsch-Französischen Krieg mitten im Raum. Außerdem gab es ein prächtiges rotes Plüschsofa mit lachsrosa, tamburinförmigen Kissen. Vor den sechs hohen Fenstern hingen dünne Gardinen. Vor einem kleinen, geschwungenen Toilettentisch stand ein mintgrüner gepolsterter Hocker. Die Suite wäre einer erstklassigen Diktatorengattin würdig gewesen.

Faye trug einen schwarzen Seidenpyjama. Sie saß auf einem gestreiften Sessel im rechten Winkel zur Couch, ihre nackten Füße ruhten auf der grünen Marmortischplatte. Ludwig musste bei diesem bizarren Anblick lächeln. Es fehlte nur noch eine Angorakatze auf der Armstütze.

»Sie scheinen ja gut drauf zu sein«, bemerkte Faye düster, als er auf dem Sofa Platz nahm.

»Wie geht es Ihnen?«

»Ich habe mich wahnsinnig gelangweilt. Lange halte ich das nicht mehr aus.«

Ludwig nickte und strich mit der Hand über den Plüsch. »Das tut mir leid.«

Er wünschte sich, dass GT endlich auftauchte. Es fiel ihm schwer, unter vier Augen die richtigen Worte zu finden, vor allem da er nicht wusste, wie sich die Sache entwickeln würde.

»Aber je mehr Sie erzählen, desto rascher …«

»Meine Güte.« Faye schloss die Augen und lehnte den Kopf zurück. »Ich hatte vergessen, was für ein Apparatschik Sie doch sind.«

Ludwig verzog ungnädig das Gesicht

»Wie Sie meinen«, sagte er nur.

Faye seufzte. »Und wie geht es Ihnen?«

»Teils, teils, würde ich sagen.« Er beugte sich ein wenig vor. »Warum haben Sie mir nicht erzählt, dass er sich in einer Botschaft versteckt, verdammt noch mal?«

Sie warf ihm einen unergründlichen Blick zu. Er drückte gleichermaßen Wut und Ergebenheit aus, als hätte Ludwig ihre Ehre infrage gestellt, obwohl er sie zur Lüge gezwungen hatte. »Ich war mir nicht sicher.«

»Sie hätten die Syrer zumindest erwähnen können.«

»Stimmt.«

Es klopfte fünf Mal an der Tür. GT trat ein. Jeglicher Charme, den der Amerikaner eventuell aufbieten konnte, war wie weggeblasen. Ludwig hatte ihn noch nie so blass gesehen. Er wirkte unglaublich *alt*. Aber er bewegte sich rasch.

Der fette Mann ging direkt auf das Sofa zu. Dort nahm er Platz und schwieg.

Faye griff zu einer Nagelfeile und widmete sich ihren Fingernägeln.

212

Im Raum schien der Sauerstoff plötzlich knapp zu werden.

Ludwig brach das Schweigen. »Was hat Gell bei den Syrern zu suchen?«

»Ein Oberst des syrischen Muchabarat ist vor zwei Jahren an uns herangetreten«, antwortete Faye und legte endlich die Nagelfeile beiseite. »Nachdem wir eine anonyme Schenkung von mehreren hunderttausend Euro erhalten hatten. Lucien hat sich mit ihm getroffen.«

Muchabarat war die gängige Bezeichnung für die Geheimpolizei und die Nachrichtendienste der arabischen, nicht-islamischen Diktaturen, beispielsweise in Ägypten unter Hosni Mubarak, im Irak unter Saddam Hussein und in Syrien unter Baschar al-Assad.

»Wo haben sie sich getroffen?«, fragte Ludwig.

»Im Libanon.« Faye schluckte. »Und dann ging es richtig los. Wir bekamen noch mehr Geld, und Lucien … er war ihnen vollkommen ausgeliefert. Er hat sich damit gerechtfertigt, dass man zum Überleben Bündnisse eingehen müsse – unsere Feinde seien viel zu mächtig, als dass wir Freundschaften ausschlagen könnten.«

»Und um was für Freunde handelt es sich genau?«, erwiderte Ludwig ungnädig. »Eine Abteilung des Muchabarat? Wer sind die Drahtzieher?«

»Ich weiß es nicht. Sie haben viel Geld.«

GT mischte sich in die Unterhaltung ein. »Und hier gefällt es Ihnen, Miss Morris? Alles zur Zufriedenheit? Wie ist der Service?«

»Alles bestens. Danke der Nachfrage«, erwiderte Faye.

»Das Geld stammt sicherlich aus dem Iran«, fuhr Ludwig fort. »Vielleicht ist nicht einmal das Regime in Damaskus informiert. Was wissen Sie über diesen Oberst? Könnte er seine Weisungen direkt von den Revolutionsgardisten in Teheran empfangen?«

Faye zuckte mit den Achseln. »Ich weiß, dass Lucien ihn respektiert. Das ist sehr ungewöhnlich.«

»Und das war der Grund für … die innere Spaltung von Hydraleaks?«, wollte Ludwig wissen.

»Ja.«

GT saß schweigend da und dachte nach.

»Und wie heißt er, dieser Oberst?«, fragte Ludwig.

Faye überlegte. »Ich weiß es nicht.«

»Sie wissen es nicht, oder Sie erinnern sich nicht?«, hakte GT nach.

»Ich weiß es nicht, sage ich doch!« Sie schlang die Arme um ihre knochigen Knie und kauerte sich in ihrem Sessel zusammen. »Das Schlimmste war nicht einmal, dass wir Geld von diesen Leuten angenommen haben, von Vertretern eines kryptofaschistischen Polizeistaates. Nein, das Schlimmste war, dass Lucien angefangen hat, sich nach ihren ›Ratschlägen‹, wie er es nannte, zu richten, also nach ihren Anweisungen.«

Ludwig kratzte sich im Nacken und dachte laut nach. »Was die Syrer damit bezwecken, ist sicher nicht nur, eine Gruppe zu unterstützen, die ihren amerikanischen Feinden schadet. Sie wollen außerdem den Informationsfluss kontrollieren … um Nachrichten zu unterdrücken, die ihre eigenen Aktionen betreffen.«

»Kontrolle des Informationsflusses«, murmelte GT und starrte an die Decke.

»Ja«, meinte Ludwig und sah ihn an. »Genau. Kontrolle des Informationsflusses.«

Faye nahm ihre Füße vom Tisch und schlug die Beine übereinander. »Lucien brachte immer mehr Verständnis für ihre Ansichten auf. Das war ein Schock für mich. Ich hätte nie gedacht, dass er … so schwach sein könnte.«

»Wann ist Gell in die Botschaft gezogen?«, wollte Ludwig wissen.

Faye sah ihn an und sagte: »Das weiß ich nicht. Vermutlich als ihn die deutschen Behörden der Steuerhinterziehung bezichtigt haben.«

»Und wo hat er sich vorher aufgehalten?«

»Hier in der Stadt. In verschiedenen Wohnungen, die unter anderen Namen angemietet worden waren.«

»Es gab keine Kommandozentrale?«, fragte Ludwig. »Das kommt mir merkwürdig vor.«

Wie auswendig gelernt dozierte Faye: »In einem Guerillakrieg ahnt der überlegenere Part meist nicht, mit wie geringen Mitteln der Aufruhr fortgesetzt werden kann.«

»Wo haben Sie das her?«, fragte Ludwig erstaunt. »Aus einem RAF-Pamphlet über die Stadtguerilla?«

»Von Lucien Gell.« Faye seufzte. »Ich kenne ihn in- und auswendig.«

Alle schwiegen. Ludwig wartete darauf, dass GT die Unterhaltung fortsetzte, aber dieser schien in Gedanken ganz woanders zu sein.

»Hat Gell die Morde an den Amerikanern in Marrakesch angeordnet?«, fragte Ludwig schließlich. »Oder trägt der Muchabarat die Verantwortung?«

»Spielt das eine Rolle?«, fragte Faye mit verzerrtem Gesicht. »Er hat sich ihnen ausgeliefert! Letztendlich trägt er die Verantwortung.«

GT lehnte sich vor. »Natürlich hat der Muchabarat die eigentliche Operation durchgeführt«, sagte er leise. »Gell ist einfach ein feiges Subjekt. Wir werden ihn erwischen.«

Der Amerikaner klang, als schwöre er einen heiligen Eid. Die Dringlichkeit seiner Worte schien Faye zu beeindrucken, allerdings nicht ganz so wie beabsichtigt.

»Und was bringt das Ihrer Meinung nach?«, fragte sie wütend.

GT antwortete mit bedeutend kühlerer Stimme. »Erzählen Sie uns endlich, wo diese Liste ist, Miss Morris.«

»Haben Sie die Papiere dabei? Die meine Immunität garantieren?«

»Eins nach dem anderen. Jetzt sind also die Syrer im Besitz dieser Liste, stimmt das? Und was noch? Haben Sie irgendwelche größeren Enthüllungen vor? Was wissen die, was wir nicht wissen?«

»Es würde mich erstaunen, wenn Lucien ihnen irgendetwas anvertraut hätte. Er ist … in diesen Dingen sehr gründlich. Ich bin mir ziemlich sicher, dass ich die einzige Kopie besitze.«

»Ziemlich sicher«, schnaubte GT. »Dass ich nicht lache. Ziemlich sicher.«

»Meine Immunität? Was ist mit meiner Immunität?«

»Dass Sie das immer noch nicht begriffen haben.« GT lächelte sie frostig an und beugte sich so weit vor, dass sich ihre Nasenspitzen beinahe berührten. »Erst wenn Sie mich erlöst haben, Miss Morris, erst wenn Sie mich dazu gebracht haben, Sie zu lieben, bekommen Sie diese Papiere. Und noch haben Sie meine Gefühle nicht im erforderlichen Ausmaß geweckt. Her mit der Liste, dann regt sich vielleicht etwas in meinem zarten Inneren.«

Fassungslos sah Ludwig mit an, wie GT alles vermasselte. Seit sie die Syrer als gemeinsamen Feind ausgemacht hatten, musste es doch darum gehen, den vorhandenen Zusammenhalt zu wahren und Faye nicht etwa mit neuen Drohungen zu kommen, die ihr womöglich GTs eigentliches Motiv in Erinnerung riefen. Ludwig selbst hätte die Lage viel besser gemeistert, davon war er überzeugt.

»Immer mit der Ruhe«, meinte er leise. »Wir wissen alle, wer der wirkliche Feind ist. Dieses Problem lässt sich also lösen.«

Aber Faye und GT waren in ihrem kleinen amerikanischen Konflikt gefangen. In ihren Blicken erstarrte die Zeit, während sie sich innerlich gegenseitig in Stücke rissen.

»Sie bekommen, was Sie wollen«, sagte Faye unendlich langsam, »wenn ich bekomme, was ich will.«

Wütend erhob sich GT und trat an eines der Fenster.

»Meine Geduld mit den Landesverrätern ist fast am Ende«, sagte er und befühlte die Seidengardine.

Faye sah ihn nicht an, sondern saß nur wie festgefroren da und biss sich in die Wange.

GT drehte sich um. »Unfassbar, was den armen Entwicklungshelfern heutzutage alles zustößt«, sagte er mit kalter, beherrschter

Stimme. »Insbesondere den Frauen. Mehrfach vergewaltigt und
verstümmelt liegen sie herum, man muss nur irgendwo in Afghanistan, am Horn von Afrika oder in Kolumbien einen Spaten in
die erstbeste Grube stoßen … Solche Ereignisse schaffen es kaum
noch in die Nachrichten. Eine entsetzliche Entwicklung.«

Er warf ein Auge auf Ludwig Licht, der rasch seinen Blick auf
den senffarbenen Perserteppich senkte.

»Ich bin weder Landesverräterin noch Entwicklungshelferin«,
erwiderte Faye entrüstet.

Sie schien nicht die geringste Angst zu haben. Ludwig beneidete sie.

»Wie würden Sie Ihr Vorgehen denn beschreiben, Miss Morris?«, stieß GT zwischen den Zähnen hervor.

»Als Sanierung.«

In GTs Gesicht zuckte es, und bei Ludwig begannen die Alarm-
glocken zu schrillen.

»Sanierung?«, wiederholte der Amerikaner mit größter Selbstbeherrschung.

»Ja. Ich räume auf, nachdem diese ganzen gemästeten Schweine
mein Land zerstört haben.«

Da riss dem Stationschef die Geduld. Er stürzte sich so heftig auf
sie, dass ihr Sessel nach hinten krachte. Blitzschnell hatte er sie an
der Gurgel gepackt und knurrte ihr irgendwas Unverständliches
ins Ohr. Wer hätte gedacht, dass er so schnell, so hasserfüllt und so
gewalttätig sein konnte.

Ludwig wartete einige Sekunden ab, bevor er sich erhob und den
Dicken am Jackett packte. Doch es brachte nichts, daran zu ziehen,
außer dass der Stoff zu reißen drohte.

»Jetzt ist es genug, verdammt noch mal«, sagte Ludwig, griff seinem Chef ins Haar und zerrte kräftig daran.

GT brüllte auf und ließ Faye los. Eine knappe Sekunde später
hielt Faye die Pistole des Amerikaners in der Hand.

Alle Bewegungen erstarrten. Dann drückte Faye dem Amerikaner langsam die Mündung zwischen die Augen und entsicherte die Pistole.

GT atmete angestrengt. Faye war hochrot im Gesicht und rang nach Luft. Sie fixierte ihren Qualgeist mit dem Blick und schien erst wieder Atem holen zu wollen, wenn sie ihn erledigt hatte.

In einem Paralleluniversum zog Ludwig seine Pistole und beendete die Krise mit zwei raschen Schüssen in die Stirn der Frau. Aber nicht hier. Für die Unterdrückung des Impulses, die Bedrohung unschädlich zu machen, musste er seine gesamte Selbstdisziplin aufbieten.

»Weg mit dir«, zischte er GT zu und versetzte ihm einen Stoß gegen die Schulter.

Der Amerikaner trat langsam den Rückzug an.

»Faye«, sagte Ludwig.

Diese zielte immer noch auf GT. »Regt sich jetzt was in Ihrem fetten Inneren?«, sagte sie heiser. »Spüren Sie die Liebe?«

GT gewann seine Fassung zurück. Er nickte. »Etwas spüre ich.«

Vorsichtig streckte Ludwig die Hand aus und legte sie auf die Pistole. »Die nehme ich jetzt an mich«, sagte er, ohne an der Waffe zu ziehen.

Faye schaute hoch. »Wenn er mich noch einmal anfasst, töte ich ihn.«

Ludwig nickte schweigend und blickte in ihre grünen Augen.

Er war ihr wohlgesonnen. Er wollte, dass sie überlebte, dass sie … weitermachte. Er konnte nur hoffen, dass sie das auch spürte.

Nur noch ein paar Sekunden.

Faye gestattete ihm, ihr die Waffe abzunehmen. Er sicherte sie und schob sie in die Brusttasche seines Jacketts. GT forderte sie klugerweise nicht zurück.

»Nächstes Mal bringe ich die Papiere mit«, erklärte der Amerikaner atemlos. »Und dann sagen Sie mir, wo Sie die Liste haben.«

»Nur wenn er dabei ist.« Faye deutete auf Ludwig und schob sich eine Haarsträhne aus dem Gesicht.

GT warf Ludwig einen langen Blick zu. »Abgemacht, Miss Morris.«

*

Ein Page in schwarzer Uniform wartete im Fahrstuhl, als Ludwig und GT um die Ecke bogen.

»Raus mit Ihnen«, sagte GT.

Der junge Mann warf Ludwig einen nervösen Blick zu und verließ dann den Lift.

Auf dem Weg nach unten reichte Ludwig GT die Pistole. Wortlos nahm er sie in Empfang.

»Mir ist nicht viel anderes übrig geblieben, Clive.«

GT schwieg noch immer.

Die Situation war ihnen vertraut. Schon ihre erste Begegnung 1989 hatte in einem Aufzug stattgefunden. Damals hatten sie bereits seit guten fünf Jahren Kontakt gehabt. Einseitig natürlich. GT war via Mittelsmänner für Ludwig verantwortlich gewesen und hatte die von Ludwig kopierten Dokumente und seine Berichte gelesen.

In den Tagen vor und nach dem Fall der Mauer hatte Ludwig jeden Abend den »Briefkasten«, einen Mülleimer am Kollwitzplatz in Prenzlauer Berg, aufgesucht, obwohl das gegen die gewohnten Abläufe verstieß. Er war damals vierunddreißig gewesen und hatte plötzlich keine Aufgabe mehr gehabt. Die Stasi löste sich auf. Ludwig musste sich darauf gefasst machen, in unzähligen Prozessen auszusagen und eventuell selbst angeklagt zu werden. Angeklagt! Seine Heldentaten der vergangenen Jahre mussten natürlich geheim bleiben – oder doch nicht? Nicht einmal darüber wusste er Bescheid. Konnten ihm die Amerikaner helfen und ihm irgendein Zeugnis für die westdeutschen Behörden ausstellen?

Eines Abends lag in der Mülltonne ein Hotelprospekt, auf den zwei Daten gekritzelt waren, die eine Zeitspanne von drei Tagen umfassten. Drei Tage verbrachte Ludwig damit, in dem Hotel zu warten. Dann stand plötzlich eines Morgens GT im Fahrstuhl. Mit neuen Aufgaben. Die DDR lag in den letzten Zuckungen. Ein ganzes Land würde bald mit der Bundesrepublik verschmelzen wie wertloses Metall, das den Münzbestand strecken sollte. Aber die Archive waren noch vorhanden.

Die CIA hatte erfahren, dass die Übergangsregierung beabsichtigte, der Öffentlichkeit Einblick in die Stasi-Akten zu gewähren. Diese enthielten allerhand brisante Informationen, beispielsweise Stasi-Ermittlungen über Maulwürfe und Doppelagenten, die bis zur Ministerebene hinaufreichten. Und nicht alle Mutmaßungen waren aus der Luft gegriffen. Ludwig hatte immer noch Zutritt zum Archiv, denn alles befand sich in einem bürokratischen Schwebezustand. Im Laufe zweier Monate raffte Ludwig gemäß GTs Anweisungen unzählige Akten zusammen. Das war nicht weiter schwer, denn die Hälfte seiner Kollegen war panisch damit beschäftigt, vor dem Ende noch möglichst viele Dokumente zu zerstören.

Ludwig war systematisch vorgegangen. Er hatte weder Mikrofilme noch Abschriften oder Kopien angefertigt, sondern einfach die Originalakten an die Amerikaner weitergegeben. Und zwar gerade noch rechtzeitig. Am 15. Januar 1990 stürmten Demonstranten seinen Arbeitsplatz. GTs Leute hatten ihn vorgewarnt, und so verbrachte Ludwig den Tag und Abend in verschiedenen Kinos in Westberlin.

Seine Frau hingegen nahm an der Stürmung teil. Angeblich mit einer Eisenstange bewaffnet. Sie, ihr Freund, der Pfarrer und eine Eisenstange.

Die Ehe hatte den Fall der Mauer nicht überlebt. Diese war die tragende Wand gewesen. Ludwig hatte ihr im Übrigen nie erzählt, dass er all die Jahre auf ihrer Seite gewesen war.

Die Amerikaner zahlten ihm eine Art Überbrückungsgeld, und er kaufte sich eine Wohnung und die beiden Lokale. Keine deutsche Behörde meldete sich bei ihm. Alle waren damit beschäftigt, die Vergangenheit unter den Teppich zu kehren.

Und jetzt? Immer noch dasselbe ewige Großreinemachen. Immer noch dieselbe panische Zwielichtigkeit.

Dieselben sinnlosen Aufträge.

Als sich die Fahrstuhltüren öffneten, sagte Ludwig: »Es tut mir …«

»Wage nicht, dich zu entschuldigen.«

Ludwig wusste nicht, wie er das deuten sollte.

»Wie geht es dir eigentlich?«, fragte er, während er dem Amerikaner auf dem dunklen Marmorboden hinterhereilte. »Hast du genug geschlafen?«

GT blieb stehen. Von zwei dunkelgrünen Ledersesseln am Eingang aus verfolgten seine beiden Gorillas in Anzug das Geschehen interessiert.

»Bin ich wirklich der Einzige«, stieß er zwischen den Zähnen hervor, »der noch ein Gewissen hat?«

Ludwig stutzte. »Nein«, erwiderte er zögernd.

»Dann stehen wir also auf derselben Seite?«

»Natürlich.«

GT sah ihn forschend an. Dann schien seine Stimmung umzuschlagen, und er rief: »Da oben ist ja alles prima gelaufen, finde ich. Dieses Good-Cop-Bad-Cop-Spiel hat tatsächlich funktioniert.«

Ludwig fiel angesichts dieses ausgesprochen lächerlichen Versuchs, das Gesicht zu wahren, keine vernünftige Antwort ein.

»Ich bin auf dem Weg zu einer schwierigen Verhandlung«, sagte GT und legte Ludwig einen Arm um die Schultern. »Könntest du mich vielleicht hinfahren?«

»Hast du wirklich vor, ihr diese Immunität zu verschaffen?«, fragte Ludwig und trat einen Schritt zurück. Irgendwann musste diese Frage schließlich gestellt werden, warum also nicht jetzt, wo sein Chef so labil wirkte.

»Das hängt vom Justizministerium und den Bullen ab und nicht von mir.« GT warf einen Blick Richtung Rezeption, als wäre sie ein magisches Tor zum FBI-Hauptquartier.

»Hast du mit ihnen geredet?«

»Nein, nicht direkt.«

Ludwig sah ihn verzweifelt an.

»Alles hängt ja davon ab, was der Zugriff auf Gell ergibt«, meinte GT leise. »Ich gehe davon aus, dass er ebenfalls im Besitz dieser Liste ist. Dann verliert die Abmachung mit Morris gewissermaßen … an Bedeutung.«

»Mein Gott«, sagte Ludwig angewidert und schüttelte den Kopf. »Und wie sollen wir deiner Meinung nach Gell erwischen?«

Sie traten auf die Straße. Eine gelbe Straßenbahn fuhr quietschend vorbei. Zwei Ballons, die für die Berliner Volksbank warben, schienen am grauen Himmel hängen geblieben zu sein. Ein Trupp Crusties in verwaschenen schwarzen T-Shirts belästigte shoppende Touristen, indem sie ihre Schäferhunde zu lautem Gebell aufstachelten. Dann brach ein Streifen Sonne durch die kompakten Wolken.

»Dies ist Deutschland«, sagte GT mit dem seligen Lächeln eines soeben aus der Psychiatrie entlassenen Patienten. »Der Schmelztiegel. Das Land der ungeahnten Möglichkeiten.«

Treptower Park, Berlin-Treptow
Mi., 20. Juli 2011
[16:15 MEZ]

Zwanzig Minuten später waren sie da. Ludwig parkte seinen Range Rover unweit des kleinen Triumphbogens an der Westseite des Treptower Parks. GT stieg aus und reckte sich. Der Himmel hatte sich weiter verdunkelt, aber es regnete immer noch nicht. Das Laub der großen Eichen und Buchen rauschte im Wind.

»Wir sind spät dran«, sagte GT.

Ludwig vergewisserte sich, dass er die Scheinwerfer ausgeschaltet und das Auto abgeschlossen hatte. »Soll ich in einiger Entfernung warten oder am Gespräch teilnehmen?«, fragte er, während er GT folgte.

»Du solltest dabei sein. Schließlich wirst du die Operation leiten.«

Ludwig blieb stehen. »Welche Operation?«

Zwei Parkarbeiter, die beide schon viel zu alt für ihren Job waren, fuhren auf Mopeds vorbei. »Das besprechen wir später«, sagte GT. »Komm jetzt.«

Anfänglich wirkte der Park recht unspektakulär. Einen unvorbereiteten Besucher jedoch konnte die kriegsverherrlichende Monumentalarchitektur der Gedenkstätte durchaus in einen Schockzustand versetzen: eine Art olympische Arena, die so aussah, als hätten Speer, Tolkien und Orwell sie gemeinsam ausgeheckt.

Der Kontrast zwischen dem waldähnlichen Park und den Freiflächen, die sich vor ihnen auftaten, war augenfällig. Eine großzügige Allee führte auf zwei futuristische, rote Granittürme zu – der Stein stammte aus Hitlers ausgebombter Reichskanzlei. Die zehn Meter hohen, mit Hammer und Sichel verzierten Türme glichen zwei sowjetischen Fahnen, die sich in Adler verwandelt hatten und mit gesenktem Kopf gelandet waren. Zwei Plastiken stellten sowjetische Soldaten dar, die mit ehrfürchtig gesenktem Kopf unter den gigantischen Türmen knieten. Auf diesem Friedhof ruhten fünftausend Soldaten aus dem gewaltigen Sowjetreich, das siebenundzwanzig Millionen Menschen im Kampf gegen Männer wie Ludwigs Vater verloren hatte.

Er blieb stehen. GT holte ihn ein.

»Mein Vater war in Kriegsgefangenschaft in Sibirien«, sagte Ludwig. »Wusstest du das?«

»Ja«, sagte GT und sah dabei fast ein wenig schuldbewusst aus, als wäre es ihm peinlich, den Hintergrund seines Gesprächspartners recherchiert zu haben.

»Die Russen haben ihn erst 1953 freigelassen. Meine Mutter hatte seit 1942 auf ihn gewartet.«

GT stieß einen Pfiff aus. »Elf Jahre. Damals hatte man noch ganz andere Perspektiven.«

»Sie haben kaum ein Wort miteinander gewechselt, aber sie haben mich gezeugt. Dazu waren sie … immerhin fähig.«

»In der Regel ist das nicht so schwer.«

Ludwig zuckte mit den Achseln.

»Der alte Haudegen ist an einer Lungenentzündung gestorben, als hätte er nichts mehr verkraften können. Vielleicht war das ja auch so. Wer weiß, wie viele Leben er schon verbraucht hatte.«

Die Fantasien, was sein Vater erlebt haben mochte, hatten bei Ludwig längst jede konkrete Erinnerung an ihn verdrängt. Ostfront. Rote Flammen vor eisengrauem Abendhimmel, Silhouetten auf der Flucht.

»Mein Vater konnte einiges wegstecken«, meinte GT versonnen. »Er hat ein ganzes Leben gebraucht, um sich zu Tode zu saufen.«

Ludwig ließ sich nicht von seinem Thema abbringen. »Als Heranwachsender war ich absolut sicher, dass mein Vater überzeugter Nazi gewesen war. Jetzt fällt mir plötzlich auf, dass ich ihn ja hätte fragen können. Ich denke da an meinen eigenen Sohn. Sollte ich ihm erzählen, dass ich seinerzeit … zum Widerstand gehört habe?«

»Natürlich.«

»Ach, wirklich? Und warum? Er ist ein guter Junge. Vielleicht, weil er denkt, sein Vater sei ein Schwein. Das muss ihn geprägt haben. Was bringt es, ihm alles zu erzählen? Was für ein *Recht* habe ich, das zu tun?«

»Wenn man Kinder bekommt, gelangt man offenbar zu der überwältigenden Erkenntnis«, meinte GT, »dass man nicht mehr der wichtigste Mensch auf dem Planeten ist.«

Ludwig nickte. Auf den Steinen mit den deutschen Inschriften war ebenso viel Vogeldreck wie auf denen mit den kyrillischen. Ein kleiner Stein bettelte förmlich darum, beiseitegetreten zu werden.

»Ich bin ja nie zu dieser Erkenntnis gelangt«, fuhr der Amerikaner fort. »Aber sie ist irgendwie nachvollziehbar, und so gesehen hat man an ihr teil. Aber nur indirekt. Nur als Prinzip.«

»Auch egal«, murmelte Ludwig und fuhr sich mit beiden Händen durchs Haar. »Was hat Grübeln schon für einen Sinn? Bringen wir's hinter uns.«

Zwei Wege führten an zwei riesigen, grün angelaufenen Bronzekränzen vorbei. Auf beiden Seiten standen große Tafeln, die von geschwätzigen Stalin-Zitaten verunziert wurden, in deutscher und russischer Sprache.

In einiger Entfernung ragte eine imposante Statue des Bildhauers Jewgeni Wutschetitsch auf. Ihr Marmorsockel stand auf einem rasenbewachsenen Hügel, auf den eine Treppe führte: ein grimmiger Soldat in zehnfacher Vergrößerung, der ein Hakenkreuz unter seinem Stiefel zertrat und in der einen Hand ein Schwert und auf dem anderen Arm ein deutsches Waisenmädchen trug. Sie machte einen ruhigen und dankbaren Eindruck und klammerte sich an seinem Kragen fest.

»Hier ist es so schön«, sagte Ludwig leise. »So schön und so grauenvoll.«

GT zog die Brauen hoch. »Nicht viele Länder hätten so etwas nach der Befreiung stehen gelassen.«

Erst nach mehreren Sekunden begriff Ludwig, dass er von der Befreiung von den Russen nach dem Mauerfall sprach. »Stimmt. Aber es ist wichtig, diese Dinge zu erhalten. Eine Diktatur war nötig, um eine andere zu besiegen.« Er hielt inne und betrachtete einen der Steine mit den Stalin-Zitaten. »Das hier ist so etwas wie das Denkmal einer erfolgreichen … Chemotherapie.«

Anlässlich verschiedener DDR-Jubiläen war er mindestens fünf Mal in Treptow gewesen. Die Parteibonzen ließen sich gerne vor den Denkmälern der Sieger fotografieren, die für das Brüdervolk wie ein Tritt ins Gesicht waren.

GT und Ludwig erklommen die lange Treppe und gelangten zu einer Tür im weißen Sockel unter der riesigen Statue. Ludwig staunte über GTs schlechte Kondition. Sein Atem klang, als versuchte er einen Lastwagen beiseitezuwuchten. Niemand wäre auf den Gedanken gekommen, dass der Altersunterschied zwischen ihnen nur sechs Jahre betrug.

Das Gewicht der Statue erfüllte die Besucher des Gedenkraumes in ihrem Sockel mit einer gewissen Unruhe. Es war kalt, die Luft trocken. Im Inneren wartete GTs Kontaktmann Kamal Gemayel wie ein vergessenes Gespenst, ein magerer, bleicher Mann Anfang siebzig mit grau meliertem Bart und kahlem Kopf. Er trug einen dünnen, olivenfarbenen Regenmantel mit Gürtel. Die dunklen Schatten unter seinen Augen ließen darauf schließen, dass er sehr wenig aß und nie länger als eine Stunde am Stück schlief. Dieser Mann, dachte Ludwig unwillkürlich, ist schon so lange im Krieg, dass sich sein Gesichtsausdruck gar nicht mehr verändert. Zwei Arten von Menschen pflegten eine derart reduzierte Mimik aufzuweisen: Dissidenten und Menschen, deren Land schon seit Jahren besetzt war. Ludwigs Zeit bei der Stasi hatte ihn gelehrt, diese Zeichen in Sekundenschnelle zu erfassen. Zum Schluss hatte er sie auch in seinem eigenen Spiegelbild entdeckt.

Man gab sich nicht die Hand. Eine Zeit lang standen sie einfach nur da und betrachteten das sowjetisch-propagandistische Interieur, das sich am besten als futuristischer Barock beschreiben ließ. Ein aufwendig geschmückter roter Stern mit goldener Kante nahm einen großen Teil der Decke ein. Die Besucher wurden von einem Wandgemälde umgeben, das verschiedene Vertreter der ewig muskulösen und unendlich dankbaren sowjetischen Arbeiterklasse darstellte.

»Hunderttausend Dollar«, sagte GT in die Stille. »Diese Summe haben Sie letztes Jahr von uns erhalten. Soweit ich weiß, haben Sie davon fünfzehn Ballons und ein paar Liter Schweineblut gekauft.«

»Das waren die Kurden«, erwiderte Gemayel heiser. Sein Adamsapfel geriet so heftig in Bewegung, als hätte man ihm einen Kleiderbügel in den Rachen gerammt, der sich gerade auf dem Weg nach oben befand.

»Die Kurden?« GT riss ungläubig die Augen auf.

»Die Kurden haben die Botschaft mit Blut beworfen, nicht wir.«

»Wenn ich viel Zeit hätte, würde ich Sie bitten, mir den Unterschied zu erklären«, erwiderte GT trocken.

Etwas im Blick des Syrers sagte Ludwig, dass dieser den Sarkasmus nicht zu schätzen wusste.

»Wir haben das Geld auf bestmögliche Weise investiert«, meinte der Mann ruhig. »Flugblätter, Versammlungen, Koordination … Verstecke für Leute, die sonst zu den Schlächtern in Damaskus zurückgeschickt werden würden.«

»Das mag ja erfreulich sein.« GT strich mit einem Finger über das Wandgemälde. »Aber jetzt ist es an der Zeit, dass Sie etwas für uns tun.«

Gemayel nickte langsam.

»Wie viele Polizisten waren vor Ort?«, fragte GT Ludwig.

»Zehn.« Ludwig dachte nach. »Zehn, maximal zwölf.«

»Und wer ist das?«, erkundigte sich Gemayel und zeigte auf GTs Begleitung.

»Meine rechte Hand in dieser Angelegenheit. Haben Sie Einwände? Stört Sie etwas an ihm?«

Der Syrer schüttelte den Kopf.

»Schön«, meinte GT. »Dann machen wir Folgendes. Heute ist Mittwoch … Sie telefonieren ein wenig herum und sorgen dafür, dass die Demonstranten vor der syrischen Botschaft so schnell wie möglich verschwinden. Könnte es damit Probleme geben?«

»Die tun, was ich sage«, antwortete der Syrer. »Aber wozu soll das gut sein?«

»Bestens«, entgegnete GT. »Dann kündigen Sie auf Ihren Webseiten für übermorgen eine große Demonstration an, direkt nach dem Freitagsgebet. Veröffentlichen Sie auch eine Pressemeldung. Schreiben Sie, dass die bislang größte Demonstration stattfinden wird und dass alle zur Botschaft kommen sollen. Schreiben Sie meinetwegen auch, dass Sie gemeinsam mit den Kurden demonstrieren. Warum nicht. Aber diese Demonstration darf erst am Freitag stattfinden.«

»In Ordnung.« Der Syrer nickte.

GTs Augen funkelten. Der Amerikaner sah aus, als hätte er das große Los gezogen. »Die Berliner Polizei ist es sicher schon lange leid, dass für die Bewachung der Botschaft eine Menge Überstunden veranschlagt werden müssen. Bestenfalls verzichten sie ganz auf die Bewachung und schicken erst wieder am Freitag neue Beamte.«

»Ja. Bestenfalls«, erwiderte Ludwig, dem diese Sache gar nicht geheuer war.

»Und … warum soll die Bewachung weg?«, fragte Gemayel und warf Ludwig einen Blick zu.

»Weil es Ihnen dann morgen leichter fällt, die Botschaft zu stürmen«, sagte GT, als wäre das die selbstverständlichste Sache der Welt.

Die beiden Männer starrten den Amerikaner an – Ludwig überaus skeptisch, Gemayel mit der Erregung eines Kampfhundes.

»Wenn wir das tun«, meinte Gemayel mit Nachdruck, »werde ich für die Sicherheit der Botschaftsangestellten kaum garantieren können.«

GT zuckte mit den Achseln. »Ach, diese Leute von der Baath-Partei? Das ist Ihre Sorge.«

»Sie meinen, wir haben grünes Licht? In jeder Beziehung?«

»Grüner könnte es gar nicht sein.«

»Und das ist alles von ganz oben sanktioniert?«

»Von ganz oben? Nichts ist von ganz oben sanktioniert. Sie haben das grüne Licht von mir. Genügt Ihnen das nicht? Machen Sie, was Sie wollen. Aber sprengen Sie nichts in die Luft, dann könnte es wirklich Ärger geben.«

»Wir sind doch keine Terroristen.« Diese Worte schien Gemayel nicht zum ersten Mal auszusprechen.

»Natürlich nicht. Unterlassen Sie es einfach.«

Ludwig war noch immer schockiert. »Die Botschaft stürmen«, brachte er nur mit Mühe über die Lippen.

»Klar«, sagte GT. »Wir werden das Schwein ausräuchern.«

»Von wem ist die Rede?«, fragte Gemayel nervös. »Wen sollen wir ausräuchern?«

GT machte eine abwehrende Handbewegung. »Das muss Sie nicht kümmern.«

»Entschuldigen Sie uns einen Augenblick«, sagte Ludwig und zog GT nach draußen auf die Treppe.

»Erstens«, sagte Ludwig, als sie allein waren. »Wie ist der Typ da überhaupt reingekommen? Arbeitet er hier im Park?«

GT lächelte. »Ich habe ihm den Schlüssel gegeben.«

»Und wo hast du ihn her?«

»Vom Botschafter. Und der hat ihn vom Bürgermeister.«

Ludwig wusste nicht, wie er die Unterhaltung fortsetzen sollte. Das war einfach zu viel.

»Selbst wenn es euch gelingt, die deutschen Bullen wegzulocken«, flüsterte er, »wird die Zeit sehr knapp. Sie werden alle verfügbaren Leute schicken, sobald sie ihren Fehler einsehen. Die halbe GSG 9 in voller Kriegsbemalung mit Nachtsichtgeräten, automatischen Waffen und Hubschraubern. Die lieben so was, weil ihnen das auf mehrere Jahre ihren Etat sichert.«

»Die Sache wird sicher heikel, aber es scheint ja niemandem etwas Besseres einzufallen.«

»Doch, ich habe eine viel bessere Idee. Scheiß auf Gell. Lass ihn doch verrotten bei diesen Schweinen.«

»Nein.« GT ließ seinen Blick über den Park schweifen, als wäre dieser ein Schlachtfeld, dem er sich unvermutet gegenübersah. »Nein.«

»Er sitzt doch schon in einem Gefängnis!«, rief Ludwig wütend. »Begreifst du das denn nicht? Wir müssen nur abwarten, bis Assad in Damaskus gestürzt wird, dann werden die Karten neu gemischt.«

GT war erblasst. Einfach abzuwarten war keine Alternative. »Gell sitzt nicht mehr im Gefängnis als ich. Er. Muss. Jetzt. Weg! Verdammt! Ich ertrage es nicht mehr, dass …«

»Okay.« Ludwig seufzte und breitete die Hände aus. »Okay. Meine Güte. Schließlich ist das dein Leben.«

»Dieses Mal können wir wirklich Großes erreichen, Ludwig.«

»Moment mal … Nein. Nein. Nein.«

»Doch.« GT zog seinen Krawattenknoten zurecht. »Ich rechne damit, dass du mit ihnen reingehst.«

Ludwig schüttelte den Kopf und lachte. »In die Botschaft?«

»Ja. Diese Typen sind doch vollkommen übergeschnappt«,

meinte GT und deutete Richtung Sockel. »Du musst mitgehen und zusehen, dass sie nicht zu viel Unheil anrichten.«

»Und warum ausgerechnet ich?«

»Du weißt, warum.«

»Ich will, dass du es aussprichst. Sag es. Sonst brechen wir diese Diskussion ab.«

»Weil ich sonst niemandem vertraue.«

»Darum geht's doch gar nicht, Clive. Du willst einfach nur jegliche Beteiligung abstreiten können, wenn die Sache schiefgeht.«

»Warum sollte sie schiefgehen? Außerdem hieße das nicht, dass ich dich im Stich lassen würde«, beeilte sich GT hinzuzufügen. »Aber ja, es ist natürlich einfacher, wenn es keine sichtbare Verbindung zu uns gibt.«

Wie sehr sich Ludwig auch sträubte, so wusste er doch ganz genau, dass er sich nicht weigern würde. Wieder einmal stellte er sich vor, wie es ihm ergehen würde, wenn er mit der CIA brach und sich auf die Seite der Mafia schlug. Und wieder einmal fragte er sich, ob es überhaupt einen Unterschied gab.

Doch, es musste einfach einen Unterschied geben.

Die Spione sehnten sich danach, sich wie die Mafia aufführen zu dürfen. Und die Mafia sehnte sich danach, genauso respektiert zu werden wie Spione. Beiden Gruppen schien dies auch allmählich zu gelingen. Nur die Welt blieb dabei auf der Strecke.

»Das läuft auf eine saftige Risikozulage hinaus«, hörte sich Ludwig wie auf einem der Watergate-Tonbänder sagen.

»Natürlich. Genau wie bei der vorigen Zahlung.«

»Mal zwei.«

In GTs Gesicht zuckte es einige Male. Das war alles. Dann nickte er.

Sie kehrten in den Gedenkraum zurück.

»Können Sie mit Schusswaffen umgehen?«, fragte Ludwig den Syrer.

Gemayel strahlte. »Wir haben einen eigenen Schützenverein.«

»Sturmgewehre?«

»Einige von uns auf jeden Fall.«

»Diese Aktion wird bestens verlaufen«, sagte GT und klopfte dem Syrer auf die Schulter. »Ein Erfolg für die Demokratie.«

DONNERSTAG

Berlin–Charlottenburg und Berlin-Wilmersdorf
Do., 21. Juli 2011
[04:10 MEZ]

Bei dem spärlichen Verkehr dauerte es nur fünfunddreißig Minuten bis zum Spandauer Yacht-Club. Die Marina lag am obersten Westzipfel des Großen Wannsees. Einige Kilometer weiter südlich stand die skelettfarbene Prachtvilla, in der die Nationalsozialisten im Januar 1942 ihre berüchtigte Konferenz abgehalten hatten. Am gegenüberliegenden Ufer ruhte der Grunewald im Nebel wie ein Fragment aus einer anderen deutschen Wirklichkeit, einer untergegangenen Gebrüder-Grimm-Epoche, die vor allem damit beschäftigt war, ihr eigenes Dahinscheiden zu betrauern.

Ludwig parkte einige Hundert Meter vom Ufer entfernt an einem Kiosk. Er hatte die Marina im Laufe der Jahre zwei Mal besucht und konnte sich nicht entsinnen, dass die Zäune sonderlich hoch gewesen wären. Trotzdem nahm er einen Seitenschneider mit. Das letzte Stück bis zum Ufer legte er zu Fuß zurück. Er trug eine schwarze Windjacke, durchsichtige Latexhandschuhe und eine braune Sturmhaube. Um sein bedrohliches Aussehen abzumildern, falls doch jemand um diese Tageszeit seine Silhouette entdecken sollte, trug er dazu eine New-York-Yankees-Cap. Mit etwas Glück würde ihn ein eventueller Zeuge, der ihn aus der Ferne sah, als dunkelhäutigen Baseballfan beschreiben.

Dank der Bewölkung war die Julinacht halbwegs dunkel. Kein Mensch war zu sehen. Perfekt.

Der halbmeterhohe Zaun stand vor einer doppelt so hohen Hecke. Ludwig kletterte über den Maschendraht und ging an einer Slipanlage für Sportboote vorbei. Innerhalb von zehn Sekunden fielen ihm drei Überwachungskameras auf. Aber die Bewachung erfolgte nicht live, da war sich Ludwig sicher. Nächtliches Wachpersonal war teuer, und wie erwartet brannte in keinem der Gebäude Licht. Die Kameras dienten nur dazu, die Mitglieder des Yacht-Clubs in Sicherheit zu wiegen und die hohen Beiträge zu rechtfertigen.

Der dritte Steg auf der linken Seite. Das siebenunddreißig Fuß lange, weiße Motorboot mit graubraunem Teakdeck hieß *Euro Lady*. Der Name war so geschmacklos gewählt, dass Ludwig beim ersten Mal seinen Augen kaum getraut hatte. Eine teure Yacht, soweit er das beurteilen konnte. Ein teures und gigantisches Schiff in einem kleinen See.

Geduckt begab sich Ludwig auf den Steg und zog seine Pistole, eine Glock 21 mit 9mm-Subsonic-Munition. Er schraubte den Schalldämpfer auf die Pistole. Die beste Schalldämpfung boten eigentlich Waffen des Kalibers .22, aber dann musste man dem Ziel sehr nahe kommen. Die Glock 21 war ein Kompromiss. Sie hatte eine geringere Mündungsgeschwindigkeit als eine normale Glock 19 und war deswegen leiser. Außerdem war sie mit einem erstklassigen Schalldämpfer ausgestattet, der ihn gute tausend Euro gekostet hatte. Aber lautlos würde es kaum vonstattengehen, am allerwenigsten an einem See.

Die Gardinen vor den ovalen Bullaugen waren zugezogen, und unten in der Kajüte war alles dunkel. Als er die Reling erreichte, legte Ludwig seine Waffe auf Deck und schwang sich ganz vorsichtig an Bord. Das Boot wog mindestens zehn Tonnen, schaukelte aber trotzdem. Ludwig blieb geduckt stehen, bis es nicht mehr schwankte. Dann schlich er nach hinten zum Cockpit.

Die Tür zur Kajüte bestand aus zwei Teakholzplatten. Darüber befand sich eine Art Schiebeluke. Ob sie abgeschlossen war, ließ sich nicht erkennen. Ludwig wartete eine volle Minute und probierte es dann. Die Luke glitt auf.

Jetzt musste er nur die verdammten Teakholzplatten entfernen, ohne jemanden zu wecken. Die andere Möglichkeit war …

»Hallo?«, hörte er eine Stimme von unten.

Ludwig besann sich rasch auf Plan B. »Es brennt im Club«, sagte er auf Russisch. »Warum gehst du nicht ans Telefon?«

»In welchem?«

»In dem in der Yorckstraße.«

»Verdammte Scheiße …«

Und schon tauchte Pavel Menk aus der vorderen Koje auf. Er trug einen der pfirsichfarbenen Bademäntel aus seinem Stripclub und hielt einen kleinen Revolver in der Hand.

Binnen einer Hundertstelsekunde feuerte Ludwig zwei Schüsse ab. Den ersten in Brusthöhe, den zweiten wegen des Rückstoßes etwas höher. Beide trafen. Nachdem der Moldauer hintenüber gekippt und vor dem klappbaren Esstisch zusammengesunken war, zog Ludwig die oberste Holzplatte heraus und kletterte die kurze steile Treppe hinunter.

Pavel starrte auf einen Punkt hinter Ludwig. Aus einem zerfransten Loch in der Wange sickerte das Blut in einem langsamen und gleichmäßigen Rinnsal. Man konnte nie wachsam genug sein. Ludwig trat noch einen Schritt vor und beobachtete den Verlauf.

Der Tod trat ein.

Kontrollier deine Atmung, kontrollier deine Atmung … *dann beruhigt sich alles andere.*

Manchmal war es besser, sich den eigenen Taten sofort zu stellen, als sie zu verdrängen. Verdrängtes besaß die Tendenz, sich mit übertriebener Wucht in Erinnerung zu bringen. Also zwang sich Ludwig dazu, Pavel eine geraume Weile zu betrachten, das deformierte Gesicht mit der aufgerissenen Wange und die schmutzigen

Knochensplitter in den beiden Blutlachen auf dem Teppich und auf der verschmierten Tischplatte hinter dem Kopf.

Ludwig atmete noch einmal tief durch. Es fiel ihm schwer, die kratzige Sturmhaube nicht abzunehmen.

Vermutlich würde einige Zeit verstreichen, bis jemand Pavel Menk fand. Das hing natürlich davon ab, ob ihn seine Leute in den Stripclubs vermissten und ob sich die Leute vom Yacht-Club die Bänder der Überwachungskameras ansahen, selbst wenn kein besonderer Vorfall gemeldet wurde. Sollte es dann so weit sein, würde es keine anderen Spuren geben als die, die Ludwig absichtlich hinterlassen hatte.

Er öffnete seine Jacke und zog einen Tacker und eine Handvoll Papierfähnchen aus der Innentasche: rot mit Hammer, Sichel und einem grünen Streifen in der Mitte.

Ludwig beugte sich über die Leiche. »Ich befürchte, das zwickt jetzt ein bisschen«, sagte er, hob den Tacker und schritt ans Werk.

Nachdem er Pavel mit den zwanzig Fähnchen geschmückt hatte, durchsuchte er das Boot. Er stieß auf einige Tütchen Kokain, die er einfach liegen ließ. Vorne im Bug entdeckte er ein paar Geldbündel in einem Fach unter einer Matratze. Es roch nach verschwitzter Bettwäsche, und einige Sekunden lang wurde ihm übel. Rasch trat er den Rückzug an und versuchte sich zusammenzureißen. Dann zählte er das Geld: mindestens achttausend Euro.

Neben dem Propangasherd lag ein Schlüsselbund. Ludwig kletterte wieder ins Cockpit hinauf, warf einen raschen Blick an Land und schloss die Kajüte hinter sich ab. Die Schlüssel warf er ins Wasser. Dann kletterte er von Bord und erreichte sechs Minuten später seinen Wagen.

Drei Minuten später umrundete er die Nordspitze des Sees und fuhr die Havelchaussee entlang Richtung Süden. Die Straße war leer, und in den Häusern brannte kein Licht. Dann begann der Buchenwald. Aufgrund der jüngsten Regenfälle war der Boden stellenweise sumpfig. Auf einer Zinne des Grunewaldturms saß ein

Habicht oder ein Mäusebussard und folgte Ludwigs Fahrt mit dem Blick, als wäre sein Geländewagen eine zu groß geratene Waldmaus.

Nach einem weiteren halben Kilometer parkte er in gebührendem Abstand von einer Bushaltestelle, sah sich um und wechselte zum zweiten Mal in dieser Nacht die Kennzeichen. Eine zusätzliche Sicherheitsvorkehrung, falls der Wagen auf der anderen Seite des Sees aufgefallen war. Manche wohlhabenden Eigenheimbesitzer hatten vielleicht nichts Besseres zu tun, als sich die Kennzeichen anderer Leute aufzuschreiben.

Dann ging er ans Wasser hinunter. Erst warf er die Pistole so weit wie möglich in den See hinaus, dann den Schalldämpfer und den Tacker hinterher, allerdings in eine andere Richtung. Nachdem sich die Wellen geglättet hatten, herrschte wieder vollkommene Stille. Er setzte seinen Weg ein ordentliches Stück Richtung Süden fort, nahm die Sturmhaube und die Basecap ab und hob hinter einem größeren Busch eine kleine Grube aus. Er legte zwei Kaminanzünder hinein, zündete sie an und verbrannte die Kopfbedeckungen sowie die Latexhandschuhe, die er erst jetzt auszog, und seine Jacke.

Unten am Wasser wusch er sich das Gesicht. Der leichte Gummigeruch, der noch an seinen Händen haftete, erinnerte ihn an den Gummigriff des Hammers, mit dem er vor vierzehn Jahren seinen ersten Mord begangen hatte. Damals war er ein anderer Mensch gewesen, und seine Tat hatte ihm noch Wochen, wenn nicht gar Monate später zu schaffen gemacht. Aber jetzt … Er *sah* denselben Ekel wie damals, aber er empfand ihn nicht.

Nachdem alles verbrannt war, füllte er die Grube auf und trat die Erde fest.

Auf dem Rückweg in die Stadt ertappte er sich dabei, dass er am Steuer saß und gähnte. Entweder war er abgestumpft, oder sein Gewissen weigerte sich standhaft, sich mit einem Schwein wie Menk zu befassen. Ludwig wusste, dass sein Problem längst nicht gelöst war. Mit diesem ersten Schritt hatte er sich, wenn überhaupt, eine Frist von ein paar Tagen erkauft. Die Durchführung des wichtigsten Schrittes stand noch aus.

*

Zu Hause unter der Dusche überlegte er, ob es klug gewesen war, so viel Adrenalin auf den einfachsten Teil eines vermutlich langen und komplizierten Tages zu vergeuden.

Er hatte das Gefühl, dass die Dinge einfach nicht nach Plan verlaufen konnten. Er hatte das Gefühl, dass durch die karge Gleichgültigkeit des Weltalls eine eisige Niederlage unaufhaltsam auf ihn zusteuerte. Und es gab kein Entkommen.

Warschauer Straße, Berlin-Friedrichshain
Do., 21. Juli 2011
[07:45 MEZ]

Dieses verdammte Wetter. Manche Städte verkrafteten eine längere Tiefdruckphase: Paris, Manhattan und Rom hatten ihre Methoden, um ungeachtet der Umstände recht passabel auszusehen. Berlin war da ganz anders, stellte Jack Almond fest, während er seinen Blick über die Stadt ohne Farbe, Leben und Wärme schweifen ließ. Berlin konnte es sich nicht leisten.

Lina schlief noch. Almond stand mit einer Tasse Nescafé und einer ihrer Vogue Lights auf dem Balkon im vierten Stock und betrachtete fröstelnd den Verkehr unten auf der Warschauer Straße. Einige Hundert Meter rechts davon floss die Spree unter der Oberbaumbrücke mit ihren Märchentürmen aus rotbraunen Backsteinen hindurch. Gegenüber lag der U-Bahnhof. Die kreischenden Bremsen der Züge hielten ihn in den Nächten wach, die er bei der Deutschen verbrachte. Er warf die Kippe in den Regen und kehrte in die Wohnung zurück.

Das weiße Schlafzimmer war überdimensioniert und für seinen Geschmack zu spärlich möbliert. An der Wand über dem Bett hing das deprimierend minimalistische, pastellfarbene Plakat einer Ausstellung im Kulturforum. Die Matratze war hart wie ein Flugzeugsitz.

Er setzte sich neben die Frau mit der dunklen Pagenfrisur und strich ihr über die Wange.

»Du stinkst«, stellte Lina fest, ohne die Augen zu öffnen.

Almond holte einen Zettel aus seiner Jackentasche und legte ihn auf den Nachttisch, neben das Holster mit ihrer Dienstwaffe.

»Ich gehe jetzt duschen«, sagte er, »dann muss ich los. Ich möchte dich um einen Gefallen bitten. Ich würde es auch selbst machen, wenn … Na ja, es würde einfach nicht gut aussehen.«

»Was?« Lina setzte sich auf und warf einen düsteren Blick aus dem Fenster. Draußen goss es in Strömen.

Er klopfte mit dem Finger auf den Nachttisch. »Hier auf dem Zettel steht die Durchwahl von Fran Bowden.«

»Und?«

»Das ist unsere Europachefin.«

»Ich weiß.«

»Na dann. Ruf sie an und sag ihr, dir sei zu Ohren gekommen, dass der Berliner CIA-Stationschef gerade am Durchdrehen ist.«

Lina starrte auf den Zettel. »Anonym?«

»Keine Ahnung. Halbanonym vielleicht. Du kannst ihr erzählen, dass du beim Bundesamt für Verfassungsschutz arbeitest, brauchst ihr deinen Namen aber nicht zu nennen. Ruf sie einfach von einer Telefonzelle aus an.«

Almond und Lina hatten sich vor einem Jahr bei einem Seminar in Bonn kennengelernt. Das Thema war Informationsaustausch und die Zusammenarbeit zwischen Sicherheits- und Nachrichtendiensten gewesen. Die beiden hatten die Botschaft wortwörtlich genommen und praxisnaher umgesetzt, als es den Referenten wohl vorgeschwebt hatte.

Der Informationsaustausch war eine Goldgrube. Eines der vielen Dinge, die Almond im Laufe der Jahre von GT gelernt hatte, war: Die Politiker verteilten das Geld und forderten dafür die Zusammenarbeit, nicht zuletzt mit Deutschland, wo der 11. September geplant worden war. Wer Geld wollte – für Waffen, Informanten

oder neue Computer –, musste sich immer erst ein Kooperations-
projekt ausdenken.

Aber jetzt konnte ihm GT nichts mehr beibringen. Der Alte war
nur noch eine Belastung. Seine Kosten stiegen ins Unermessliche.

Wenn es einzig und allein darum gegangen wäre, seinen Chef
aus dem Weg zu räumen, um seinen Job zu übernehmen, hätte
Almond es dabei belassen. Aber es ging um die Interessen seines
Landes. Was sollte er tun?

»Bist du dir deiner Sache ganz sicher?«, fragte Lina verwirrt.

»Nein, bin ich nicht.«

Jetzt war sie hellwach. »John …«

Er unterbrach sie: »Sag Bowden, dass Clive Berner verrückt geworden ist, dass er vorhat, die s… eine Botschaft hier in Berlin zu
stürmen. Dass es etwas mit Lucien Gell zu tun hat. Das reicht.«

»Welche Botschaft?«

»Das ist … man kann nicht … Das muss genügen.«

»Verdammt noch mal! Um welche Botschaft geht es? Wenn ich
diesen Anruf tätige und meine Chefs davon Wind kriegen, dass
ich …«

Almond verwarf rasch alle anderen Möglichkeiten und log sie
an: »Ich weiß nicht, welche Botschaft.«

»Das nehme ich dir nicht ab.«

»Wir haben doch über diese Dinge gesprochen, Lina«, sagte er
vorsichtig. »Über Abgrenzung und so.«

Erstaunt sah sie ihm hinterher, als er das Zimmer verließ.

Eine Minute später, als er im Bad stand und feststellte, dass er
sein Duschöl für hochsensible Haut vergessen hatte, begann sie an
die Tür zu hämmern.

»Du musst mir einfach vertrauen!«, rief er und drehte die Dusche auf.

»Du machst jetzt diese verdammte Tür auf.«

»Wir reden heute Abend weiter. Oder nein, heute Abend bin ich
beschäftigt. Morgen.«

243

Das Klopfen endete. Almond war davon überzeugt, dass sie seine Bitte erfüllen würde. Inwiefern sein Selbstvertrauen hinsichtlich seiner Führungseigenschaften berechtigt war, wusste er nicht. Das spielte auch keine größere Rolle, denn die Menschen in seiner Umgebung fanden es unerträglich, ihn zu enttäuschen.

GT war da offenbar die einzige Ausnahme. Und für diese Sturheit sollte das fette Schwein büßen. Und zwar richtig.

Er spülte sein Haar aus und rieb sich das Gesicht. Und mit einem Mal geschah etwas. Der Anflug eines schlechten Gewissens regte sich. Ein leises Grummeln in der Magengrube. Dann war es schon wieder vorbei.

Das Leben ging weiter. Als Erstes musste er entscheiden, ob er Linas Lavendelseife verwenden oder sich mit heißem Wasser begnügen sollte.

Yorckstraße, Berlin-Kreuzberg
Do., 21. Juli 2011
[11:05 MEZ]

»Pavel ist noch nicht da«, sagte die magere Frau, die in der Pförtnerloge des Clubs in der Yorckstraße saß.

Ludwig tat gekränkt. »Aber wir hatten elf Uhr gesagt.«

»Er wird schon noch kommen.«

Eine schwarze Frau Mitte dreißig in Lederhose und gelben Bal-
lerinas ging im Laden herum, prüfte die DVDs und das Sexspielzeug und trug ihre Erkenntnisse in einen dicken Ordner ein. In-
ventur im Pornosumpf.

Ludwig beugte sich zum Mikrofon in der Panzerglasscheibe vor
und sagte: »Ich habe sein Geld dabei. Vielleicht kann mir ja jemand
den Empfang bestätigen.«

Wortlos drückte die Frau auf einen Knopf, und die Tür ließ sich
öffnen.

»Danke«, sagte Ludwig und ging nach unten.

Hinter dem Bartresen stand ein Mann auf einem Hocker und
staubte Flaschen und Gläser oben im Regal ab. Er betrachtete Ludwig im Spiegel. Sein regenbogenfarbener Staubwedel war kleiner
als der, den Scheuler verwendete, ein Profimodell.

»Der nächste Auftritt ist in zehn Minuten«, sagte der junge
Mann. »Möchten Sie so lange was trinken?«

Ludwig schüttelte den Kopf. »Ich will den Eigentümer treffen.«

»Der ist nicht da.«

»Wir sind aber verabredet.«

»Vielleicht kann ich Ihnen ja weiterhelfen.« Der Mann kletterte von seinem Hocker, ging um den Tresen herum und gab Ludwig die Hand. »Ich bin Mischa.«

Ludwig war ihm vor sieben oder acht Jahren schon einmal begegnet. Da war Mischa noch ein kleiner Junge gewesen. Er und sein Vater sahen sich nicht besonders ähnlich. Mischa war sonnengebräunt, klein und durchtrainiert. Sein schwarzes Haar war kurz und zerzaust. Seine Augen waren größer und klarer. Er trug Armani-Jeans und ein schwarzes Boss-T-Shirt. Die Kombination aus geeigneter Zeugungspartnerin und finanziellem Aufschwung hatte Pavel Menk einen wirklich gut aussehenden Sohn beschert.

»Ich möchte meine Schulden begleichen«, erklärte Ludwig.

»Wer möchte das nicht?«, erwiderte Mischa lächelnd. »Kommen Sie.«

Pavels Büro war ziemlich vollgestellt. Auf zwei vollgestopften Bücherregalen standen fünf Monitore, auf denen die Räume für die Privatvorführungen der Stripperinnen zu sehen waren. Natürlich nur im Interesse ihrer eigenen Sicherheit. Auf dem weißen Schreibtisch befand sich ein uralter Schaltkasten, der an ein Mischpult erinnerte. Ein Computer war nirgends zu sehen. Offenbar hatte Pavel sich von der Digitalisierung noch nicht anstecken lassen.

»Mal sehen«, sagte Mischa und öffnete ein kleines, in Leder gebundenes Buch. »Ihr Name?«

»Ludwig Licht.«

»Da habe ich Sie, ja. Hinter der Summe steht ein Fragezeichen.«

»Vermutlich hat er bezweifelt, dass ich das Geld je auftreiben könnte.«

»Ich kann auf der ganzen Liste kein weiteres Fragezeichen entdecken.« Mischa blickte auf und musterte Ludwig oberlehrerhaft.

246

Dieser verzog das Gesicht. »Offenbar habe ich auf ihn keinen sonderlich zuverlässigen Eindruck gemacht.«

Es wurde still. Ludwig überlegte sich, ob es ein Fehler gewesen war, unbewaffnet zu erscheinen.

»Hier ist jedenfalls das Geld«, sagte er und zog einen Umschlag aus der Tasche. »Sechzehntausend Euro.«

Mischa nahm den Umschlag in die Hand, zählte das Geld und schrieb etwas in das Buch.

»Ich spreche mit meinem Vater, wenn er kommt«, sagte er und schob Ludwig freundlich aus dem Zimmer. »Und ich frage ihn, ob das so in Ordnung ist. Er war eine Weile verreist.«

»Alles klar.«

Als sie auf die Doppeltür zutraten, erschienen fünf Männer in Anzügen im Lokal.

»Irgendwoher kenne ich Sie«, sagte Mischa und betrachtete Ludwig.

»Wir sind uns schon einmal begegnet.«

»Auf dem Boot, oder? Schon ziemlich lange her.«

»Was für ein Boot?« Ludwig sah sich um. Die Männer in Anzügen näherten sich mit einem verlegenen Lachen dem Tresen. »Nein, das muss hier gewesen sein.«

»Na gut. Bis dann.«

Mit diesen unheilverkündenden Worten kehrte Pavel Menks Sohn zur Bar und den neuen Gästen zurück.

Ludwig machte sich aus dem Staub. Oben im Laden drehte er eine Runde und schaute sich ein paar DVDs an, dann war er wieder an der frischen Luft.

Am Himmel türmten sich schwere Wolken auf. Noch ein Unwetter braute sich zusammen, auf das keine Sonne folgen würde.

Alles lief nach Plan. Wie am Schnürchen. Wie geschmiert. War das gut oder schlecht? Nun, das hing ganz davon ab, wie gut der Plan war.

*

Nach anderthalbstündiger Fahrt Richtung Osten parkte Ludwig vor einer Autowerkstatt am Ortsrand von Lebus am Westufer der Oder. In dem kleinen Hafenstädtchen gab es zwei Friedhöfe mit Kriegsgräbern, einige alte Kirchen, die zerstört und wiederaufgebaut worden waren, einen Wanderweg für Touristen, die die Aussicht genießen wollten, sowie eines der meistgenutzten Waffendepots der freien Welt.

Die CIA tummelte sich hier schon seit Längerem. Ende der 1940er-Jahre waren die Amerikaner in Panik geraten, weil sie die Machenschaften und Pläne der Russen nicht durchschauten, und hatten daher Waffen und Ausrüstung über große Gebiete verteilt, die die Sowjetunion bei einem Kriegsausbruch möglicherweise besetzen würde. Somit war eine Basis für eine zukünftige Widerstandsbewegung geschaffen worden. Aber abgesehen davon, dass sich vereinzelte rechtsradikale Terrorgruppen hier bedient hatten, waren die Waffendepots nie richtig zur Verwendung gekommen. Ostberlin 1953? Die CIA war vollkommen unvorbereitet gewesen, hatte den Aufstand wie alle anderen im Radio mitverfolgt und gezögert, bis es zu spät gewesen war. Ungarn 1956? Die Geschichte hatte sich wiederholt, nur dass man diesmal über den eigenen Radiosender, Radio Free Europe, Öl ins Feuer gegossen und zum Aufstand gegen die kommunistische Unterdrückung aufgerufen hatte.

Seltsamerweise hatten die Amerikaner den Kalten Krieg letztlich doch gewonnen oder zumindest dabei zugeschaut, wie die Russen ihn verloren. Etliche Waffenverstecke waren inzwischen ostwärts verlagert worden, an Orte, die bislang der Kontrolle des Warschauer Pakts unterlegen hatten. Jetzt ging es nicht mehr um die Unterstützung von Partisanen, sondern um die kurzfristige Ausrüstung freier CIA-Mitarbeiter und paramilitärischer Spezialeinheiten, ohne dass man vorher eine entsprechende Genehmigung aus Washington einzuholen brauchte.

Wie alles andere waren auch diese Depots privatisiert worden.

Das hatte allerdings weniger mit ideologischem Übereifer zu tun als damit, dass die Amerikaner sich die Möglichkeit vorbehalten wollten, jede Beteiligung abzustreiten, falls eines der Waffenverstecke in die Luft gesprengt werden sollte. Zurück blieb höchstens die Rechnung eines Waffenhändlers an eine Briefkastenfirma, die von der CIA kontrolliert wurde. Auf den Rechnungen war nur von »Werkzeug« und »Maschinenteilen« die Rede. Der Umsatz war beträchtlich. Manchmal fragte sich Ludwig, welche weltwirtschaftlichen Konsequenzen eine Abschaffung der sechzehn US-Geheimdienste haben mochte.

Zwei Pferde und ein Pony standen da und sannen über die Ewigkeit jenseits des fünfzig Meter entfernten Elektrozauns nach. In der Werkstatt im ehemaligen Feuerwehrgebäude wurde gearbeitet. Die vier langjährigen Angestellten hatten keine Ahnung, wozu das Unternehmen eigentlich diente.

Ludwig überquerte den Vorplatz und trat durch das offene Garagentor. Zwei Männer wechselten die Reifen eines dunkelgrünen Jeep Cherokee.

Ludwig ging an dem Wagen vorbei auf eine breite, orangefarbene Tür zu. Noch ehe er anklopfen konnte, wurde sie geöffnet.

Der zweiundfünfzigjährige Karl Breck, der zwanzig Jahre zuvor aus der Fremdenlegion geflogen war, weil man ihm die Schuld an einer Sklaverei- und Schmuggelgeschichte in Französisch-Guayana zugeschoben hatte, war seit ihrer letzten Begegnung sehr viel dünner geworden. Seine hohen Wangenknochen glichen denen eines Models, was man von seiner flachen Stirn allerdings nicht behaupten konnte: Nach einem Granatenangriff im Libanon hatten die Feldärzte Haut von seinem Hinterteil auf die Stirn transplantieren müssen, weshalb der Teint hier bleicher war als im übrigen Gesicht.

»Schön, dich zu sehen«, sagte Breck und gab Ludwig die Hand. Er trug weiße Jeans und ein Feinrippunterhemd, das zu viel von seinen haarigen, sommersprossigen Schultern entblößte.

Ludwig folgte ihm durch den Korridor. Die Tür ganz hinten links war mit drei Schlössern versehen. Was wohl Brecks Angestellte hinter dieser Tür vermuteten?

Breck tippte einige Zahlen ein, woraufhin sich die Stahltür öffnete. Er schaltete die Neonbeleuchtung des etwa vierzig Quadratmeter großen, weiß gestrichenen Raumes ein und schloss die Tür hinter ihnen. An den Wänden des fensterlosen Raumes standen Regale mit verschiedensten automatischen Waffen: M 4, G 36, sogar einige AK 47, wie sie von Spezialverbänden benutzt wurden, die in einem der höllengleichen Länder im Südosten lieber nicht auffallen wollten. Tausende Schachteln Munition stapelten sich auf dem Boden. An der gegenüberliegenden Wand gab es neben Pistolen auch Handgranaten aller Art sowie Gasampullen und Gasmasken. Drei große Schränke waren mit Schutzwesten, Handschuhen und Helmen vollgestopft.

Auf einem Arbeitstisch in der Mitte zwischen Reinigungsmitteln, Werkzeug, Kabeln, Lumpen und Elektronik stand noch etwas anderes. Ludwig schnappte nach Luft.

Eine Sanremo Roma TCS, die Espressomaschine, die bei internationalen Barista-Wettbewerben verwendet wurde. Sie war elfenbeinfarben und schwarz und sah aus wie die Zukunftsvision eines unverbesserlichen Optimisten aus dem Jahre 1971.

Ludwig hatte die Maße im Kopf. Das größte Modell mit drei Gruppen war 108 cm breit, 55 cm hoch und 56 cm tief. Er hatte in der Bar bereits nachgemessen und musste nur noch die grässliche Kaffeemaschine entsorgen und ein paar von den Champagnergläsern aussortieren, die ohnehin nie verwendet wurden.

»Wie viel verlangst du dafür?«, fragte Ludwig andächtig.

»Die ist gebraucht. Ich muss sie noch …«

»Egal. Wie viel?«

»Viertausend Euro sollten es schon sein.«

Dieses Gerät musste im *Venus Europa* stehen. Selbst wenn er sich dafür der Unterschlagung schuldig machte. Es war an der Zeit, diesen verdammten Yuppies, die auf der Schwelle kehrtmachten, etwas Respekt einzuflößen.

»Setzen Sie sie einfach als Ausrüstung mit aufs Konto«, sagte Ludwig. Die Maschine hatte er immer noch nicht aus den Augen gelassen.

»Das bleibt unser kleines Geheimnis«, meinte Breck grinsend.

»Dann sind wir uns ja einig.«

Im Laufe der Jahrzehnte hatte die CIA eine Menge Unsinn finanziert. Jetzt wurde ihr Geld ausnahmsweise für etwas wirklich Wertvolles verwendet. Das war Schicksal. Seit ihrer Herstellung war diese Maschine unterwegs zu Ludwig gewesen.

»Abgemacht.« Ludwig räusperte sich. »Dann brauchen wir noch zwanzig leichte Westen und zwanzig Berettas, geladen mit Hohlspitzmunition. Und je zwei Reservemagazine. Außerdem einen C4-Sprengsatz mit Zünder.«

Bereits auf dem Hinweg hatte Ludwig beschlossen, nur Pistolen zu verwenden. Mit schwereren Waffen gab es einfach zu viele Probleme, besonders wenn sie von taktisch unerfahrenen Männern verwendet wurden. In engen Räumlichkeiten bestand die Gefahr, dass alle panisch um sich schossen. Im Nu war dann alle Munition verbraucht, außerdem erschossen sie sich mit Sicherheit gegenseitig, wenn ihnen erst einmal die Querschläger um die Ohren flogen. Man musste schon aus einem bestimmten Holz geschnitzt sein, um sich mit kurzen, kontrollierten Salven zu begnügen. Ein verängstigter, fanatischer Anfänger, der unter Zeitdruck stand und beschossen wurde, gehörte definitiv nicht in diese Kategorie. Mit Pistolen würde alles glatter und geordneter ablaufen.

Dass sie sich mit Pistolen begnügen konnten, war in gewisser Weise tröstlich. Die Syrer rechneten gewiss nicht mit einem Angriff auf ihre Botschaft. Das Gute, das einzig wirklich Gute an GTs Plan war das Überraschungsmoment. Schwere automatische Waffen waren vor allem dann sinnvoll, wenn eine gut vorbereitete

Verteidigung psychisch wie physisch mit reiner Feuerkraft nieder-
gekämpft werden musste. Möglicherweise war Ludwigs kleine Ab-
rüstungsinitiative der Versuch, einen Plan umzugestalten, dem er
im Grunde misstraute.

»Möchtest du nicht die hier ausprobieren?«, fragte Breck und
hielt ihm ein paar Granaten, klein wie Golfbälle, hin.

»Was ist das?«

»Kolokol-1.«

Ludwig trat einen Schritt zurück. »Bist du nicht ganz bei Trost?
Dieses Betäubungsgas wurde doch von den Russen in …«

»… in Beslan eingesetzt. Richtig. Bei den Granaten hier wurde
die Zusammensetzung aber noch optimiert, heißt es. Wäre nett,
wenn sie jemand mal ausprobieren würde.«

Brecks Miene war jetzt regelrecht lüstern. Ludwig schauderte.

»Du spinnst wohl. Pack das Scheißzeug weg, das macht mich
ganz nervös.«

»Wie du willst. Und wie wär's damit?« Breck zog sein Handy aus
der Tasche. »Sieht aus wie eine normale iPhone-Hülle, oder?«

»Ja.«

»Aber jetzt schau mal.«

Er klappte eine kleine Zange, drei verschiedene Schraubenzie-
her, einen Flaschenöffner, ein Messer und eine Säge aus.

»Ich weiß nicht recht«, meinte Ludwig.

»Kapierst du nicht?« Breck hielt das Sägemesser in die Höhe.
»Damit kannst du sogar einen Braten schneiden. Ich habe es aus-
probiert.«

»Ich will aber mit meinem Telefon kein Fleisch zersäbeln.«

»Komm schon, ich hab unendlich viele von den Dingern. Probier es einfach mal aus. Welches Modell hast du? Ein 4s?«

»Ja.«

»Hier.«

Ludwig nahm den Metallgegenstand in Empfang und tauschte
ihn gegen sein altes Gummietui.

»Wiegt gar nicht mal so viel«, murmelte er. »Und das Telefon geht nicht kaputt, wenn man dieses Teil als Hülle verwendet?«

»Das Werkzeug soll laut Garantie ewig halten.«

»Und das Telefon?«

»Solche Telefone kriegst du doch überall. Dieses Teil hier gibt es nur bei mir.«

Sie mussten zwei Mal zu seinem Wagen gehen: erst mit der Espressomaschine, dann mit den schweren schwarzen Stofftaschen.

»Na dann, viel Glück bei der Jagd«, sagte Breck und klopfte Ludwig auf die Schulter.

Ludwig stieg ein und ließ den Motor an. Er wusste nie so recht, wie er sich mit Leuten unterhalten sollte, die sich in dieser Branche wirklich wohlfühlten.

Auf halbem Weg nach Berlin setzte der Regen wieder ein und wurde immer schlimmer. Als es noch etwa zwanzig Minuten bis zum Stadtrand waren, warf er einen Blick auf sein neu ausgestattetes Telefon, das neben ihm auf dem Beifahrersitz lag, und erinnerte sich daran, was Faye in seiner Wohnung zurückgelassen hatte.

*

Gegen halb sechs parkte er vor seinem Lokal in der Oranienstraße, öffnete den Kofferraum und ging ins Haus, um Scheuler zu holen, der ihm beim Tragen helfen sollte. Zum Schutz vor dem Regen legten sie einen Müllsack auf die Maschine.

»Meine Güte«, sagte Scheuler, als sie das Wunderwerk auf den Tresen gestellt hatten. »Können wir uns das wirklich leisten?«

Ludwig schob die Brust vor. »Ich habe dir doch gesagt, dass alles geregelt ist.«

Er schwang sich auf den Tresen und richtete einen der Spots so auf die Maschine, dass sie im Licht badete.

»Wir brauchen anständige Tassen«, sagte Tina, die gerade vorbeiging.

»Wie wär's, wenn du dich darum kümmern würdest?«, rief Ludwig hinter ihr her. »Falls du nicht allzu sehr damit beschäftigt bist, alles schlecht zu finden. Hallo?«

Tina verschwand durch die Schwingtüren in die Küche. Ludwig fiel plötzlich ein, dass er einen sauteuren Geländewagen mit sechzig Kilo Waffen und Ausrüstung unverschlossen in der zweiten Reihe abgestellt hatte.

»Bis morgen«, sagte er zu Scheuler.

»Das Ding ist verdammt groß. Wo sollen die Tassen stehen?«

»Tina und du, ihr könntet sie doch in einem kleinen Rucksack mit euch herumtragen«, erwiderte Ludwig.

»Apropos: Heute ist Donnerstag. Tina macht um sieben Feierabend. Kommst du später noch vorbei, oder soll ich jemanden zur Verstärkung anrufen?«

»Ich habe erst morgen wieder Zeit. Mach dich inzwischen mit der Maschine vertraut.«

»Hast du eine Gebrauchsanweisung?«

»So schwer kann das doch wohl nicht sein? Probier einfach ein bisschen herum.«

Der von GT versprochene Lieferwagen stand weiter hinten in der Adalbertstraße, ein weißer, schmutziger VW-Transporter. Die Schlüssel waren mit Klebeband innen am linken Vorderreifen befestigt. Ludwig schleppte die Stofftaschen aus seinem Range Rover in den Lieferwagen und vergewisserte sich, dass Klebeband, Handschellen und der Umschlag mit dem Geld in dem ansonsten leeren Laderaum lagen. Er nahm das Geld an sich und schlug die Hecktüren zu.

Dann holte er sich bei einem Chinesen etwas zu essen, nahm es in seine Wohnung mit und aß, ohne den Fernseher einzuschalten. Noch drei Stunden.

Gegen acht holte er Fayes Handy aus dem Schrank in seinem Arbeitszimmer. Der Akku war fast leer. Da er ihre PIN nicht kannte, lud er ihr Handy sicherheitshalber auf.

Keine E-Mails, es war überhaupt kein Mailkonto hinterlegt. Keine Bilder. Drei Kontakte: Papa, Mama, Bruderherz. Sechs alte SMS:

– Wie geht's? Wann kommst du nach Hause?
– Bald. Weiß noch nicht genau, wann.
– Es geht ihr immer schlechter. Du wirst gebraucht.
– Nur noch eine Woche. Versprochen.
– Kannst du nicht schon jetzt den Flug buchen, damit wir planen können?
– Muss noch ein paar Dinge erledigen. Grüß Mama. Melde mich.

Dieser SMS-Wechsel hatte am vergangenen Sonntag gegen zwei Uhr mittags stattgefunden, kurz bevor Ludwig sie im Strandhotel in Ziegendorf abgeholt hatte.

Deswegen wollte Faye also nach Hause: Ihre Mutter oder ihre Schwester war krank.

Immer wieder kam es vor, dass sich Leute aus politischen Gründen auf etwas einließen. Aber wenn sie wieder aussteigen wollten, hatte dies immer einen persönlichen Grund. Eine simple schmerzhafte Sache.

Der Regen zischte und knallte ans Fenster. Es dämmerte. Dort draußen kauerte sich Berlin zusammen und suchte Trost in einer Zukunft, die vermutlich bereits hinter ihm lag. Die Scheinwerfer auf der Museumsinsel erzeugten riesige Schatten. Wasser plätscherte auf die festgeketteten Tische im menschenleeren *Schleusenkrug* im Tiergarten. Ein schlechter Sommer, das war alles. Noch ein schlechter Sommer. Frieden, Fortschritt, Wohlstand und lausiges Wetter. Die schüchterne First Lady war keine Schnelldenkerin. Trotz ihrer Erfahrungen aus der Vergangenheit war sie für nichts gewappnet.

Corneliusstraße, Berliner Diplomatenviertel
Do., 21. Juli 2011
[21:35 MEZ]

Sie näherten sich aus entgegengesetzten Richtungen im regenfunkelnden Dämmerlicht des kühlen Sommerabends. Es waren insgesamt einundzwanzig Mann. Keine Transparente verrieten, wohin sie auf dem Weg waren, keine Parolen wurden gebrüllt. Aus der Vogelperspektive erinnerten sie mit ihren aufgespannten Regenschirmen an zwei vorrückende Kohorten römischer Legionäre unter Beschuss.

Die Männer vertraten ein Land, das nicht existierte, ein freies Syrien, und bildeten den harten Kern der hundertprozentig Vertrauenswürdigen, die an Kamal Gemayels jahrzehntelangem Kampf teilnahmen. Prognose? Aussichten? Sie hatten weniger zu verlieren als ein Wrack auf dem Meeresgrund.

Ludwig, der einen grünen Parka mit Kapuze trug, wartete neben dem Lieferwagen in der Corneliusstraße, die parallel zur Rauchstraße verlief, wo die Botschaft lag. Auf der anderen Seite der Corneliusstraße befand sich der Landwehrkanal. Die Bäume beidseits der Straße schufen perfekte Bedingungen.

Gemayel führte die Gruppe an, die sich von Westen her über die Brücke näherte. Seine zehn Begleiter hatten sich mit Palästinensertüchern vermummt. Fast gleichzeitig erschien die zweite

Gruppe, die aus entgegengesetzter Richtung vom Potsdamer Platz her anrückte.

Ludwig nickte dem alten Syrer zu. Er öffnete die Türen des Lieferwagens. In Zweiergruppen stiegen die Männer ein, ließen ihre Schirme liegen und nahmen sich Westen, Waffen und Munition.

»Haben Sie den Plastiksprengstoff?«, fragte Gemayel, als er aus dem Lieferwagen stieg.

Ludwig nickte. »Darum kümmere ich mich persönlich.«

»Nicht nötig«, sagte der Syrer stolz. »Reza hat seinen Militärdienst bei den Pionieren abgeleistet.« Er deutete auf einen Mann Mitte zwanzig.

Wortlos händigte Ludwig dem jungen Mann den C4-Sprengsatz und den Zünder aus. Ein schmutzig weißer Dampfer mit Touristen glitt auf dem Kanal vorbei. Reza verstaute den Plastiksprengstoff in der einen, den Zünder in der anderen Innentasche seiner Weste.

Die zweite Gruppe traf ein und unterzog sich am Lieferwagen derselben Prozedur wie die erste. Dann zog Ludwig ein Foto von Lucien Gell hervor und zeigte es allen.

»Lebend«, wies er Gemayel an.

»Ich weiß, ich weiß«, erwiderte der Alte.

Ludwig legte ihm eine Hand auf die Schulter. »Lebend, das ist mir wichtig.«

Gemayels Miene drückte eine gewisse Belustigung aus.

»Und wenn das nicht geht?«

»Es muss gehen«, sagte Ludwig. »Wenn er uns bloß nicht entwischt.«

Die beiden Anweisungen wirkten recht widersprüchlich.

»Keine Sorge«, sagte der Syrer und ergriff feierlich Ludwigs Hand. »Wenn er für den Muchabarat arbeitet, dann ist er ebenso sehr unser Feind wie Ihrer.«

Ludwig wusste nicht recht, wie er diese Geste erwidern sollte, und schüttelte Gemayels Hand, ehe er sie losließ.

»Noch etwas«, sagte er, sodass alle es hörten. »Keine toten deutschen Polizeibeamten. Überhaupt keine toten Deutschen. Okay? Keine toten Deutschen. Sprechen Sie mir nach.«

»Keine toten Deutschen«, murmelten die Versammelten.

»Keine toten was?«

»Keine toten Deutschen!«

Ludwig versuchte, jedem Einzelnen in die Augen zu schauen, und sagte dann: »Mit etwas Glück geht diese Aktion schnell und schmerzlos über die Bühne.«

Gemayel hob einen Finger zum Himmel. »Allah. Syrien. Freiheit.«

»Sonst nichts!«, antwortete seine Truppe.

Sie marschierten los. Der Regen schien den jungen Menschen nichts auszumachen, nur Ludwig und Gemayel trugen wetterfeste Kleidung.

Ludwigs Puls beschleunigte sich. Dies hier war kein Artikel in *Foreign Affairs* oder *The American Interest*, in dem Staatswissenschaftler aus sicherer Distanz eine Wirklichkeit beschrieben, mit deren Gestank sie sich nie auseinandersetzen mussten. Im Feld, in 3-D, in Farbe und mit Dolby-Surround galten keine Theorien mehr, sondern nur noch die eiskalten Gesetze der Physik. Ludwig ahnte das Schlimmste. Es gab Abende, die einfach nicht gut enden konnten. Es gab Abende, die keine Chance hatten.

Gemayel musste Ähnliches empfinden. Aber ihm ging es nicht um den Sieg, sondern um Rache.

*

»Früher hätten wir als Erstes sämtliche Telefonleitungen gekappt«, erklärte GT Almond voller Nostalgie. »Aber angesichts der vielen Handys lohnt sich das nicht mehr.«

Sie saßen in dem dunkelblauen BMW auf einem Parkplatz im Tiergarten, einen Kilometer nordöstlich der syrischen Botschaft. Jack Almond schaute zum zehnten Mal im Laufe ebenso vieler

Minuten auf seine Uhr. Noch acht Minuten. Ihm war nicht nach Konversation zumute.

»Der Empfang lässt sich mithilfe von Mikrowellen stören«, erwiderte er dennoch. »Man kann auch die umliegenden Mobilfunkmasten außer Betrieb setzen. Aber wir verfügen hier schließlich nicht über JSTARS-Flugzeuge und Elitetruppen.«

GT zuckte mit den Achseln. »Manchmal ist es besser, den Eingeborenen die Drecksarbeit zu überlassen. Wie in Afghanistan.«

»Auch Eingeborene könnten von unserer technischen Unterstützung profitieren. Und inwiefern *Afghanistan?*« Almond unterbrach sich. Er hatte nicht übel Lust, seinen Chef zu fragen, ob er die letzten zehn Jahre keine Zeitungen mehr gelesen hatte.

»Gulliver?«, ertönte Lichts Stimme aus dem Funkgerät. »Hier ist Gretel.«

GT riss das Mikrofon an sich und kam damit Almond zuvor. »Wir hören dich, Gretel«, sagte er aufgeräumt. »Was tut sich?«

»Wir sind einige Minuten zu früh eingetroffen. Ich finde, wir sollten direkt loslegen, statt hier herumzustehen und vor uns hin zu starren.«

»Wie du willst, Gretel. Wie ist die Stimmung?«

Schweigen.

»Gretel?«, sagte GT.

»Ach, die Stimmung.« Ludwig seufzte. »Hast du mal diesen Dokumentarfilm über Rollstuhlrugby gesehen? Wie hieß der noch gleich? *Murderball?*«

GT sah Almond fragend an, doch dieser zuckte nur mit den Schultern. »Ich habe dich nicht verstanden, Gretel. Könntest du bitte wiederholen?«

»Die Stimmung ist prima«, sagte Ludwig.

»Gut!«

»Und keine Polizei vor Ort?«

»Nur zwei Leute«, sagte GT. »Wir haben vor einer Viertelstunde einen Wagen zur Kontrolle vorbeigeschickt.«

»Zwei Beamte in einem Wagen?«

»Ja, wenn ich es richtig verstanden habe.«

»Okay«, sagte Ludwig. »Und du bist dir da ganz sicher, Gulliver?«

Almond gab seinem Chef mit einem Blick unmissverständlich zu verstehen, dass er doch ausnahmsweise einmal auf seine Leute hören solle. »Die Aktion lässt sich immer noch abbrechen, Sir«, sagte er entrüstet. »Ich muss. Ich … ich empfehle nachdrücklichst, dass wir …«

GT fuchtelte wütend mit der Hand. Dann drückte er auf Senden und sagte: »Zugriff, Gretel. Zugriff!«

»Weiß inzwischen jemand, in welchem Stockwerk sich die Zielperson aufhält?«, fragte Ludwig vorsichtig.

»Leider nein«, antwortete GT. »Du musst ihn ausfindig machen.«

Lange Stille. Dann: »In Ordnung, wir legen los.«

»Gut«, sagte GT und übersah geflissentlich Almonds nachtschwarzen Blick. »Jetzt holen wir ihn uns.«

*

»Zurück zum Lieferwagen«, sagte Ludwig zu Gemayel.

Sie befanden sich nur noch fünfundzwanzig Meter von der Rauchstraße entfernt.

»Wir brechen doch nicht etwa ab?«

»Nein. Wir müssen bloß die Bullen loswerden.«

»Hätte das nicht schon längst geschehen sollen?«

»Manchmal gibt es eben Überraschungen.« Ludwig sah hinüber zu den anderen Männern. »Wenn ich in fünf Minuten nicht zurück bin, müssen Sie mir versprechen, die Sache abzublasen und nach Hause zu fahren.«

Der alte Mann strich sich über seine Bartstoppeln und warf Ludwig einen unergründlichen Blick zu.

»Ich weiß nicht, ob ich das versprechen kann.«

Was sollte man darauf erwidern?

Die Exilsyrer machten kehrt und gingen die Stülerstraße zurück. Ludwig setzte seinen Weg Richtung Norden fort.

Als er um die Ecke bog und die syrische Botschaft erblickte, fielen ihm drei Dinge auf. Gegenüber auf der anderen Straßenseite stand ein grün-weiß lackierter Streifenwagen mit dem Heck zu ihm. Die rot-weiß gestreiften Krawallzäune waren fein säuberlich beiseitegeräumt worden, damit sie bei Bedarf rasch wieder aufgestellt werden konnten. Im Gebäude der nordischen Botschaften, vor dem der Streifenwagen stand, brannte in zu vielen Zimmern Licht.

In dieser Situation hätte es mehrere Optionen gegeben. Er hätte Gemayel bitten können, aus der Gegenrichtung zu kommen und die Bullen abzulenken. Oder er hätte sich von dem verrückten Breck eine Betäubungsgasgranate geben lassen können, um diese jetzt in den Streifenwagen zu werfen. Bei der ersten Variante hätte er sich darauf verlassen müssen, dass seine Anweisungen tatsächlich befolgt wurden. Außerdem hätten die Beamten vor einem Zugriff bestimmt Verstärkung angefordert. Bei der zweiten Variante hätten die Bullen die Schlafgasgranaten mit fünfzigprozentiger Wahrscheinlichkeit nicht überlebt.

Ludwig entschied sich also nicht aus reiner Bequemlichkeit, sondern aus teuer erkaufter Erfahrung für den einfachsten Plan.

Er überquerte die Straße und näherte sich dem Streifenwagen in normalem Tempo und mit unverfänglichem Blick. Kaum hatte er die rechte hintere Tür erreicht, öffnete er sie mit der Linken, zog seine Pistole aus dem Holster und setzte sich auf die Rückbank. Dann lud er durch und drückte die Mündung der Waffe in den Nacken der Polizistin auf dem Beifahrersitz.

»Guten Abend«, sagte er und zog mit der Linken die Tür zu. »Ich würde gerne ein bisschen spazieren fahren.«

»Was soll der Unsinn?«, fauchte der kahlköpfige Polizist am Lenkrad, ohne sich umzudrehen.

»Wenn Sie nicht losfahren, puste ich ihr den Kopf weg. Machen Sie schon. Wenden und dann sofort nach links. Keine Dummheiten.«

Der Beamte gehorchte schweigend. Nach einigen Hundert Metern sagte Ludwig: »Jetzt wieder links.«

»Das ist eine Einbahnstraße«, sagte die Beamtin, die die Pistole am Hals hatte.

Doch ihr Kollege bog bereits ab.

»Parken Sie neben dem Lieferwagen«, sagte Ludwig. Die Exilsyrer hatten sich in mehrere kleinere Gruppen aufgeteilt. »Nein. Rechts davon.«

Gemayel und drei seiner Leute kamen mit gezogenen Waffen auf sie zu. Ludwig öffnete die Tür.

»Steigen Sie in den Lieferwagen«, sagte Ludwig zu den Beamten. »Entweder das läuft glatt – oder ganz anders.«

»Das läuft glatt«, versicherte die Polizistin.

Ludwig wandte sich an Gemayel. »Fesseln Sie die beiden aneinander. Alles Nötige liegt in einem Sack im Wagen. Waffen und Funkgeräte bleiben hier.«

Die Polizisten leisteten keinen Widerstand. Ehe Ludwig die Türen des Lieferwagens schloss, sagte er: »Sie werden nicht lange hier sitzen müssen. Gleich gibt es einen Großeinsatz. Dann wird man Sie finden.«

Die beiden mit Handschellen und Klebeband gefesselten Polizisten starrten zu Boden.

»Dann bringen wir es jetzt hinter uns«, sagte Ludwig zu Gemayels Männern. »Ein freies Syrien und so weiter. Los geht's.«

Alle schwiegen. Gemayel reichte Ludwig ein Palästinensertuch und gab Reza ein Zeichen. Dieser löste sich von der Gruppe und eilte, die Hände in seiner dunkelblauen Jeansjacke vergraben, die Straße hinunter. Ludwig fragte sich, ob er wirklich beim Militär gewesen war. Nichts an seinem Aussehen und Auftreten deutete darauf hin.

Ludwig wickelte sich das Palästinensertuch um den Kopf, folgte dem jungen Mann und bog in die Rauchstraße ein. Kein Mensch war zu sehen. Die syrischen Wachleute hielten sich in der Botschaft auf. Mit etwas Glück war ihnen gar nicht aufgefallen, was Ludwig mit den Beamten angestellt hatte.

Die drei Stockwerke hohe Prachtvilla war von einem niedrigen Gitterzaun umgeben und wurde von Scheinwerfern angestrahlt. Der Haupteingang, eine große Flügeltür, befand sich auf der Vorderseite ganz rechts. Durch eine hüfthohe Pforte gelangte man in einen drei Meter langen Gang, der auf beiden Seiten von einem höheren Zaun flankiert wurde.

Reza überwand den Zaun mit einem geschmeidigen Satz und schritt voller Todesverachtung auf die Tür zu, vor der er den Plastiksprengstoff aus der Tasche zog. Inzwischen musste er auf einem Überwachungsmonitor zu sehen sein. Zum zweiten Mal an diesem Tag konnte Ludwig nur hoffen, dass niemand den Bildschirm im Auge behielt. Der Syrer war schnell. Er drückte den erdfarbenen Plastiksprengstoff in Klinkenhöhe auf die Spalte zwischen den beiden Türflügeln und klebte ihn mit Gaffer-Tape an. Dann befestigte er den Zünder und stellte den Timer ein. Fertig.

Ludwig kletterte über den Zaun und wartete neben dem Gebäude. Drei Sekunden später gesellte sich der Syrer zu ihm. Sie warteten.

»Wie lange?«, fragte Ludwig, nachdem unbehaglich viel Zeit vergangen war.

»Zwei Minuten«, lautete die Antwort.

Warten. Fünfzehn Sekunden, fünfundvierzig. Jetzt näherten sich Gemayel und die anderen. Lautlos bogen sie auf die Rauchstraße ein. Als Gemayel den montierten Plastiksprengstoff sah, zog er seine Waffe aus dem Regenmantel. Die anderen folgten seinem Beispiel.

Zog sich die Luft kurz vor dem Zugriff zusammen, um Anlauf zu nehmen? Ludwig konnte die Druckwelle auf die Entfernung nicht spüren, aber der Knall war so laut wie der frontale Zusammenstoß zweier Lastwagen.

Eine Sekunde, nachdem die Tür gesprengt worden war, knallte es wieder – hinter ihnen an der Schmalseite des Hauses. Reza fiel aufs Gesicht. Ludwig warf sich herum und entdeckte im zweiten Stock einen Gewehrlauf. Ohne zu zögern feuerte er zwei Schüsse auf das Fenster ab. Vermutlich hatte er niemanden getroffen, denn der Schütze war sicher in Deckung gegangen.

In diesem Moment brach die Revolution los. Und verlief wie immer. Schüsse, Rauch und Lärm, Leute, die so lange hatten schweigen müssen, dass ihr Gebrüll nicht aufzuhalten war. Sie drängten vorwärts.

Niemand hatte Zeit, über das erste Opfer nachzudenken, den jungen Mann, der jetzt mit halb geschlossenen Augen dalag und vor Ludwigs Füßen aus einer Wunde an der Kehle verblutete.

Niemand.

Ludwig warf einen letzten Blick zum Fenster hinauf, an dem der Schütze gestanden hatte. Dann trat er durch die aufgesprengte Öffnung ins Gebäude. Der eine Türflügel hing noch in einem Scharnier, der andere war verschwunden. Ein stickig-salziger, dieselähnlicher Geruch erfüllte die Luft.

Ein sperriger Metalldetektor dominierte die Haupthalle. Er hatte sich im Verlauf der vergangenen Minute heiser geheult und piepste nun erneut, als Ludwig vorbeikam und einen mehrere Meter langen Korridor betrat.

Um in den Empfangsraum zu gelangen, bog er links ab. Fünf Exilsyrer hatten sich dort aufgebaut und zielten mit ihren Pistolen jeder auf eine Tür. Einer behielt die doppelläufige Treppe nach oben im Auge.

Der untere Teil der Wände war in den gedämpften Farben der syrischen Trikolore gehalten. Ein Ventilator aus Messing und Korbgeflecht rotierte langsam an der Decke. Die Druckwelle war nicht bis in diesen Raum vorgedrungen. Auf einer Kommode mit Marmorplatte stand eine riesige Vase mit einem Strauß roter Rosen. Auch auf dem Empfangstresen standen Rosen in derselben Farbe, diese allerdings aus Stoff.

Die Gerüche lösten bei Ludwig eine schockierende Erinnerung aus: Jasmin-Duftspray und kalter Zigarettenrauch. Genau wie zu Hause bei seiner Mutter.

Er lief zu einem Mann, der den Eingangsbereich im Auge behielt.

»Sobald die Polizei eintrifft, müssen Sie verschwinden«, sagte Ludwig mit Nachdruck.

Der Syrer nickte und senkte seine Pistole.

Ludwig hoffte inständig, aber ohne große Zuversicht, dass kein Polizist auftauchen würde, ehe sie Gell gefunden hatten und verduftet waren.

Aus dem zweiten Stock waren Schüsse zu hören. Schwer zu sagen, ob es sich um einen Schusswechsel handelte oder ob sich die jüngeren Syrer einfach nur abreagierten. Im Empfangsbereich waren etliche Schüsse auf ein großes Ölgemälde al-Assads abgefeuert worden. Der durchlöcherte Diktator saß von göttlichem Strahlenglanz umhüllt an seinem Schreibtisch und unterzeichnete für das Wohl seiner Nation hochwichtige Dokumente.

An den Wänden neben den Treppen hingen riesengroße verzierte weiß-blaue Keramikteller. Einige waren zerschossen worden, die Scherben lagen überall verstreut.

Alle Türen mit Ausnahme einer schmaleren, niedrigeren standen weit offen. Ludwig schaute sich um und hörte, wie sich der Lärm immer weiter im Gebäude ausbreitete. Er musste sich darauf verlassen, dass die Exilsyrer gemäß seinen Anweisungen vorrückten und die Botschaft rasch und systematisch Zimmer um Zimmer durchsuchten.

Die kleine Tür war abgeschlossen, ein Problem, das er mit zwei Schüssen löste. Dann tauschte er das Magazin aus, schob das halb leere in seine Jackentasche, trat die Tür auf und beugte sich vor. Eine Kellertreppe.

*

Die Scheiben in dem stickigen BMW beschlugen immer mehr, und Almond öffnete sie ein paar Zentimeter mihilfe der Zentralsteuerung. Der Regen schien nicht nachlassen zu wollen. Der Tiergarten war menschenleer.

»Verdammt«, sagte GT und kaute an einem Fingernagel. »Ich wäre lieber dabei, statt hier rumzusitzen und in die Bäume zu glotzen.«

Almond zuckte zusammen. »Haben Sie das gehört?«, fragte er und starrte seinen Chef an.

»Nein, was?« GT sah sich um, als könnte er so besser lauschen. Erst vernahm er nur den Regen, der auf Kühlerhaube und Dach trommelte. Aber einige Atemzüge später waren klar und deutlich die Sirenen von einem guten Dutzend Einsatzfahrzeugen zu hören. Die Berliner Polizei war aufgewacht.

»Gretel?«, brüllte GT ins Funkgerät. »Hallo? Es kommen Leute.«

*

Ludwig schüttelte still den Kopf.

»Verstanden«, flüsterte er in das kleine Headset.

»Hast du die Zielperson gesehen?«, fragte GT.

»Nein. Ich kann jetzt nicht reden.«

Immer wieder hatte er GT und die Exilsyrer gewarnt, dass die Polizei schnell vor Ort sein würde.

Zu spät. Weiter voran. Die Treppe hinunter in den Keller.

Er schloss die Tür zum Empfang hinter sich.

»Gretel?«, war GTs Stimme wieder zu vernehmen.

Ludwig nahm verärgert das Headset ab, stopfte es in seine

Jackentasche und ging weiter die Treppe hinunter. Aus den oberen Stockwerken waren Schüsse zu hören, aber der Lärm wurde wie durch das Wasser eines Schwimmbeckens gedämpft.

Jetzt war er unten. Ein Korridor mit porösen Betonwänden erstreckte sich in östlicher Richtung der Länge nach durch das Gebäude. Niedrige Decken mit drei Wasserrohren und unzähligen Kabeln. Ludwig zog unwillkürlich den Kopf ein. Vier Stahltüren gingen vom Korridor ab. Eine davon, linker Hand Richtung Straße, war wie eine Gefängniszelle in Augenhöhe mit einer Klappe versehen.

Mit gezogener Pistole schlich Ludwig an der Wand entlang auf die Tür zu. Die Klappe war geschlossen.

Aus den Augenwinkeln nahm er eine Bewegung wahr. Quietschend ging die schräg gegenüberliegende Tür auf. Ludwig schoss in Hüfthöhe auf die Gestalt, die dahinter auftauchte. Wie ein in die Länge gezogener Kurzschluss schossen die Schallwellen in dem engen Korridor hin und her. Die Luft zischte vor Pulverdampf. Der Getroffene schrie auf, sank in die Knie und umklammerte sein Bein. Ludwig eilte auf ihn zu. Ein Mann um die fünfzig, nicht Lucien Gell und auch keiner von Gemayels Leuten. Bewaffnet. Ein Araber. Er schaute hoch.

Ein Schuss in die Stirn.

Ludwig atmete aus, atmete wieder ein, hustete. Er warf einen raschen Blick auf die Leiche und betrat dann den kleinen Lagerraum. Niemand zu sehen.

Rasch kehrte er zu der Tür mit der Klappe zurück. Sie ging nach außen auf. Fünf Sekunden verstrichen, dann trat er einen Schritt beiseite und zielte in den Raum, ohne ihn zu betreten.

Einige Ledersessel und ein Glastisch mit Nachrichtenmagazinen. Eine brennende Neonröhre an der Decke. Von seinem Standort aus konnte Ludwig nicht den gesamten Raum überblicken, der auf der rechten Seite weiterging.

Mit dem Rücken zum Türrahmen schob er sich über die Schwelle. Eine große, quadratische Lüftungsöffnung über einem gemachten Feldbett. Ein niedriges, weißes Regal. Bewegung hinter einem Sessel …

Ludwig warf sich auf die Seite, als es in dem warmen, feuchten Raum aufblitzte. Das Mündungsfeuer, der Knall und der Schmerz in seiner Brust verschmolzen. Er hatte das Gefühl, geradewegs in die Sonne geworfen zu werden.

Und dann zu erlöschen.

Syrische Botschaft
Berliner Diplomatenviertel
Do., 21. Juli 2011
[22:10 MEZ]

Lucien Gell hatte noch nie zuvor auf einen Menschen geschossen. Er fühlte sich gleichermaßen betäubt und erlöst. Eine stumme Leere hüllte ihn ein. Ihm war nicht klar, was er erwartet hatte. Seine Lage hatte sich überraschend verbessert, obwohl er davon ausgegangen war, sich nicht verteidigen zu können. Insbesondere, nachdem er die beiden Schüsse auf dem Korridor gehört hatte.

Seine Knie waren steif von den langen Minuten nach der ersten Explosion, die er hinter dem Sessel kauernd verbracht hatte, wie ein Fünfjähriger, der sich vor der Dunkelheit fürchtet. Es knackte und raschelte, wenn er sich bewegte. Seine Hände, mit denen er den Pistolengriff fest umklammert hatte, fühlten sich taub an. Seine Schulter schmerzte vom Rückstoß. Außerdem war die Haut zwischen Daumen und Zeigefinger zerfetzt worden, weil er die Waffe offenbar falsch gehalten hatte.

Jetzt legte er die Pistole beiseite, die ihm der Oberst zu Beginn des Angriffs ausgehändigt hatte. Er trat auf den Mann auf dem Boden zu und sah ihn sich gründlich an. Er war bewusstlos. Ob es an der Kugel lag oder weil der Angreifer mit dem Kopf an die Wand gestoßen war, war schwer zu sagen.

Gell zog ihm das Palästinensertuch vom Kopf und stellte fest, dass es sich bei dem Angreifer nicht um einen Araber handelte. Er zögerte kurz und durchsuchte dann seine Taschen. Keine Brieftasche, kein Handy, ein Autoschlüssel für einen VW. Ein Pistolenmagazin, ein Headset und ein Foto.

Das Foto zeigte ihn, Lucien.

Diese Schweine.

Der Oberst hatte recht gehabt. Sie waren gekommen, um ihn zu holen. Sie waren es leid.

Er musste weg. Auf welchem Weg, war ihm egal. Hauptsache, er fiel nicht den Amerikanern in die Hände.

Sollte er sich den Parka des Mannes anziehen? Er selbst trug nur ein weißes T-Shirt, wagte es aber nicht, den Mann noch einmal anzufassen.

Panisch sah er sich um. Die Fenster waren vergittert. Es gab nur einen Ausgang: den Weg, den der Mann gekommen sein musste. Hinauf in die Welt, ins Licht.

Er wickelte sich das Palästinensertuch um den Kopf und verließ den Raum. Alles, dachte er wild entschlossen und begann auf die Treppe zuzugehen, alles ist besser als die CIA.

Dann drehte er sich um. Was war eigentlich da drüben …

Der Oberst. An der Türschwelle drei Meter weiter lag der Oberst.

Gell war so erleichtert, dass er sich fast schon schämte. Er trat auf die Leiche zu und hätte sie beinahe angespuckt.

»Wir hatten eine komplizierte Beziehung«, sagte er zu dem Toten. »Für mich war sie zugegebenermaßen nicht so profitabel wie erhofft. Wie sehen Sie das?«

Tot oder lebendig – der Oberst sah ihm auch jetzt nicht in die Augen.

»Faschist«, blökte Gell. »Ihr seid doch alle Faschisten. Wie kann das eigentlich sein? Eines Tages wacht man auf, und plötzlich sind alle um einen herum Faschisten? Hm? Und jetzt sind Sie tot. Mir ist das scheißegal.«

Obwohl … etwas hatte sich verändert. Gell blieb stehen und lauschte. Keine Schüsse mehr. Rufe. Dann krachte es. Zerschmetterte Fensterscheiben.

Er beeilte sich. Bereits am Fuß der Treppe hörte er das Gebrüll der deutschen Polizisten. Er schloss die Augen und sammelte sich einen Augenblick. Ein Zitat seines Lieblingsautors fiel ihm ein: *Er schloss einen Moment die Augen und gönnte sich ein Schlückchen Dunkelheit.*

Noch nie hatte er solche Angst verspürt. Noch nie war er so … bedeutungslos gewesen. Alles war mächtiger als er, alles besaß eine größere Dichte. Die Welt warf sich ihm in einer wirbelnden Bewegung entgegen wie ein peitschender Sturm.

Was hatte er eigentlich erreicht? War er ein Hannibal oder nicht einmal ein Spartakus? Hatte das Imperium seinen Angriff überhaupt gespürt?

Rom stand noch. Rom würde bestehen bleiben. Er selbst war nur ein Insekt, das im Feuer verbrennen würde.

Die letzten Stufen legte er mit erhobenen Händen zurück.

Das Gas war geruchsfrei – erst als er husten musste, begriff er, was geschehen war. Seine Augen tränten, als hätte ihm jemand einen Kanister Chlor ins Gesicht gekippt. Er sank auf die Knie, kroch auf den Empfangstresen zu, verlor die Orientierung, musste sich beinahe übergeben, kroch weiter.

»Steh auf!«, brüllte jemand schräg hinter ihm.

Gell drehte den Kopf zur Seite und starrte in die Mündung einer Maschinenpistole und auf eine schwarze Gasmaske.

»Aufstehen, habe ich gesagt!«

Gell gehorchte und kam schwankend auf die Füße. Dann knallte es. Er sah das Mündungsfeuer zweier weiterer Schüsse, die ihn nur knapp verfehlten. Der Polizist ging in die Knie und feuerte zwei kurze Salven auf den jungen Schützen ab, der hintenüber kippte und rückwärts die Treppe hinunterschlitterte.

Der Polizist suchte die Treppe mit seinem Lasersichtgerät ab.

Gell gewann die Initiative zurück, aalte sich hinter den Tresen, kauerte sich dort zusammen und hustete.

Etwa zehn Sekunden verstrichen.

»Sie kommen da jetzt mit erhobenen Händen raus«, ließ sich die verzerrte Stimme des Polizisten hinter der Gasmaske vernehmen. »Sonst muss ich davon ausgehen, dass Sie Widerstand leisten.«

Gell erhob sich langsam. Fünf Polizisten kamen die Treppe hinunter, traten die Pistole des Toten beiseite und begaben sich zum Ausgang.

»Her damit«, zischte der Mann mit der Gasmaske.

Gell konnte kaum etwas sehen. Er streckte der Stimme seine Hände entgegen und schloss die Augen. Dann musste er würgen, aber es kam nichts.

Offenbar hatte der Polizist seine Hilflosigkeit bemerkt und verzichtete deswegen auf Handschellen. Sie gingen hinaus. Eine Maschine heulte auf. Gell sah wieder besser.

Seinen ersten Augenblick an der frischen Luft nach neun Monaten hatte sich Gell anders vorgestellt. Die Stadt sah aus, als wäre sie von einer Besatzungsarmee eingenommen worden. Zehn oder zwölf weiß-grüne Polizeiwagen, drei dunkle Kleinbusse. Zwei Hubschrauber kreisten in der Luft und suchten mit starken Scheinwerfern das Gelände ab. Gegenüber im Gebäude der nordischen Botschaften brannte in fast allen Räumen Licht. Gell konnte einige Silhouetten an den Fenstern ausmachen.

Ein Krankenwagen fuhr mit quietschenden Reifen an und schaltete das Martinshorn ein. Weitere Krankenwagen trafen ein. Ein Dutzend Polizisten in kugelsicherer schwarzer Kleidung, einige auch mit Gasmasken, gingen mit Maschinenpistolen im Anschlag auf und ab und verständigten sich dabei über Funk. Andere waren damit beschäftigt, die Demonstranten in zwei kleinere Transporter zu verfrachten. Gell wurde an zwei mit Elektroschlagstöcken bewaffnete Streifenpolizisten übergeben. Der eine bedeutete Gell, in einem der Transporter Platz zu nehmen.

Er blieb an der Tür stehen und blickte in den Wagen, in dem schon acht Aktivisten mit Palästinensertüchern saßen. Keiner von ihnen war jedoch so gründlich vermummt wie Gell.

Toller Plan, dachte er und wurde von einem weiteren Hustenanfall geschüttelt. Wie sollte es jetzt bloß weitergehen?

Der elektrische Schlag, der ihn bis in die äußersten Nervenenden durchfuhr, löste das Problem. Er schrie auf, fiel in den Laderaum und warf sich auf den erstbesten Sitzplatz. Dort blieb er schockiert sitzen.

Der Polizist, der Gell mit dem Elektroschlagstock malträtiert hatte, lachte laut auf.

»Ganz so, als würde man Vieh antreiben«, sagte er zu seinem jüngeren Kollegen, der ein wenig besorgt dreinschaute. »Reiß dich zusammen, Mann. Du darfst dir die Dinge nicht so zu Herzen nehmen.«

*

»Er antwortet nicht«, sagte GT und warf Almond einen ratlosen Blick zu. »Was, wenn die Sache schiefgegangen ist?«

Sein Untergebener verzog keine Miene, sondern erwiderte mit maschineller Präzision: »Diese Operation wurde entgegen jeder etablierten Vorgehensweise durchgeführt.«

»Wir sind hier nicht beim FBI«, erwiderte GT verbissen. »Das waren wir nie und werden es auch nie sein. Wir gehen anders vor. Wir befinden uns ständig hinter den feindlichen Linien, das lässt sich mit der Arbeitsweise der Bullen nicht vergleichen. Wir improvisieren. Wir tasten uns vor. Und Licht«, fügte er traurig hinzu, »hatte vielleicht einen schlechten Abend.«

»Einen schlechten Abend?«

GT nahm seine Brille ab und massierte seine Nasenwurzel. »Er trinkt phasenweise ziemlich exzessiv. Das sind die schlimmsten Alkoholiker, weil sie selbst glauben, sie seien die harmlosesten. Sie bilden sich ein, nur dann Alkoholiker zu sein, wenn sie trinken. Solche Menschen können auf Millionen verschiedene Arten versagen.«

Almond war momentan nicht sonderlich an den Lebensweisheiten seines Chefs interessiert. »So wie die Dinge liegen, Sir, weiß ich gar nicht, ob man überhaupt von Sieg oder Niederlage sprechen kann.«

»So wie die Dinge liegen?«, fragte GT und sah ihn an. »Und wie liegen die Dinge Ihrer Meinung nach?«

Almond holte tief Luft. Seine Geduld näherte sich ihrem Ende. »Ohne festgelegte Kriterien, anhand derer sich beurteilen ließe, was …«

»Ja, ja«, fiel ihm GT ins Wort. »Meine Güte, ersparen Sie mir dieses Gewäsch.«

Almond presste die Lippen zusammen. Noch ein Krankenwagen raste in einiger Entfernung an ihnen vorbei. GT drehte am Autoradio, das auf Radio Berlin eingestellt war. Er wechselte zum Berliner Rundfunk 91,4.

»Rudolf Heß wurde heute auf dem Friedhof von Wunsiedel exhumiert. Die dortige Kirchengemeinde hatte für seinen Todestag in einigen Wochen erneute rechtsextreme Demonstrationen befürchtet. Heß, der von Hitler zunächst als sein Nachfolger vorgesehen war, dann jedoch in Ungnade fiel, nachdem er im Alleingang nach Großbritannien geflogen war, angeblich um Friedensverhandlungen einzuleiten, nahm sich 1987 das Leben. Zu jenem Zeitpunkt war er der letzte bei den Nürnberger Prozessen verurteilte Gefangene in der Haftanstalt Spandau. In Wunsiedel hofft man nun, die Vergangenheit hinter sich lassen und nach vorn blicken zu können. Berlin. Wie wir soeben erfahren haben, wurde die syrische Botschaft in der Rauchstraße von Demokratieaktivisten gestürmt. Die anfänglich ernste Lage scheint sich inzwischen stabilisiert zu haben. Moment. Angeblich gab es bei einem Schusswechsel zwischen Demonstranten und Botschaftsangestellten mindestens acht Todesopfer und mindestens zwanzig Schwerverletzte. Polizei und Sondereinsatztruppen vor Ort haben die Lage offenbar im Griff. Also min-

destens acht Tote und etwa zwanzig Verletzte in der syrischen Botschaft. Eine sinnlose Tragödie mitten in der Hauptstadt. Wir melden uns zurück, sobald wir weitere Informationen vorliegen haben.«

Dann folgte Musik, und GT drehte leiser.

»Ich glaube nicht, dass wir besondere Kriterien benötigen, um die Lage zu beurteilen«, sagte er düster. »Die Sache ist den Bach runtergegangen.«

»Was machen wir jetzt?«

Keine Antwort.

»Sir?«

»Fahren Sie zur Botschaft«, sagte GT.

»Zur syrischen?«

»Nein, verdammt. Zu unserer.«

Almond nickte, startete den Motor und fuhr los. Die Reifen hinterließen auf dem unbefestigten Parkplatz Spuren im Schlamm. An der Siegessäule verließ er den Kreisverkehr Richtung Osten und hielt aufs Brandenburger Tor zu. Nach kurzem Zögern fragte er: »Und Licht?«

»Wenn er davongekommen ist, meldet er sich«, murmelte GT. »Sonst wird sich ja wohl einer der Krankenwagen um ihn kümmern.«

Almond lächelte. Er hatte gegen die pragmatische Herzlosigkeit seines Chefs nichts einzuwenden. Sie würde ihm geradezu fehlen.

*

Gell zuckte zusammen, als die Tür des Lieferwagens zugeschlagen wurde. Wenig später setzte sich das Fahrzeug in Bewegung. Er rieb sich die Augen. Sein Kopf schmerzte immer noch von dem Tränengas, und die Stelle, an der ihn der Schlagstock getroffen hatte, fühlte sich jetzt nicht mehr heiß, sondern eiskalt an.

Wohin waren sie unterwegs? Vermutlich in ein Untersuchungsgefängnis. Er musste sich etwas einfallen lassen, um zu entkommen, ehe man ihn identifizierte. Vielleicht konnte er ja irgendeinen Anfall vortäuschen, Epilepsie oder Diabetes …

Ein älterer Mann, der ihm gegenübersaß, betrachtete ihn forschend und wechselte Blicke mit seinen beiden Sitznachbarn. Diese standen auf.

»Wen haben wir denn da?«, fragte Kamal Gemayel und erhob sich ebenfalls.

»Ich war nur zufällig auf dem Gelände«, erklärte Gell und versuchte gelangweilt auszusehen. »Ich habe mit der ganzen Sache nichts zu tun. Das ist ein Missverständnis.«

Der Lieferwagen schlingerte, aber Gemayel behielt das Gleichgewicht. Er trat ein paar Schritte vor und riss Gell mit einem Ruck das Palästinensertuch weg.

Ein eiskaltes Lächeln erschien auf den Lippen des Alten. »Das ist er«, sagte der Syrer an seine Truppen gewandt. »Der Mann, der sich für seine Zusammenarbeit mit dem Muchabarat bezahlen lässt.«

Die Männer warfen dem entsetzten Gell hasserfüllte Blicke zu.

»Nein, nein! Ich bin auf Ihrer Seite! Das ist ein Missverständnis, habe ich doch gesagt!«

Zwei von ihnen packten Gell, warfen ihn zu Boden und hielten ihn an Armen und Beinen fest. Er brachte nur noch ein lang gezogenes Pfeifen über die Lippen.

Da kapitulierte er. Im nächsten Moment spürte er, wie sich sein ganzer Körper entspannte und weich wurde wie ein Klumpen Wachs in der warmen Hand. Jeglicher Widerstand verflog. Das Feuer, das ihn unaufhörlich angetrieben und das er der Welt entgegengeschleudert hatte, dieses Feuer hatte zu guter Letzt jeden Winkel seines Wesens ausgetrocknet und ihn vollkommen gelähmt. Es war vorbei. Er war am Ende.

Gemayel sah sich um. »Gott hat uns die Chance gegeben, die Niederlage in einen Sieg zu verwandeln«, sagte er und bediente sich damit der Ausdrucksweise seiner Gefolgsleute.

Alle nickten zustimmend.

»Wie sagt ihr Europäer doch so schön …« Gemayel hob den Blick zur Decke, um sich zu erinnern. »Genau.« Strahlend betrachtete er Gell. »Sie befinden sich auf der falschen Seite der Geschichte.«

Das Letzte, was Lucien Gell in seinem irdischen Dasein erblickte, war ein Absatz, der sich seinem Kehlkopf näherte. Siebenunddreißig Jahre voller Hass, Ekel und sinnlosen Kämpfen gingen zu Ende. Er schloss die Augen. Jetzt durfte die Dunkelheit ihn trinken.

Polizeirevier Abschnitt 42
Berlin-Schöneberg
Do., 21. Juli 2011
[22:40 MEZ]

Fran Bowden, Europachefin der CIA und innerhalb der Organisation Gegenstand zahlloser schreckenerregender Gerüchte, musste nur wenige Minuten in der gelb gestrichenen Tiefgarage unter dem Schöneberger Polizeirevier warten, bis der erste Gefangenentransport eintraf. Neben ihr stand die diensthabende Berliner Polizeichefin: eine fünfzehn Zentimeter größere, schlankere und bedeutend ängstlichere Frau Anfang vierzig. Die Deutsche hatte eine Viertelstunde zuvor einen Anruf vom Innenminister erhalten. Die Anweisung lautete, dem geringsten Wink Bowdens zu gehorchen.

Der Lieferwagen hielt. Wortlos stellte sich Bowden neben die uniformierten Polizisten, die sofort die Hecktüren des Wagens öffneten. Einer der Beamten sprang in den Wagen und streckte Bowden seine Hand entgegen. Diese lehnte amüsiert die Hilfe ab und stieg ebenfalls ein.

Sieben Syrer warfen ihr misstrauische Blicke zu. Der achte schien sich mehr für den Boden unter ihren Füßen zu interessieren.

»Gell?«, sagte Bowden, trat auf den neunten Passagier zu und gab ihm zwei leichte Ohrfeigen. Als das nichts half, schüttelte sie ihn. Gell fiel auf den Schoß seines Nebenmanns, der sofort aufsprang. Rasch drückte der Polizist den Demonstranten auf seinen Sitz zurück. Inzwischen war Gell wie ein schweres Segeltuch auf den Boden gerutscht.

»Deutsche Polizeigewalt!«, krakeelte Kamal Gemayel und deutete triumphierend auf Lucien Gells Leiche.

Fran Bowden hatte einen langen Flug über den Atlantik hinter sich, der dritte innerhalb von vier Tagen. Sie warf einen letzten Blick auf Gell, drehte sich um, kletterte aus dem Lieferwagen und ging auf die diensthabende Polizeichefin zu.

»Ich bedaure das außerordentlich«, stotterte die Polizistin. »Wir hätten ihn nie in denselben Transporter gesetzt, wenn wir gewusst hätten … Wir sind davon ausgegangen, alle Demonstranten wären auf derselben Seite. Es ist mir ein Rätsel, wie …«

Bowden presste die Lippen zusammen. »Holen Sie uns lieber einen Kaffee«, sagte sie nachsichtig. »Dann kümmere ich mich um die Kopfarbeit.«

*

Ludwig blinzelte vorsichtig in das starke Licht.

»… das kommt ganz drauf an«, hörte er die Stimme einer Frau im Hintergrund. »Manchmal merkt man stundenlang gar nichts. Das Wichtigste ist anschließende Ruhe, damit nichts … Jetzt ist er aufgewacht, glaube ich.«

»Guten Abend«, sagte eine Männerstimme. Ludwig öffnete die Augen vollends und erblickte einen Mann mit grauem Jackett und rotem Schlips.

»Guten Abend«, antwortete Ludwig und zuckte zusammen, weil seine Rippen so schmerzten.

Er lag in einem Fahrzeug, das sich bewegte. Ein Krankenwagen.

»Name und Adresse bitte«, sagte der Schlips.

»Ich erinnere mich nicht«, versuchte Ludwig sich aus der Affäre zu ziehen.

»Was Sie nicht sagen«, erwiderte der Schlips und lächelte versöhnlich. »Wir kommen später darauf zurück. Man hat auf Sie geschossen, daran erinnern Sie sich vielleicht?«

»Ja, durchaus.« Ludwig räusperte sich und spürte wieder den stechenden Schmerz.

»Vielleicht sollten wir erst einmal der Frage nachgehen, weswegen Sie sich in der syrischen Botschaft aufhielten? Sie sind deutscher Staatsbürger, nicht wahr?«

»Mehr oder weniger.«

»Also, was haben Sie dort gemacht?«

»Ich habe Hilferufe gehört.«

»Aus dem Botschaftsgebäude?« Der Polizist sah unzufrieden aus.

»Ja. Und Schüsse. Also bin ich reingelaufen. Die Rufe kamen aus dem Keller. Als ich runterkam, wurde auf mich geschossen.«

»Wenn ich Sie recht verstehe, haben Sie also nur Ihre staatsbürgerliche Pflicht getan, Herr …?«

»Ich kann mich an meinen Namen nicht erinnern. Wer bin ich?«, fragte Ludwig theatralisch und breitete die Arme aus. Das hätte er lieber unterlassen sollen. Der Schmerz raubte ihm fast den Atem.

Der Polizist sah ihn müde an. »Pflegen Sie in schusssicherer Weste im Diplomatenviertel spazieren zu gehen?«

»Die Zeiten sind unsicher geworden«, erklärte Ludwig und meinte jede Silbe ernst.

Der Polizist schüttelte missbilligend den Kopf.

»Ist das Ihre Pistole?« Er hielt ihm die Glock in einer Plastiktüte hin. »Und ist das Ihr Funkgerät?«

»Nein«, antwortete Ludwig und musste sein lautes Stöhnen nicht einmal vortäuschen. »Ich glaube, ich habe mir ein paar Rippen gebrochen. Ein bisschen Morphium wäre jetzt nicht schlecht.«

»Wir können ihm noch etwas mehr geben«, hörte er die Stimme der Sanitäterin aus dem Hintergrund.

Nach zehn Sekunden breitete sich ein angenehmes Ziehen in

seinem Blutkreislauf aus, und das Atmen fiel ihm leichter. »Danke«, sagte Ludwig schwach und sah sich um.

Im Rettungswagen befanden sich nur der Polizist, die Sanitäterin und er selbst. Der Polizist war jung, aufgedreht und siegesgewiss, also der genaue Gegensatz von Ludwig.

Seine Gedanken kamen langsam wieder in Gang. Niemand hatte ihm Handschellen angelegt, das war das Wichtigste. Nur die Infusion hielt ihn fest. Die Sirenen waren nicht eingeschaltet, und das bedeutete zweierlei: Erstens war er nicht ernsthaft verletzt, eine Annahme, die auch dadurch bestätigt wurde, dass man ihm die Schuhe nicht ausgezogen hatte. Zweitens würde der Krankenwagen früher oder später bei Rot halten.

Er musste einfach nur Geduld haben. Der Polizist plapperte weiter, und Ludwig beteuerte, dass er sich an nichts erinnere. Die Fahrt ging weiter.

Da spürte Ludwig, wie gebremst wurde, und zwar nicht weil sie in eine Kurve gingen, sondern auf gerader Strecke. Offenbar eine rote Ampel.

»Warten Sie«, stöhnte Ludwig schwach, »ich glaube, jetzt erinnere ich mich, dass …«

Die letzten Worte nuschelte er so leise, dass der Polizist ihn nicht verstehen konnte. Mit freundlicher Miene beugte sich der Beamte vor.

Jetzt war der Krankenwagen zum Stillstand gekommen. Ludwig packte den Mann am Schlips, zerrte ihn zu sich herunter und knallte ihm seinen Kopf mit voller Wucht an die Stirn. Dann stieß er ihn beiseite. Der Polizist blinzelte schockiert und tastete automatisch nach seiner Waffe, doch Ludwig war bereits auf den Beinen und trat ihm gegen das Kinn. Dann riss er sich, was mindestens ebenso schmerzhaft war, die Infusionsnadel aus dem Arm.

Mit der Pistole des Polizisten in der einen und seiner eigenen in der anderen Hand wandte er sich an die Sanitäterin: »Machen Sie keine Dummheiten!«

Die Mittvierzigerin war in die Hocke gegangen und hielt sich die Unterarme vors Gesicht. Langsam und deutlich schüttelte sie den Kopf.

»Gut«, sagte Ludwig. Dann öffnete er die eine Hecktür, sprang auf die Straße und schloss sie vorsichtig hinter sich. Das Auto hinter dem Krankenwagen, das soeben bei Grün wieder angefahren war, musste scharf bremsen. Ludwig trat auf den Bürgersteig und sah den Krankenwagen wegfahren – die Sanitäterin hatte den Fahrer also noch nicht alarmiert.

Er sah sich um. Torstraße, knapp einen Kilometer westlich vom Rosenthaler Platz. Sie waren unterwegs zum Krankenhaus Prenzlauer Berg gewesen.

Ludwig ging in südlicher Richtung weiter und bog dann links in die Linienstraße ein, die parallel zur Torstraße verlief. Ostwärts, mühsam an der Mauer des Garnisonsfriedhofs entlang. Gegenüber ein Mietshaus mit Fahnen aus aller Welt auf den Balkons, zuunterst an der Fassade Graffiti mit Naziparolen. Die Satellitenschüsseln gaben freudig Auskunft über ihre Besitzer: Die Migrantenfamilien ließen es sich offenbar etwas kosten, sie mit dem Porträt des ältesten Sohnes, des Lieblingsfußballers, einer Landkarte der Heimat, mit Heiligenbildchen, Halbmonden und Dollarzeichen schmücken zu lassen.

Die Waffe des Polizisten wickelte er in seinen Parka und warf beides in eine Mülltonne. Auf der Minusseite zu verbuchen war, dass er seine Kevlarweste los war, dass Brieftasche und Handy zu Hause in der Wohnung lagen, dass er mindestens eine Rippe gebrochen und vermutlich eine Gehirnerschütterung hatte. Er schob eine Hand in die Tasche seiner Jeans. Doch, die Geldscheine lagen noch dort. Positiv war immerhin, dass er seine Pistole noch besaß, dass ihn niemand identifiziert und dass der Regen endlich aufgehört hatte. Nach einigen Hundert Metern bereute er bitterlich, nicht um noch mehr Morphium gebeten zu haben.

Bald würde die Polizei seine Personenbeschreibung bekanntgeben und nach ihm fahnden. Er musste sein Aussehen verändern. An der Kreuzung Gormannstraße lag ein auch spätabends geöffneter Souvenirladen. Mit den kleinen Dingen des Lebens hatte er immer Glück gehabt, nur das große Ganze wollte ihm nicht recht gelingen.

Ludwig kaufte sich ein unangenehm enges, schwarzes T-Shirt mit einem Berliner Bären, eine schwarz-graue Los-Angeles-Kings-Cap und eine graue Jeansweste. So ausstaffiert glich er einem vierfachen Vater, der schon längst die Hoffnung auf eine Mitgliedschaft in einem Rockerclub aufgegeben hatte und sich damit begnügte, ab und zu mit seiner Kawasaki mit 125 PS in die Hauptstadt zu brettern, Bier und Schnaps zu trinken, Currywurst zu essen und die Abende ausklingen zu lassen, indem er versuchte eine Stripperin ins Hotelzimmer abzuschleppen. Jener Typus Mann also, mit dem Ludwig jetzt liebend gerne getauscht hätte.

Dann setzte er sich in Bewegung. Mit jedem Schritt, den er auf dem nassen Asphalt zurücklegte, nahm seine Gewissheit zu: Erstens: Gell hatte auf ihn geschossen. Zweitens: Das war das allerletzte Erfolgserlebnis des jungen Mannes gewesen.

Ein Polizeihubschrauber schwebte über dem Alexanderplatz, als hätte er dort unten etwas Sehenswertes entdeckt. Fünf Sekunden, acht, dann flog er mit schräg nach unten gerichteten Scheinwerfern weiter. Vermutlich war er zum nächsten größeren Verkehrsknotenpunkt unterwegs. Sie hatten keine Spur. Es war schon denkwürdig, dass man Steuern zahlte, damit die Behörden dann nach einem fahnden konnten.

Ludwig setzte seinen Weg fort. Es gab Situationen, in denen man Befehlen gehorchte, in denen man tat, was von einem erwartet wurde, und den Mund hielt. Es gab Situationen, in denen das sogar richtig war. Und es gab ganz andere Situationen.

*

Am Himmel über Berlin stand der Mond wie ein Plattfisch unter Blitzbeleuchtung in einem exotischen Unterwasserfilm. Die Siegesgöttin auf dem Brandenburger Tor musterte eingehend den Berliner CIA-Chef, der in gleicher Höhe auf dem Dach der amerikanischen Botschaft stand und den letzten Bissen seines zweiten Big Mac aß. Vereinzelte Einsatzfahrzeuge jagten mit heulenden Sirenen durch die Stadt. Die Wolken hatten ihr Bombardement eingestellt und waren nach Osten weitergezogen. Es war kurz nach elf.

Seit Bowdens Anruf waren zehn Minuten vergangen. Sie befand sich auf dem Weg zu ihm, und ihre Laune war nicht die beste.

GT ertappte sich beim Gedanken, dass er seine Frau vermisste. Irgendwann hatte Martha aufgehört, ihn nach seinem Tag zu fragen. Vierzig Jahre lang hatte er gemurrt und sich über ihre Neugierde beklagt, hatte ihr dann aber doch so manches erzählt. Eines Abends war alles vorbei gewesen. Waren ihr seine gespielte Widerwilligkeit oder seine Geschichten zu viel gewesen? Irgendwann hatte er nämlich aufgehört, von seinen eigenen Erfolgen zu berichten, und nur noch von den Misserfolgen anderer erzählt. Das war der Zeitpunkt gewesen, an dem er sich auch nicht mehr gesträubt hatte. Inzwischen bat Martha ihn immer öfter darum zu schweigen.

Die Stahltür zum Treppenhaus wurde geöffnet. GT drehte sich um. Almond hielt der Europachefin die Tür auf, und Bowden marschierte an ihrem Lakaien vorbei auf GT zu.

Verlegen schob dieser die braune McDonald's-Tüte mit dem Fuß beiseite. »Fran«, sagte er knapp.

Almond verschwand die Treppe hinunter.

»Was hast du da angerichtet?«, sagte Bowden, stellte sich neben ihn und betrachtete den Tiergarten und die Reichstagskuppel.

»Wir haben inzwischen einen Präsidenten«, meinte GT, »der einen neuen Ton angeschlagen hat und der möchte, dass wir uns tief in die Augen schauen und lieben, gemeinsam vor dem UNO-Hochhaus Lagerfeuer anzünden, uns an den Händen fassen und

Friedenslieder in Esperanto singen. Gleichzeitig hasst er es, wenn in der Vergangenheit herumgewühlt wird.«

»Clive.«

»Alles soll erneuert, aber nichts Altes darf unter die Lupe genommen werden. Es soll sich einfach in Luft auflösen. Von allein. Ich frage mich, was Mandela wohl dazu sagen würde. Mit Wahrheitskommissionen hat das ja herzlich wenig zu tun. Steht nicht überhaupt eine Büste von Nelson Mandela im Oval Office?«

»Martin Luther King.«

Langes Schweigen.

GT trank schlürfend einen Schluck Cola. »Was ich angerichtet habe? Ich habe versucht, meine Arbeit zu tun. Ich glaube nämlich nicht, dass sich Scheiße einfach von selbst verflüchtigt, also habe ich nach Lucien Gell gesucht. Ich wollte ihn aus der Botschaft rausholen und den deutschen Behörden übergeben, und zwar halbwegs lebendig.«

Bowden starrte geradeaus und erwiderte reserviert: »Ohne es vorher mit uns in Langley abzustimmen?«

»Ich hatte das Gefühl, rasches Handeln sei angezeigt.«

Wer hatte ihn verraten? Kaum hatte er sich diese Frage gestellt, wusste er auch schon die Antwort. Derjenige, der davon profitierte: Almond. GT hätte in seinem Alter, in dem noch eine Beförderung möglich war, ebenso gehandelt.

Bowden schwieg eine Weile und sagte dann: »Du hast die Arbeit von Jahren zerstört, Clive.« Ihr Tonfall war betrübt. »Von Jahren.«

»Niemand weiß, dass wir hinter dem Angriff auf die Botschaft stecken«, versuchte GT sie zu besänftigen. Er trank den letzten Schluck Cola, und der Strohhalm erzeugte ein schlürfendes Geräusch im Pappbecher.

Sie schnaubte. »Ich pfeife auf unser Verhältnis zu den Syrern! Darum geht's mir gar nicht. Ich spreche von Lucien.«

GTs Miene verfinsterte sich. »Wieso Lucien?«, fragte er langsam.

»Er war einer von uns.«

GT schüttelte den Kopf.

»Lucien war einer von uns«, wiederholte sie.

Für GT brach eine Welt endgültig zusammen. Mit dem Hass des Besiegten im Blick drehte er sich zu ihr um.

»Operation CO?«

»Ja«, sagte Bowden.

»Ich habe dich *vor drei Tagen* in Brüssel nach dieser Operation CO gefragt.«

»Und was habe ich dir da geraten?«

»Das kann nicht sein«, murmelte GT. »Das kann einfach nicht sein.«

Bezog er sich darauf, dass Gell für die CIA gearbeitet oder dass er selbst nichts geahnt hatte? Oder dass es für ihn so endete: mit einem Versagen, das kaum zu überbieten war, mit einer Dummheit, wie es sie so noch nie gegeben hatte?

Oder bezog er sich auf das Leben als solches – die erste und letzte Unmöglichkeit.

»Wir haben ihn vor fünfzehn Jahren angeworben, als er noch studiert hat«, fuhr Bowden fort. »Anfänglich hatten wir geplant, dass er rechtsextreme Kreise hier in Europa infiltrieren sollte, aber dann kam der Krieg gegen den Terrorismus und dieser ganze Ärger mit … mit den undichten Stellen.« Sie holte tief Luft und senkte die Stimme. »Wir haben ihn gebeten, ein eigenes konkurrierendes Netzwerk zur Informationsweitergabe aufzubauen. Eines, das wir kontrollieren konnten.«

»Aber über Hydraleaks ist doch unendlich viel an die Öffentlichkeit gelangt!«

»Nur solches, von dem wir wussten, dass es die Gegenseite ohnehin schon hatte«, meinte Bowden achselzuckend und betrachtete die McDonald's-Tüte, die sich im Wind bewegte. »Und etliches, wofür sich die anderen gar nicht interessiert haben, beispielsweise, was die Iraner so treiben. Und die Chinesen. Und die Russen. Und so weiter.«

GT konnte trotz allem seinem Jagdinstinkt nicht ganz trotzen.

»Wo hält sich Gell jetzt auf?«

»Er ist tot. Die Syrer haben ihn erschlagen.«

»Welche Syrer?«

»Stell dich nicht dümmer, als du bist«, sagte sie ungnädig. »Deine Syrer natürlich. Die syrischen Helden.«

»Ich habe ihnen eingeschärft, dass sie ihn am Leben lassen sollen.«

Bowden lachte boshaft und verdrehte kaum wahrnehmbar die Augen.

»Ja, ja«, sagte GT. »Aber was wollte er vom Muchabarat, wenn ihr ihn doch unter Kontrolle hattet?«

»Lucien war ein sehr labiler Junge. Sehr labil. Und er besaß etwas, was keinem Spion dienlich ist.«

»Und zwar was?«

»Er besaß Charakter.«

»Narzissmus ist eine Persönlichkeitsstörung und zeugt nicht gerade von Charakter«, wandte GT ein.

»Charakter ist die schlimmste Persönlichkeitsstörung, die man sich in diesem Zusammenhang vorstellen kann.« Beklemmt schüttelte Bowden den Kopf. »Wir hätten ihn besser betreuen und ihm unsere Wertschätzung deutlicher zeigen müssen. Vor allen Dingen hätten wir ihm die Rolle des Helden zuweisen sollen, aber wir haben ihn einfach sich selbst überlassen. Dies geschah natürlich aus Sicherheitsgründen, bereits in einem frühen Stadium haben wir beschlossen, keine Person zu seiner Überwachung bei Hydraleaks einzuschleusen. Wir sind ein Risiko eingegangen, um Risiken zu minimieren. Das war dumm. Es entstand ein lebensgefährliches Vakuum, das wir hätten füllen sollen.«

»Ich habe ihn von seinem ersten Fernsehauftritt an inständig gehasst. Er war ein richtiger Vollblutidiot.«

»Du bist der Idiot, Clive.«

»Ich weiß.« Er schaute zu Boden. »Wer wird mein Nachfolger?«

»Vermutlich Jack Almond. Das ist noch nicht entschieden. Aber er hat bewiesen, dass er das Zeug dazu besitzt.«

GT lächelte ergeben. »Er macht seine Sache sicher gut, vor allem, wenn du ihm ein bisschen was von deiner Courage abgibst.«

»Du hast deine Sache zeitweise auch gut gemacht«, erwiderte Bowden versöhnlicher. »Wir verdanken dir viel, Clive. Ich werde dafür sorgen, dass kein Schatten auf deinen guten Ruf fällt.«

GT nickte steif.

Es war ganz offensichtlich, dass seine Chefin immer noch etwas von ihm wollte. Schon im nächsten Moment fragte sie: »Wie hast du ihn eigentlich gefunden? Wir haben fast ein Jahr lang nach ihm gesucht. Ich habe schon befürchtet, er hätte sich das Leben genommen.«

»Wir haben seine Anwältin«, meinte GT mit gewisser Zufriedenheit. »Faye Morris. Amerikanerin.«

»Ich weiß, wer sie ist. Diese Linksradikale.«

»Das würde ich nicht sagen.« GT schüttelte den Kopf. »Eher radikale Mitte.«

»Noch schlimmer.«

»Sie verfügt über eine Liste, die richtig interessant sein könnte«, fuhr GT fort. »Sie umfasst alle, die im Laufe der Jahre Dokumente an Hydraleaks weitergegeben haben. Ich überlasse dir Faye Morris. Du kannst sie als mein Abschiedsgeschenk betrachten.«

Die Tür zum Treppenhaus flog auf. »Sir«, rief Almond. »Licht ist am Telefon.«

»Wer?«, wollte Bowden wissen.

GT trat auf Almond zu, nahm dessen Handy in Empfang und trat beiseite. »Ludwig?«, fragte er atemlos. »Wie ist es gelaufen?«

»Ich wollte dich gerade dasselbe fragen«, erwiderte Ludwig.

»Wo steckst du?«

»In einer Telefonzelle.« Pause. »Gell hat auf mich geschossen. Ich glaube jedenfalls, dass er es war.«

»Er hat auf dich *geschossen*?«

»Ja. Großkalibrige Pistole, hätte fast die Weste durchschlagen. Ich habe das Bewusstsein verloren. Er ist entkommen.«

»Gemayels Leute haben ihn umgebracht«, erwiderte GT. »Es ist vorbei.«

Die Papiertüte wurde vom Wind gepackt und Richtung Tiergarten getragen. GT musste unwillkürlich an das verletzte Vogeljunge denken, das er auf Geheiß seines Vaters hätte umbringen sollen. Er hatte sich geweigert und es in die Freiheit entlassen. Zwei Tage später hatte er einen kleinen Vogel im Maul der räudigen Katze gesehen und sich eingeredet, dass es nicht derselbe war.

Ludwig schwieg eine Weile und bemerkte dann: »Wie praktisch.«

»Jetzt hör schon auf.«

»Das entsprach sicher deinen Anweisungen. Was hast du Gemayel dafür versprochen – Asyl in den USA für seine Verwandten? Was wäre gewesen, wenn ich versucht hätte, ihn daran zu hindern?«

GT zog es vor, diese Frage nicht zu beantworten.

Eine halbe Minute verstrich. »Heute Abend sind noch mehr Leute gestorben, Clive. Ganz umsonst.« Der Deutsche lachte, aber es war kein herzliches Lachen. »Ich musste einen Fünfundzwanzigjährigen im Regen verbluten lassen. Bloß, weil du in einer ausufernden Sechzigerkrise steckst.«

GT fiel keine passende Antwort ein. Bowden betrachtete ihn neugierig aus der Ferne. Almond stand mit der ausdruckslosen Miene eines gelangweilten Kellners auf der Schwelle. GT hasste ihn grenzenlos.

»Wo steckst du?«, fragte GT noch einmal.

»Ich muss weiter.«

»Hör zu, Ludwig, Gell hat seit fünfzehn Jahren für die CIA gearbeitet, dann ist er von der Bildfläche verschwunden.«

»Woher weißt du das?«

»Meine Chefin hat es mir eben erzählt.«

»Und das hätte uns niemand früher sagen können?«

GT sah sich um und sprach leiser weiter. »Ich vermute, dass sie ihn trotzdem ausfindig machen wollten. Das hatte offenbar oberste Priorität. Da meine Chefin hierher geflogen ist, statt mich anzurufen und die Operation abzublasen, glaube ich, dass alle dennoch recht zufrieden sind. Genau wie ich ist sie ein Risiko eingegangen. Die Sache ist somit beendet, Ludwig, und ich muss die Konsequenzen tragen. Schluss, aus, vorbei.«

Es vergingen einige Sekunden.

»Das Einzige, was hier endet«, sagte Ludwig Licht schließlich in einem Ton, den er GT gegenüber noch nie angeschlagen hatte, »ist unsere Zusammenarbeit.«

Klick.

Verzweifelt sah sich GT um. Wenn er in seinem Arbeitszimmer einen Schnapsvorrat gehabt hätte, dann wäre er jetzt nach unten gegangen und hätte sämtliche Flaschen geleert.

Mit gerunzelter Stirn kam Bowden auf ihn zu.

»Das war nur ein alter Freund«, sagte GT und schluckte. »Ein sehr sentimentaler Mann.«

Soho House
Berlin-Mitte
Do., 21. Juli 2011
[23:15 MEZ]

GTs Wachmann vor der Hotelsuite erkannte Ludwig, fragte aber trotzdem nach dem Codewort.

»Stoppt die Druckpressen«, sagte Ludwig und wurde eingelassen.

Faye lag auf dem großen Bett und schaute die Fernsehnachrichten. Jegliche Farbe war aus ihrem Gesicht gewichen. Auf dem Nachttisch standen eine halb volle Flasche Rotwein und ein Champagnerglas.

»Wir müssen hier weg«, sagte Ludwig und trat auf sie zu, »und zwar sofort.«

Faye deutete mit der Fernbedienung auf die Aufnahmen der Leichensäcke, die vom Botschaftsgrundstück getragen wurden. Sie brachte kein Wort über die Lippen.

Ludwig rückte seine Basecap zurecht und starrte zu Boden. »Vertrauen Sie mir?«, fragte er und schluckte.

»Ich vertraue darauf, in Bewegung zu bleiben«, antwortete Faye gedämpft. »Das ist mir zur zweiten Natur geworden, glaube ich.«

Ludwig kratzte vorsichtig an der Beule am Hinterkopf. »Gut, denn es wird Ihnen nichts anderes übrig bleiben.«

Sie tauschten einen komplizenhaften Blick aus. Wir haben uns jedenfalls nichts zuschulden kommen lassen, dachte Ludwig – oder zumindest ein verkümmerter Teil seiner selbst. Andere Teile seiner Persönlichkeit waren natürlich ganz anderer Meinung.

»Nichts davon ist Ihre Schuld«, sagte er, trat auf sie zu und versuchte ihr eine Hand auf die Schulter zu legen. »Wir sind da einfach … in was reingeraten.«

Er ging zum Fenster. Die Gardinen waren zugezogen.

Schließlich brach sie das Schweigen, drehte sich zu ihm um und fragte mit einem verblüfften Lächeln: »Was haben Sie denn da an, um Gottes Willen?«

»Ich erwäge, mich einer Rockergang anzuschließen«, murmelte Ludwig. »Kommen Sie. Ihre letzte Chance, sonst müssen Sie diese Sache alleine schultern.«

»Und wo ist der dumme Fettsack?«

»Er ist raus aus der Sache, und ich habe gekündigt. Zeit, dass wir uns aus dem Staub machen, ehe die neuen Kräfte walten.« Er holte tief Luft und sagte dann: »Lucien Gell ist tot.«

Faye wirkte nicht sonderlich erstaunt, trotzdem schien ein letztes Fünkchen Hoffnung in ihrem Blick zu erlöschen, als hätte sie bis zuletzt auf ein Wunder gehofft. Es war ein beklemmender Anblick.

»Wie ist er gestorben?«, erkundigte sie sich schicksalsergeben.

Ludwig nickte zum Fernseher.

»Ich war es nicht«, meinte er. »Aber kommen Sie jetzt. Ich erzähle es Ihnen später. Sind Sie bereit?«

Sie holte ihre Tasche, verschwand im Badezimmer, kehrte zurück und begann dann im Zimmer auf und ab zu gehen. Schließlich hielt sie inne und sagte: »Ich bin bereit.«

Ludwig öffnete die Tür und sagte zu dem Wachmann: »Ich habe die Anweisung erhalten, sie woandershin zu bringen.«

»Davon weiß ich nichts«, erwiderte der Amerikaner und griff sofort zu seinem Handy.

Ludwig legte ihm vorsichtig die Hand auf den Arm und flüsterte: »Das liegt daran, dass wir uns seit der Katastrophe in der syrischen Botschaft in Stillschweigen hüllen.«

»Ach, wirklich? Waren *wir* das etwa?«, fragte der Wachmann entgeistert.

»Lieber nicht. Also, keine Anrufe. Außerdem ist im Augenblick niemand bereit, irgendetwas zu bestätigen. Wollen Sie sich etwa in diese Sache reinziehen lassen?«

Der Wachmann schüttelte den Kopf.

»Teilen Sie den Leuten da unten bitte per Funk mit, dass wir kommen«, bat Ludwig, »und dann packen Sie in zehn Minuten zusammen. Wie gesagt, äußerste Diskretion, bitte.«

»Verstanden.«

Zwei von GTs Gorillas nagelten sie von ihren Posten in der Lobby aus mit ihren Blicken regelrecht fest, aber nichts geschah. Eines hatte Ludwig im Laufe der Jahre gelernt: Kein Befehl wird so blind befolgt wie der Befehl, eine Operation abzubrechen.

*

»Können Sie das Radio bitte lauter drehen?«, bat Ludwig fünf Minuten später den Taxifahrer.

»Mittlerweile wurde bestätigt, dass ein Opfer des heutigen Anschlags auf die syrische Botschaft der seit Monaten untergetauchte Hydraleaks-Gründer Lucien Gell ist. Gell war von manchen Menschenrechtsaktivisten heftig für seine zunehmend einseitige Stellungnahme gegen die Westmächte kritisiert worden. Im Zusammenhang mit dem Arabischen Frühling im Nahen Osten forderte er wiederholt dazu auf, sich nachdrücklicher für die Demokratie einzusetzen. Laut Angaben aus nachrichtendienstlichen Kreisen wird darüber spekuliert, ob Gell selbst an dem Angriff teilgenommen haben könnte, um so seinen Standpunkt auf spektakuläre Weise zu unterstreichen. Gleichzeitig teilt Der Spiegel *mit, dass in der nächsten Ausgabe ein längeres Interview mit Gell veröffentlicht wird, das erste seit fast einem Jahr. Lucien Gell wurde*

siebenunddreißig Jahre alt. Weitere Nachrichten: In Berlin scheint sich ein neuer Mafiakrieg zwischen moldauischen und russischen Kriminellen anzubahnen. Der sogenannte Pornozar Pavel Menk wurde heute Nachmittag ermordet auf einem Boot im Wannsee aufgefunden. Gut informierte Kreise innerhalb der Polizei lassen verlauten, dass es sich dabei bereits um die zweite brutale Hinrichtung innerhalb kurzer Zeit mit Verbindungen zu …«

»Sie können jetzt ausmachen«, sagte Ludwig.

Der Taxifahrer drehte die Lautstärke runter. »Ich bin ihm mal begegnet«, sagte er mit einem Lachen.

»Lucien Gell?«, fragte Faye.

»Wem? Ach so, nein. Pavel Menk. Er hat vor einigen Jahren an der Beerdigung meines Schwagers teilgenommen. Nett. Gesprächig.«

Zehn Minuten später trafen sie in der Adalbertstraße ein.

*

Bowden und GT tranken ein letztes Mal Kaffee in seinem Büro und warteten auf Almonds Lagebericht. Anschließend würde GT mit unmittelbarer Wirkung in den Ruhestand versetzt werden und somit sämtliche Sicherheitsbefugnisse verlieren. In ein paar Tagen würde eine Spedition seine Habseligkeiten nach Dahlem bringen.

Es schmerzte ihn, dass er das Haus verkaufen und wieder in die USA ziehen musste. Martha und er hatten zwar darüber gesprochen, sich in einigen Jahren ein Haus in New England zu suchen, aber nicht jetzt schon.

Außerdem ging es dem europäischen Immobilienmarkt momentan sehr schlecht. Es war ein fürchterlicher Zeitpunkt, um verkaufen zu müssen. Sie würden zwar einen guten Gewinn erzielen, aber weniger als noch vor zwei Jahren oder wenn sie die Krise ausgesessen hätten.

Bowden machte auf GT einen äußerst zufriedenen und entspannten Eindruck. So wie immer, ungeachtet der Umstände. Das lag nicht nur daran, dass sie es gewohnt war, immer auf Reisen zu sein, sondern auch an ihrer Grundeinstellung, sich ständig im Krieg zu befinden. Sobald sie nicht unter feindlichem Beschuss war, fühlte sie sich wie in einer Oase des Friedens. Diese Aura eines ruhenden Raubtiers vor dem nächsten Angriff machte sie so furchterregend.

Mit einer Mischung aus Trauer und Faszination dachte GT, dass er, wenn er von vorn beginnen könnte, alles genauso wie sie machen würde.

»Oder was meinst du?«, sagte sie gerade.

GT räusperte sich und kehrte in die Gegenwart zurück. »Entschuldige, ich war in Gedanken woanders.«

»Ich habe gesagt …«

Almond trat ein, ohne anzuklopfen. Er wirkte noch nervöser als sonst. Bowdens kompletter Gegensatz: die von der Hetzjagd vollkommen erschöpfte Beute.

»Morris ist weg«, erklärte der Berliner CIA-Chef in spe. »Licht hat sie abgeholt.«

»Auf deinen Befehl hin, Clive?«, fragte Bowden.

»Nein«, antwortete GT.

»Wer ist Licht?«

GT rieb sich die Schläfe. »Ein alter Mitarbeiter. Er war heute Abend in der Rauchstraße dabei. Wer weiß, was er jetzt im Schilde führt. Vielleicht … nein, ich weiß es nicht. Vielleicht muss er ja jetzt den Helden spielen.«

Bowden verzog keine Miene.

Alle schwiegen. GT gab sich wieder seinen Grübeleien über die Zukunft hin.

»Warten Sie«, sagte Almond und strahlte. »Bislang hat doch wohl niemand den Sender an seinem Auto entfernt?«

»Soweit ich weiß, nicht!«, erwiderte GT fast schnurrend. »Setzen Sie sich mit Johnson in Verbindung.«

*

Faye, die die LA-Kings-Cap trug, wartete auf der Straße, während Ludwig seine Brieftasche, die Autoschlüssel, Schmerztabletten und ihr Handy aus der Wohnung holte. Er brauchte nur wenige Minuten, und es überraschte ihn beinahe, dass sie noch da war.

»Wo fahren wir hin?«, fragte sie, während sie zu seinem Range Rover gingen, der vor dem Tabakladen schräg gegenüber von Ludwigs Einfahrt stand.

Er stieg ein, öffnete die Beifahrertür von innen und sagte: »Ich dachte, das wüssten Sie.«

Faye nahm Platz und schnallte sich an. Ludwig drehte den Zündschlüssel um. Ein Jaulen, schwach, aber beharrlich, erst schrill, dann leiser, schließlich Stille.

»Verdammtes englisches *Scheißauto!*«, brüllte Ludwig und schlug mehrere Male auf das Lenkrad ein. »Ich hasse es! *Ich hasse es!*«

Die Sekunden vergingen. »Warum springt es nicht an?«, erkundigte sich Faye vorsichtig.

»Die Batterie ist leer. Wenn das Auto zu lange im Regen steht, werden die Kabel feucht. Das dauert dann Stunden.« Er legte die Stirn aufs Lenkrad und sagte zu sich selbst: »Was für ein verdammter Tag.«

»Ich kann Sie verstehen.«

»Nein, können Sie nicht. Kommen Sie.«

Er stieg aus, wartete auf sie, schloss dann das Auto ab und ging auf das *Venus Europa* zu.

Die Küche war geschlossen, es ging auf Mitternacht zu. Im Lokal saßen nur noch Liebespärchen und ein paar Trinkfreudige, die bis zur Sperrstunde um eins vorglühen wollten. Die Anspruchsvolleren nahmen sich dann ein Taxi zu einem Club, die anderen schleppten sich zu einer der nahe gelegenen rund um die Uhr geöffneten Kaschemmen. Wie immer war die Auswahl für die Leute mit den geringsten Ansprüchen am größten.

»Kaffee«, sagte Ludwig zu Scheuler, der hinter der Bar stand. »Außerdem muss ich mir dein Auto leihen.«

Scheuler war verschwitzter und wirkte aufgedunsener denn je. Ein Silberkettchen ergänzte sein Rasierekzem. »Warum?«, fragte er und öffnete eine Flasche Cola.

»Was soll das denn sein?«, fragte Ludwig und sah die Flasche finster an.

»Ich habe immer noch nicht raus, wie die Maschine funktioniert. Sie ist heikel. Ich wollte mir die Bedienungsanleitung morgen runterladen.«

Ludwig spülte mit der Limonade drei Schmerztabletten runter. »Die Autoschlüssel, und zwar ein bisschen dalli, Martin.«

»Und wie soll ich dann nach Hause kommen?«, fragte Scheuler und musterte Faye. Der Blick, den er ihr zuwarf, wechselte rasch von Neugier zu Eifersucht.

»Nimm dir ein Taxi, verdammt noch mal.« Ludwig schob die Flasche beiseite. »Also her mit den Schlüsseln.«

Um zehn nach zwölf saß er mit Faye in einem flaschengrünen Chrysler Voyager, der Scheulers Frau gehörte. Im Van lagen lauter DVDs, Nintendos und leere Süßigkeitentüten: eine fahrbare Kita für minderjährige Hedonisten.

Ludwig schlug eine südwestliche Richtung ein, um dem Brandenburger Tor nicht zu nahe zu kommen. Zu spät fiel ihm ein, dass er auch die Gegend von Pavels Stripclub meiden sollte. Aber warum eigentlich?, dachte er dann. Warum eigentlich?

»Wo fahren wir hin?«, fragte Faye erneut.

»Nach Ziegendorf, denke ich. Habe ich richtig geraten?«

Faye nickte. »Und dann?«

»Dann können Sie machen, was Sie wollen. Ich gehe in Rente und widme mich meinem Lokal. Das ist eine anspruchsvolle Tätigkeit, wenn man sich reinhängt.«

Sie setzten ihren Weg Richtung Westen fort. Nach dem sirenenerfüllten Aufruhr des Abends kehrte Berlin wieder zur Normalität und seiner Rolle als unterbevölkertes, übersubventioniertes Katastrophenprojekt zurück. Die ewige zukünftige Großstadt. Irgendwo auf allen diesen trüben Brachen mussten sich Gespenster tummeln, die immer noch auf den versprochenen Aufschwung hofften.

*

»Lichts Auto steht vor seinem Haus«, sagte Almond, der in der Tür stehen geblieben war, »aber in seiner Wohnung tut sich nichts.«

GTs Adrenalinreserven waren bereits verbraucht. Er wollte nur noch nach Hause fahren und in Ruhe gelassen werden. Langsam erhob er sich aus seinem Sessel. »Dann werden sie die Stadt inzwischen verlassen haben.«

»Haben Sie irgendeine Idee, wohin sie unterwegs sein könnten?«, fragte Bowden besorgt.

»Fragen Sie doch das Wunderkind.« GT trat auf Almond zu und klopfte ihm auf die Schulter. »Er hat sicher eine Menge innovativer Ideen auf Lager.«

Trotz einer ordentlichen Dosis Gekränktheit in der Stimme hatte Almonds Blick nichts von seiner Nervosität verloren, als er erwiderte: »Sie kennen ihn doch schließlich. Was hat er für Kontakte? Besitzt er irgendeinen Unterschlupf?«

GTs halb verächtliches, halb mitleidiges Lächeln war gemäldereif.

Niemand rief ihn zurück, als er ein letztes Mal den Korridor entlangging. Niemand würde ihn vermissen. Morgen würde wahrlich ein neuer Tag anbrechen. Der erste Tag vom Rest seines Lebens.

*

Ludwig fuhr auf den Parkplatz des Ziegendorfer Strandhotels, in dem er vor wenigen Tagen Faye abgeholt hatte. Mit Ausnahme der Rezeption brannte im Hotel kein Licht. Am Strand stand ein kleiner, roter Bagger, auf einer Wäscheleine hing regennasse Wäsche. Es ging auf zwei Uhr nachts zu.

Er stellte den Motor ab und öffnete die Tür. Nach dem Wetterumschlag lärmten die Grillen.

»Na, holen Sie sie doch endlich.«

Faye sah aus, als versuchte sie sich einen Reim auf eine komplizierte Gleichung zu machen. »Woher wissen Sie, dass sie hier ist?«, fragte sie beinahe verärgert.

»Als Sie letzten Sonntag ihr Zimmer verließen, haben Sie kein einziges Mal kontrolliert, ob Sie auch nichts vergessen haben. Sie haben nur darauf geschaut.«

Er deutete auf die Gulaschkanone vor dem Eingang.

Faye lachte. »Und wann sind Sie darauf gekommen?«

»Als Sie GT von der Liste erzählt haben.«

»Aber dann …«

Sie verstummte.

Sie sahen einander in einem ganz neuen Licht. Faye war kein verängstigtes Chamäleon mehr, das zum Zweck des Überlebens das erstbeste Muster nachahmte. Und Ludwig war nicht mehr nur ein hoffnungsloser Mitläufer.

Faye stieg aus dem Wagen, ging auf den kleinen Anhänger zu, kniete sich hin und öffnete eine Klappe. Dann kehrte sie mit einem in Plastik verpackten, taschenbuchgroßen Paket zurück.

»Eine Festplatte«, stellte Ludwig fest.

»Ja.«

»Also mehr als nur die Liste jener Leute, die Ihnen geheime Akten zugespielt haben. Ist der Inhalt für mich von Interesse?«

»Das ist alles, was vom Hydraleaks-Material übrig ist. Die einzige Back-up-Kopie. Pete und Dan haben vor ihrer Abreise nach Marokko alles von den Servern gelöscht.«

Ludwig begann die Tragweite dessen, worauf er sich da eingelassen hatte, zu erahnen. Für einen Rückzieher war es jedoch zu spät.

»Ich helfe Ihnen unter einer Bedingung«, sagte er gefasst. »Nämlich dass Sie die Liste löschen. Der Rest ist mir egal. Aber die Namen müssen geheim bleiben. Es muss undichte Stellen geben dürfen. Nur so kam seinerzeit die Wahrheit über den Vietnamkrieg ans Licht. Und nur so konnten Leute wie ich die Wahrheit über die DDR publik machen. Heben Sie die Informationen auf, und verwenden Sie sie klug, aber löschen Sie die Liste. Okay?«

Reglos saß Faye mit der Festplatte auf dem Schoß da und betrachtete sie mit einer Art Zärtlichkeit oder Dankbarkeit – als besäße sie heilende Eigenschaften. Ganz offensichtlich hatte sie ihr gefehlt.

»Faye?«

»Was machen wir jetzt?«, murmelte sie.

»Jetzt machen wir etwas, wovon ich früher täglich geträumt habe«, sagte Ludwig Licht, drehte den Zündschlüssel um und legte den Rückwärtsgang ein. »Wir fliehen über die Grenze.«

FREITAG

Bundesstraße 158, Deutschland
Fr., 22. Juli 2011
[04:30 MEZ]

Gegen halb fünf Uhr morgens überquerten sie die Oder und die polnische Grenze. Die Bundesstraße 158 ging in die polnische 124 über. Es gab keine Grenzkontrollen. Nicht zum ersten Mal dachte Ludwig voller Dankbarkeit an das Schengener Abkommen. Aber die grenzenlose Reisefreiheit hatte auch eine Schattenseite: Auf dem Papier war sie auf die EU zurückzuführen, in Wirklichkeit beruhte sie darauf, dass Polen inzwischen NATO-Mitglied und ein zuverlässiger Bundesgenosse der CIA war. Die Grenzzäune waren nicht verschwunden, sie waren lediglich verschoben worden. Die Amerikaner würden ihn finden. Es war nur eine Frage der Zeit.

Kurz vor Orzechów hielten sie an einer Tankstelle. Faye blieb im Auto sitzen, und Ludwig kaufte Zigaretten, ein Feuerzeug und zwei Becher Kaffee. Während der Kassierer die Waren eintippte, beobachtete Ludwig insgeheim die Amerikanerin. Sie blickte den wenigen Autos hinterher, klappte die Sonnenblende herunter, warf einen Blick in den Spiegel und drehte am Radio. Ludwig sah, wie sie die Augen schloss und das Gesicht in die Hände legte, doch wenige Sekunden später war der kleine Zusammenbruch auch schon vorbei.

Sie hatte einen winzigen Einblick in Ludwigs Tätigkeitsfeld gewonnen und war bereits abgestoßen. Wie immer fiel es Ludwig
schwer, sich mit der Sensibilität von Zivilisten und ihren mangel-
haften Verdrängungsmechanismen abzufinden. Gleichzeitig wusste er, dass ihre Reaktion gesund war. Ihre Seele war noch halbwegs
unverdorben. Es war ihr gutes Recht, diese Angelegenheit hinter
sich zu lassen und die dafür notwendigen Beschlüsse zu fassen. Sie
war noch jung genug, um ebenso hohe Ansprüche an sich selbst wie
an andere zu stellen. Viele Aspekte ihrer Existenz riefen Ludwig in
Erinnerung, warum Zivilisten und keine Generäle die oberste Be-
fehlsgewalt über jedwede Form der Streitmacht innehaben mussten. Oder warum sie es zumindest versuchen mussten.

GTs und sein Zeitalter – das Zeitalter der Schattengeneräle –
war vorüber. Irgendwann in der Zukunft würde er sich vielleicht
dahin zurücksehnen, dachte er, während er in das blaue Licht der
Zapfsäulen zurückkehrte.

»Bitte schön«, sagte er und reichte ihr den Kaffee und die Zigaretten. »Das hier haben Sie bei mir zu Hause vergessen«, fügte er
hinzu und zog ihr Handy aus der Tasche.

Dann setzten sie ihre Fahrt fort. Faye zündete sich eine Zigarette
nach der anderen an, und Ludwig öffnete die Fenster.

»Gell hat für die CIA gearbeitet«, sagte er, als es sich nicht länger hinauszögern ließ.

Faye starrte ihn an.

»Sie haben ihn vor fünfzehn Jahren angeworben«, fuhr Ludwig
fort. »Hydraleaks war nur eine tarnende Fassade.«

»Wo haben Sie diese Information her?«

»Es ist eine Tatsache.« Er drosselte das Tempo, um den riesigen
Schlaglöchern besser ausweichen zu können. »Ich glaube, dass der
gute Gell alles bestens im Griff hatte, bis Sie aufgetaucht sind. Sie
mit Ihrem … glühenden Engagement.«

Faye schwieg.

»Ich glaube«, fuhr Ludwig unerbittlich fort, »dass er durch Sie eine Art Erleuchtung erfahren hat. Sie haben einen gewissen Widerstand in ihm geweckt, dem er sich aber nicht zu stellen vermochte, weil er einfach nicht erwachsen genug war.«

»Ich will nichts mehr hören.«

»Doch, doch. Er wollte sich von den Amerikanern trennen, was ihm aber nicht gelungen ist, ohne auf die Gegenseite zu wechseln. Man könnte also sagen«, schloss er kühl, »dass Sie ihn in die Fänge des Muchabarat getrieben haben. Ich sage das gar nicht wertend, sondern stelle nur fest, dass es so war.«

Sie besaß die Fähigkeit, lautlos zu weinen, stellte Ludwig fest, als er sie schließlich wieder ansah.

»So war es schon immer mit den nützlichen Idioten«, meinte Ludwig etwas versöhnlicher. »Sie sind ständig auf der Suche nach neuen Vätern. Gell war da keine Ausnahme. Dass es so gekommen ist, war der Fehler der CIA und nicht Ihrer.«

Faye trocknete ihre Tränen und räusperte sich. »Ich habe so einen Hass auf alles«, sagte sie mit Nachdruck.

»Nur zu. Aber vergessen Sie dabei nicht zu überleben. In ein paar Minuten setze ich Sie in Chojna ab. Von dort aus fahren Sie mit dem Taxi nach Krakau. Ich gebe Ihnen Geld und die Adresse eines Kleiderladens in Krakau. Wenn Sie dort sind, fragen Sie nach Daniel. Sagen Sie, Fimbul hätte Sie geschickt.«

»Fimbul?«

»Daniel ist ein alter Kollege von mir und fälscht Pässe, Führerscheine und so weiter. Er wird einen zu hohen Preis fordern. Richten Sie ihm mit schönem Gruß von mir aus, dass es nur die Hälfte kosten darf. Anschließend lassen Sie sich höchstens auf fünfundsiebzig Prozent hochhandeln.«

»Was für ein Leben erwartet mich? Was kommt auf mich zu, wenn ich mich auf Ihren Vorschlag einlasse?«

»Ein freies Leben, was halten Sie davon? Ist doch gar nicht so übel.«

Langsam schüttelte sie den Kopf. »Ich muss nach Hause.«

»Um sich um Ihre Mutter zu kümmern?«

Faye lachte bitter. »Sie braucht wirklich keine Hilfe. Mein Vater stirbt noch vor ihr, wenn ich nicht nach Hause fahre und alles regele.«

»Manchmal überschätzen Kinder ihre … Bedeutung«, meinte Ludwig dumpf.

»Wissen Sie, was Lucien gesagt hat? ›Ich habe meine Seele schon einmal an den Teufel verkauft. Wenn ich es ein zweites Mal tue, hebt es sich vielleicht auf.‹ Ich habe nie begriffen, was er damit gemeint hat. Erst jetzt verstehe ich es.«

Es dauerte zehn Sekunden, bis Ludwig erkannte, worauf sie hinauswollte.

»Nein«, sagte er entsetzt. »Nein, nein, nein. So dürfen Sie nicht denken. Sie haben nicht das Zeug dazu. Gehen Sie keinen Pakt mit diesen Leuten ein.«

»Sie kennen mich nicht.«

»Nein, aber ich kenne Ihre Gegner. Halten Sie sich von dieser Welt fern. Sonst frisst sie Sie auf. Glauben Sie mir, nach ein paar Jahren ist Ihnen Ihr eigenes Spiegelbild fremd.«

»Sie haben sicher recht.«

»Löschen Sie die Liste, und suchen Sie sich eine sinnvolle Tätigkeit. Schützen Sie Ihre Informanten. Treffen Sie eine vernünftige Auswahl. Und folgen Sie niemals meinem Beispiel. Ich bin das Gegenteil eines nützlichen Idioten … ein unbrauchbarer Zyniker. Gehen Sie Ihren eigenen Weg.«

Sie fuhren in einen Kreisverkehr und gelangten in den Ort Chojna. An einem Platz standen mehrere Taxis, aber nur ein Fahrer war zu sehen. Müde lehnte er an einem zitronengelben Laternenpfahl und trank aus einem Plastikbecher.

Ludwig hielt an. »Viel Glück«, sagte er und reichte ihr einen Umschlag.

Sie steckte ihn ein und starrte verlegen auf ihre Stiefel.

»Was geschieht mit Ihnen, jetzt, wo Sie mir geholfen haben?«

»Nichts«, entgegnete er. Das war ein tröstlicher Gedanke, obwohl er keine Ahnung hatte, ob er der Wahrheit entsprach.

»Sicher?«

Ludwig öffnete seinen Sicherheitsgurt, beugte sich über Faye und öffnete ihre Tür. »Ja. Das ist ja das Wunderbare. Wenn man versagt oder sich sogar des Verrats schuldig macht, dann geschieht auf unserer Seite nichts. Man gerät einfach in Vergessenheit. Das ist vermutlich der Grund, warum wir diesen Scheiß nie gewinnen werden«, fügte er mit einem breiten, bitteren Lächeln hinzu.

Mit diesen Worten schob er Faye aus dem Wagen. Wie sie da auf dem Bürgersteig stand, ähnelte sie wieder einmal einer Gestalt aus einem Werbespot. Sie machte einen professionellen Eindruck, als wäre sie eine Unternehmensberaterin. Oder die Juristin, die sie einst gewesen war.

Sie beugte sich zu Ludwig hinunter und sagte: »Ihr Chef Berner steht auch auf der Liste.«

»Ach?« Wenn Ludwig erstaunt war, dann nur darüber, dass es noch Dinge gab, die ihn erstaunen konnten. »Und welche Informationen hat er beigesteuert?«

»Nicht viel. Er hat versucht, einen CIA-Chef in Hamburg in Verruf zu bringen, wenn ich mich recht entsinne. Irgendeine Sexgeschichte. Wir haben sie als Unsinn abgetan.«

»Vielleicht war ja etwas dran.«

»Ich kann diese Liste nicht löschen«, sagte Faye flehend. »Ich brauche sie, wenn ich eine neue Organisation aufbauen will.«

»Dann memorieren Sie die Namen eben.«

»Es sind Hunderte!«

Ludwig verdrehte die Augen und sagte: »Mit Leuten Ihrer Generation ist wirklich nicht viel anzufangen.«

»Ihre Erfindungen haben uns kaputt gemacht«, erwiderte sie lächelnd.

»Löschen Sie den Scheiß einfach«, sagte Ludwig.

»Mal sehen.«

Damit war alles gesagt. Ludwig schloss die Tür und fuhr los.

Im Rückspiegel sah er noch, wie sie auf das Taxi zuging. Dann kehrte er zum Kreisverkehr zurück und bog rechts ab. Nach fünfhundert Metern hätte er beinahe den unbefestigten Weg auf der linken Seite verfehlt und musste scharf bremsen. Von nun an umgaben ihn nur noch Äcker und vereinzelte Wäldchen.

Kilometer um Kilometer legte er zurück, begleitet vom sachten Herzschlag der grünen Landschaft. Im Osten glühte die aufgehende Sonne so rot, als hätten besinnungslose Engel ihr Blut über dem fast hoffnungslosen Planeten vergossen.

*

Zwischen den einzelnen Höfen lagen Hunderte von Metern. Ein weißer Hund stand neben einigen Briefkästen in einer Pfütze. Das Tier hob erst kaum den Blick. Als ihn das Fernlicht erfasste, schloss er beleidigt und mit mühsam erkämpfter Würde die Augen.

Fünf Minuten später war Ludwig am Ziel. Ein etwa hundertfünfzig Jahre altes Anwesen am Rande eines Laubwalds, der sich Richtung Westen erstreckte. Auf der anderen Seite lagen Äcker und Weiden. Die hufeisenförmig angeordneten Gebäude umgaben einen gepflasterten Hof. Das Wohnhaus wurde von einem alten Stall und einem weiteren Wirtschaftsgebäude flankiert. Dunkelroter Backstein, taubenblaue Fensterrahmen. Ludwig stieg aus dem Auto.

Es roch nach Diesel, Dünger und irgendeiner trockenen, von feuchten Zwischenschichten durchzogenen Substanz. Auf dem Pflaster einige Meter von der Haustür entfernt stand ein alter Honda CR-V in Dunkeltürkis. Plötzlich brachen drei Monster aus einem Busch hervor. Ludwigs Hand lag bereits auf dem Griff seiner Pistole, und sein Puls raste, als ihm klar wurde, dass es sich nur um Fasane handelte, die in Panik geraten waren.

Kurz darauf kehrte wieder Ruhe ein. Es hätte auch irgendwo in

Frankreich sein können. Oder an seinem eigenen Grab in einem seiner Albträume.

Doch er befand sich auf einem ganz anderen Schlachtfeld.

Die Tür des Wohnhauses wurde geöffnet.

»Was machst du denn hier?«, fragte Walter Licht schlaftrunken.

Seit dem letzten Besuch waren drei Jahre vergangen. Sein Sohn trug einen zu kurzen, hellblauen Bademantel, der vermutlich seiner Frau gehörte. Sein dunkelbraunes Haar war gewachsen, und er trug einen Bart wie ein Holzfäller.

Ludwig gähnte und versuchte, eine gleichmütige Miene aufzusetzen. »Ich war zufällig in der Gegend. Darf ich reinkommen?« Er streckte die Arme aus.

»Wenn du dich benimmst«, sagte sein Sohn drohend, ließ sich aber in den Arm nehmen.

Seine Rippen schmerzten dabei so sehr, dass Ludwig nach Luft rang und kurz fluchte.

»Was ist eigentlich los?«, fragte Walter und musterte ihn. »Bist du krank?«

Ludwig schüttelte den Kopf. »Wenn du mir eine Decke gibst, würde ich mich gerne einen Moment auf dem Sofa ausruhen.«

Im Wohnzimmer gab es keinen Fernseher, sondern nur eine uralte Stereoanlage aus Teak und Chrom. Der weiß gestrichene offene Kamin war nach dem letzten Feuer im Frühjahr sorgfältig gereinigt worden. Auf dem Kupferblech, das die Dielen vor Funken schützte, hatten drei Action-Figuren aus Plastik gerade eine Gefechtspause eingelegt. Das Letzte, was Ludwig sah, ehe er einschlief, war ein Junge, der ins Zimmer schlich, sich hinkniete und seine Helden einsammelte.

Chojna, Polen
Fr., 22. Juli 2011
[08:15 MEZ]

Später regnete es. Ludwig erwachte auf dem Sofa im Wohnzimmer, überquerte den eiskalten Fliesenboden in der großen, quadratischen Küche und kochte sich einen Kaffee. Durch das Fenster sah er, dass der Honda verschwunden war. Im Obergeschoss rumorte es. Das musste Walter sein. Die Schwiegertochter und der Enkel hingegen hatten das Feld geräumt. Auf eigene Initiative? Oder hatte Walter sie weggeschickt?

Neben der Haustür standen Gummistiefel und zwei rote Regenschirme. Es war so warm wie schon lange nicht mehr, und allmählich ließ auch der Regen nach. Ludwig spannte den einen Regenschirm auf und drehte eine Runde. Was sie auf den Äckern wohl anbauten? Rüben? Die Landschaft sah aus wie von riesigen, plattgemachten Weinbergen überzogen, nur im Westen schloss sich der Wald an. Hier und da dampfte die Erde, als lägen dort heiße Quellen. Es duftete nach nassen Eicheln und salziger Erde.

Er hatte kaum geschlafen, sondern nur vor sich hin gedöst.

Im Briefkasten lagen die *Polityka* und der neue *Spiegel*. Vom Cover lächelte Lucien Gell, die Schlagzeile lautete:

DIE ZUKUNFT HAT GERADE ERST BEGONNEN.

Ludwig öffnete die Zeitschrift so gut es ging mit der einen Hand, weil er in der anderen den Regenschirm hielt, und las.

»Ich möchte keinesfalls«, sagt Gell mit feurigem Blick, »dass man sich an mich als Rebellen erinnert. Nein. Wirklich nicht. Ich will ein Baumeister, ein Ingenieur sein, der sich mit Gesellschaftsplanung beschäftigt. Dieses Wort mag inzwischen einen negativen Beiklang haben, was aber mehr über unsere Zeit als über die Vorstellung an sich aussagt.«

Was hat er mit seinem Wirken erreicht?

»Ich stehe erst am Anfang. Jemandem, der wirklich etwas erreichen möchte, bietet das Leben unendliche Möglichkeiten.«

Der Regen hatte aufgehört. Ludwig legte den Regenschirm auf eine niedrige Mauer und klemmte sich die Zeitschrift unter den Arm. Am Waldrand suchte er Schutz vor seinen Gedanken.

Einige Minuten später holte ihn sein Sohn mit einer grauweißen Blechtasse in der Hand ein.

In der Ferne war ein Hubschrauber zu hören.

»Du siehst ganz schön geschlaucht aus, Papa«, sagte Walter, nachdem sie eine Weile lang schweigend dem morastigen Weg zwischen den Eichen gefolgt waren.

Ludwig hielt die Zeitschrift in die Höhe. »Wenn du in Berlin oder Hamburg wohnen würdest, dann hättest du das hier geschrieben.« Er deutete auf den Umschlag.

»Und?«

»Was schreibst du gerade?«

»Mal sehen, was daraus wird.«

Sie befanden sich wieder am Waldrand. Der Hubschrauber kam immer näher. Ein flatternder Schatten huschte über die Felder.

»Ist was passiert?«, beharrte sein Sohn. »Du siehst schlechter aus als sonst. Bist du wirklich nicht krank?«

»Als du klein warst, hatte ich einen häufig wiederkehrenden Traum«, sagte Ludwig. »Im Traum wollte ich dich in dein Gitterbett legen, aber es gab immer irgendein Problem.«

»Ein Problem?«

»Beispielsweise, dass das Gitter ein Treppengeländer war.«

Ludwig hielt inne. Der Hubschrauber war eine weiße Sikorsky S-76 mit rot-gelber Lackierung. Das Hoheitszeichen auf der Seite, ein rot-weiß-gestreifter Grenzpfosten mit einem Adler, der an einen Hahn erinnerte, und die Buchstaben SG wiesen den Straż Graniczna aus, den polnischen Grenzschutz. Das Ungetüm hing einen Augenblick in der Luft und landete dann auf dem Zufahrtsweg vor dem Haus. Die Büsche und das Gestrüpp bewegten sich hektisch. In der Kabine saß eine schwarze Frau, die lebensgefährlich wirkte.

Und neben ihr …

Faye.

Sie hatte es getan. Sie hatte sich kaufen lassen. Zum müdesten Dumpingpreis dieser Erde: freies Geleit.

»Verdammt … Was ist eigentlich los?«, fragte Walter.

Ergeben schaute Ludwig zu Boden. »Der Zirkus will, dass ich mit ihm durchbrenne.«

»Das polnische Innenministerium?«

»Nein. Der amerikanische Zirkus. Sie wollen, dass ich sie auf eine weitere Tournee begleite. Sie werden mir versprechen, dass dieses Mal alles anders wird, dass neue Zeiten angebrochen sind und dass wir ein ganz neues Repertoire haben.«

Walter, der bürgerliche Hippie, sah wie ein lebendes Fragezeichen aus. Nach und nach fiel zwar der eine oder andere Groschen, aber er würde Zeit brauchen. Dagegen war im Grunde nichts einzuwenden.

»Zum Teufel mit ihnen«, sagte Ludwig langsam. Dann hob er seine Rechte und zeigte dem Hubschrauber den Stinkefinger. Sah er da tatsächlich ein Lächeln auf Fayes Lippen, kurz bevor sie den Kopf schüttelte?

Noch klammerte sich Walter an das recht eingeschränkte Bild, das er sich von seinem Vater gemacht hatte, und sagte fast beschwörend: »Wird etwa nach dir gefahndet?«

Ludwig sah seinem mageren, ungepflegten, aber vermutlich glücklichen Jungen lange in die Augen. »Du solltest deinen Bart stutzen und ein paar Kilo zunehmen.«

Dann ging er langsam auf den Hubschrauber zu, dessen Triebwerk jetzt ausgeschaltet wurde. Die Rotorblätter kreisten immer langsamer, und der Lärm erstarb.

»Warte hier«, rief Ludwig seinem Sohn zu, »ich muss nur kurz ein paar Dinge klären.«

Die Schiebetür zur Kabine glitt auf, und die ältere Dame bedeutete Ludwig einzusteigen.

Zwei polnische Grenzschützer mit Sturmgewehren sprangen aus dem Hubschrauber, entfernten sich einige Meter und bezogen breitbeinig zwischen Walter und dem Hubschrauber Stellung. Ludwig erklomm den Helikopter – sein Brustkorb brannte wie Feuer, als würden seine Rippen nie verheilen – und nahm auf der freien Pritsche gegenüber von Faye und Bowden Platz.

Es roch nach Kerosin und einem starken Parfüm. Ein Plakat erläuterte die gängigsten Passfälschungen. Aus dem Cockpit waren Fetzen des Funkverkehrs zu hören.

Ehe eine der Frauen den Mund öffnen konnte, sagte Ludwig:

»Was ist eigentlich los?«

»Wir haben eine Abmachung getroffen«, antwortete Faye grimmig.

»Ach?«

»Ich trete Luciens Nachfolge bei Hydraleaks an.«

Ludwig starrte durch die offene Tür ins Freie.

»Irgendjemand muss es schließlich tun«, fuhr Faye fort. »Und was die amerikanischen Behörden betrifft, muss es eine Möglichkeit der … Koexistenz geben.«

»Diese Möglichkeit gibt es durchaus«, meinte Ludwig. »Man nennt sie auch Kapitulation, Unterwerfung oder Kollaboration.«

»Mein Name ist Fran Bowden«, sagte die schwarze Frau und streckte ihm ihre Hand entgegen. »Ich habe viel Gutes über Sie gehört, Mr. Licht. Es wäre bedauerlich, wenn Sie sich unseren Vorschlag nicht anhören würden.«

Ludwig beugte sich vor, gab ihr die Hand und lächelte. »Ihren Vorschlag?«

»Miss Morris hat ausdrücklich darum gebeten, dass Sie mit ihrem Schutz betraut werden.«

Er sah Faye an.

»Sind Sie davon überzeugt, dass Sie sich auf diese Sache einlassen wollen?«, fragte Ludwig mit einer Handbewegung, die den Hubschrauber, Bowden und den Piloten einschloss.

»Darauf wird es wohl hinauslaufen«, erwiderte Faye und starrte auf einen Punkt zwischen Ludwig und einem Befestigungsgurt.

Das Lächeln entgleiste ihm. »Aber woher wollen Sie wissen, worauf es wirklich hinausläuft? Sie wissen gar nichts, nicht das Geringste. Und das Schlimmste ist …« Er hielt inne, bis sie seinen Blick erwiderte. »Das Schlimmste ist, dass Sie eines Tages einer Frau gegenübersitzen, die genauso ist, wie Sie es einmal waren.« Er ließ die Schultern sinken. »Dann ist es Ihre Aufgabe, sie zu zerstören, sie zu Ihrem Ebenbild zu machen.«

Es wurde still. Das Funkgerät rauschte. Dann war es wieder still.

»Das klingt vielleicht ein bisschen sehr dramatisch«, meinte Fran Bowden vorsichtig.

»Und dann gibt es zwei Möglichkeiten«, fuhr Ludwig fort. »Entweder sitze ich in der ersten Reihe und sehe mit an, wie Sie sich in ein Monster verwandeln, oder Sie wehren sich. Und dann erhalte ich den Auftrag, das Problem zu lösen. Die Form Ihrer Koexistenz zurechtzubiegen.«

Faye sah ihn so wütend an, als hätte er sie geschlagen und wäre im Begriff, es noch einmal zu tun. Einige Sekunden lang schien sie nach einem Gegenargument zu suchen, dann verlor sie den Faden. Ihr Anblick erinnerte Ludwig an einen Raubvogel, der beim Erwachen bemerkt, dass ihm die Flügel gestutzt worden waren. Es war unerträglich.

»Soweit ich weiß«, brach Bowden das Schweigen, »haben wir uns nach dem Mauerfall nicht ausreichend um Sie gekümmert. Ich schlage vor, dass …«

Ludwig erhob sich. »Die Mauer ist nicht *gefallen*.« Er sprang aus dem Hubschrauber und ging davon. Über die Schulter rief er: »Wir haben sie eingerissen!«

DANK

Der Dank des Autors geht an Anders Meisner, an Martin Ahlquist, an Joakim Hansson von der Nordin Agency, an Helena Ljungström, Ulrika Åkerlund und Martin Kaunitz vom Albert Bonniers Förlag, an Thomas von der Schießanlage Target und zu guter Letzt an meine Eltern.

Christian v. Ditfurth
Schattenmänner

Thriller

Eine mysteriöse Mordserie gibt Kommissar Eugen de Bodt Rätsel auf. Denn die einzige Gemeinsamkeit, die die Opfer zunächst aufweisen, ist, dass sie einer Facebook-Gruppe angehörten, die sich mit Katzen beschäftigt. Doch bald findet de Bodt ein weiteres Merkmal: Sie alle haben für Rüstungskonzerne gearbeitet. Was könnten Katzenfotos mit der Rüstungsproduktion zu tun haben? Dieser vierte Fall ist die bislang größte Herausforderung für den scharfsinnigen Einzelgänger Eugen de Bodt.

»Ditfurths Thriller stehen für Action mit Anspruch. Seine Hauptfigur zählt zu den originellsten Protagonisten der internationalen Spannungsliteratur.« *Abendzeitung*

C.Bertelsmann